Falcata

Avec le soutien de

Le Canton du Valais encourage la culture
Der Kanton Wallis fördert Kultur

SEV
Société des Écrivain·e·s Valaisan·ne·s
Walliser Schriftsteller·innen Verband

Éditions Favre SA
29, rue de Bourg
CH-1003 Lausanne
Tél. : +41 (0)21 312 17 17
www.editionsfavre.com
Groupe Libella

Distribution/importation France, Belgique, Canada:
Interforum
92 Avenue de France
F-75013 Paris
Contact.clientele@interforum.fr

Distribution Suisse:
Office du livre de Fribourg
Route André Piller
CH-1720 Corminboeuf

Dépôt légal: mars 2025
Impression: Flex, lot 1

Illustrations: Sophie Petrak
Fond de couverture: vieille ville de Tolède, fond coloré réalisé avec Adobe Firefly
Mise en pages: Elisa et SIR

ISBN: 978-2-8289-2242-9

Les Éditions Favre bénéficient d'un soutien structurel de l'Office fédéral de la culture pour les années 2020-2025.

Marlène Mauris

Falcata

FAVRE

À Gladys,

et à toutes les folles
et à tous les fous
qui donnent des prénoms
aux objets.

Bâtir des châteaux en Espagne
Sans porte ni fenêtre
Pour laisser entrer les oiseaux
Et s'échapper les princesses

M. M.

Premier chapitre

Éléonore se réveille. Un rayon de soleil brûle son visage. Elle aurait dû tirer les rideaux hier soir, en rentrant. La jeune femme se redresse subitement dans son lit et balaie frénétiquement le matelas de la main. Elle respire profondément, soulagée; personne n'occupe l'autre place cette fois-ci. Un petit orchestre symphonique choisit cet instant pour se mettre à jouer une *chevauchée des Walkyries* dans sa tête. Les cuivres s'en donnent à cœur joie, serrés en nombre dans son lobe frontal. Tout son être vibre et résonne. Si elle pouvait s'en extraire, elle le fuirait aussitôt. L'enveloppe charnelle, pourtant perméable, n'en demeure pas moins infranchissable: il faudra bien conserver cette triste âme dans ce temple ravagé par les festivités de la veille. Son corps la met face à elle-même, davantage qu'elle ne le souhaiterait, sans filtre ni douceur. Elle ignore comment l'inciter à la soutenir; elle aurait pu y songer avant.

Éléonore se lève péniblement, il est déjà tard. Son chat s'enroule autour de ses jambes, aussitôt qu'elles s'extirpent de la couette. Il danse sur le parquet, ronronne et miaule avec cette délicatesse qu'il ne convoque que lorsqu'il attend d'être servi. Le reste du temps, il boude sur sa couverture en mérinos jaune moutarde, attendant que sa maîtresse daigne l'honorer d'une caresse. La jeune femme repousse le félin, chausse ses lunettes et enfile une grande jaquette en laine détendue. La netteté se fait. Tous les matins, elle prend conscience que née sous d'autres cieux, ou en d'autres temps, elle serait probablement considérée comme l'idiote du village, une marginale juste bonne à peler des patates. Le meilleur des scénarios aurait alors été de mourir en bas âge; la sélection naturelle ne l'aurait certainement pas épargnée. Ce qu'elle préfère chez elle, mais qui la handicape le plus aussi, ce sont ses yeux. D'un bleu hématome.

Elle descend mollement l'escalier et rejoint la cuisine. Des assiettes, des verres, des couteaux et des fourchettes, mais surtout des tasses s'empilent dans l'évier. Elle cherche paresseusement la cafetière italienne, qu'elle trouve cachée derrière la huche à pain, puis en nettoie le réservoir souillé par la dernière percolation. Un rinçage abondant s'impose avant d'ouvrir la boîte métallique contenant l'or moulu. Elle aime ce parfum, bien qu'elle rêve parfois d'un égrugeoir mural à l'ancienne, qui décuplerait l'intensité de la senteur. Il faudrait pour cela percer le crépi, mais Paul n'aime pas que son bel appartement soit soumis à quelque détérioration, même mineure. Éléonore sait que la *macchinetta* demande de la patience. Son amour pour le café à l'italienne se veut si passionné qu'elle peut s'armer de cette persévérance-là. Pour le reste, elle ressent le besoin que tout aille vite. Et bien, dans la mesure du possible. Pendant que l'évaporation commence à faire son œuvre, elle se penche vers la gamelle de Dodgson et y déverse quelques croquettes. Elle rince l'écuelle et la rafraîchit d'une eau moins trouble. Le chat se précipite sur ce petit-déjeuner trop tardif à son goût. Elle le payera.

Éléonore s'adosse au frigo et appose ses mains comme un cataplasme sur le tambourin qui lui sert de crâne. Certes, ce seraient plutôt l'eau ou le miel qui tairaient petit à petit cet orchestre trop enthousiaste. Elle choisit pourtant d'ouvrir la boîte en fer-blanc de la Belle-Îloise, où elle remise les aspirines. Avec un antidouleur et un café, voilà comment cette journée débutera. Si elle était sa meilleure amie, elle se conseillerait de prendre mieux soin d'elle. Cependant, elle n'est qu'elle-même.

Le portable sonne. Éléonore, dans un réflexe primaire, se rassure de ne pas l'avoir égaré pendant la soirée. Elle s'extrait de sa nébuleuse pour fouiller son manteau, trouve le téléphone et répond par un « Allô » rauque et caverneux.

« Oh Élé ! Quelle voix, dis-moi !

– Salut Liv, oui, j'ai peut-être fait un peu fort hier soir. Désolée, tu es la première personne à qui je parle.

– On est jeudi… et il est midi.

– Et ?

– Fais attention à toi, d'accord ?

– Je ne fais que ça, faire attention.

– À toi, Élé, tu dois faire attention à toi.

– Oui, je sais.

– Rassure-moi, t'es rentrée seule, cette fois ?

– On était deux ce matin dans mon lit…

– Mais non ! Encore ?

– Ne panique pas. Il n'y avait que Dodgson et moi.

– Bon. J'ai eu peur… Tu sors aujourd'hui ? Tu vas prendre un peu l'air, te changer les idées ? Si tu veux, je reviens, et on va faire une balade.

– Je n'ai pas besoin de nounou, Liv. J'ai trente-cinq ans, je suis une grande fille. Et il me semble… que je devais aller bosser aujourd'hui, en plus.

– Tu sais que je ne veux pas te materner ? Je veux juste m'assurer que tu prends bien soin de toi. Ce n'est pas une petite nouvelle, je comprends que tu doives accuser le coup, mais ne fais pas n'importe quoi pour autant !

– C'est la vie qui fait n'importe quoi, Liv. C'est la vie. Bien, je vais boire mon café, qui va me la sauver, la vie ! Je te laisse. On s'écrit.

– Bonne journée, Élé. Et tu sais, je suis là !

– Oui, oui, je sais, merci. Bonne journée. »

Il reste certainement des traces de tartre ou de café dans l'entonnoir, car la cafetière crachote un peu trop véhémentement. Éléonore rince une quelconque tasse sous l'eau chaude, et malgré un petit anneau brun tachant le fond de la porcelaine, ne voit aucun inconvénient à verser du café liquide sur du café solide. Un caprice, cette Bialetti. Elle s'installe dans son divan, jette un cachet au fond de sa gorge, puis boit enfin le véritable remède qui opérera le miracle. Dodgson, affalé dans le fauteuil gris souris, dresse une oreille, la replie vers l'arrière, puis la ramène en position initiale, ne laissant entrevoir aucun autre signe d'éveil. Sur la table basse, il y a cette enveloppe qui traîne depuis des jours. Son père la tuerait, s'il voyait le massacre qu'elle a commis en déchiquetant la languette. Il lui a pourtant offert un magnifique ouvre-lettre serti de perles d'Ohrid, rapporté de sa mission diplomatique dans les Balkans. Maître Galland aime que les choses soient classées, ordonnées et surtout bien découpées. Sa fille le rend fou, oubliant tout, ne rangeant rien, sautant d'un train à l'autre sans jamais s'arrêter dans aucune gare.

Quelques coups se font entendre à la porte. Éléonore se fige. Si elle ne bouge pas, la personne de l'autre côté du mur ne devinera pas sa présence. Elle redoute, à cette heure-ci, qu'il s'agisse d'un émissaire de La Poste, avec un énième courrier recommandé à contresigner. La tournée quotidienne est pourtant certainement déjà terminée. Elle se résout intérieurement à aller retirer l'envoi au guichet, qui la renverra vers l'Office des poursuites. Plus tard. Que le facteur dépose donc son avis ! Là, aujourd'hui, elle n'a pas le courage d'affronter le moindre regard jugeant. L'inconnu insiste et toque encore contre le vantail. Elle entend alors une voix d'homme, qui la hèle depuis dehors.

« Éléonore, ouvre ! Je sais que tu es là ! Arrête de faire l'autruche et viens m'ouvrir. Immédiatement ! »

Éléonore hésite, mais elle n'y coupera pas. Paul entrera si elle n'ouvre pas d'elle-même. Il la connaît suffisamment pour savoir qu'elle ne ferme jamais la porte à clé. Au ton de sa voix, il viendrait l'extirper du lit, si cela s'avérait nécessaire. Elle se dirige donc vers l'entrée, en respirant profondément. Quel mensonge inventer, cette fois-ci, pour s'en tirer ?

« Bonjour Paul.

– Bonjour Paul. Tu n'as rien de mieux à me dire, Éléonore ? Bonjour Paul. Tu es sérieuse ? Il est midi passé. Tu n'étais pas là pour la visite ! J'ai dû m'occuper des clients, et prétexter que tu avais dû aller chercher l'un de tes enfants malade à l'école, pour qu'ils ne se fâchent pas !

– Je n'ai pas de gamins, Paul.

– Mais je le sais, que tu n'en as pas. Je ne suis pas idiot ! Mais c'est bien la dernière chose qui attendrit encore les gens, la seule excuse qui paraisse valable, les gosses. Je t'ai appelée une dizaine de fois, et je t'ai laissé autant de messages. Tu peux m'expliquer ce que tu fous encore chez toi ? On a quatre appartements à visiter, je te signale, et moi j'ai autre chose à faire ! Les prochains arrivent à 13h30, alors tu me fais le plaisir de tartiner cette tronche de déterrée avec un peu de fond de teint, de te brosser les dents, et de descendre à l'agence dans l'heure qui suit. C'est bien clair ? Un jour, je vais devoir te mettre à la porte, tu en as conscience ?

– Personne ne vend ni ne loue tes appartements comme moi, Paul. Et personne d'autre ne parle anglais dans ce foutu bled, de toute manière.

– Bientôt, Éléonore, je n'aurai plus d'autre choix. J'en ai marre ! Un jour, ça ne suffira plus d'être une bonne vendeuse. Personne n'est irremplaçable. Et franchement, regarde ton chez-toi ! Tu as bien de la chance que je ne te mette pas dehors. Heureusement qu'on ne t'a pas engagée comme femme de ménage… »

***

Nullipare.

Il n'y a bien que les gynécologues et les agriculteurs pour parler comme ça. Nullipare. Au début du rapport médical qui le mentionne, elle ne retient que « nulle ». Zéro. Étymologiquement, c'est bien ça. N'ayant eu nulle portée. Ce n'est même pas qu'elle n'a pas d'enfant, elle a *zéro* enfant. Le reste du document contient des informations bien plus importantes, mais elle ne parvient pas à passer au-delà de cette sentence. Nulle.

Au début, elle se sent comme ces vaches classées selon leur capacité à produire, à *se* reproduire. Elle comprend qu'elle n'est qu'un bout de viande, pas même capable d'une quelconque lactation. Et même, la bidoche est trop vieille pour représenter le moindre intérêt. Bonne pour l'abattoir, en somme, et à jeter dans les déchets carnés. Un beau feu en perspective. Un peu odorant, certes, mais chaleureux.

Le diagnostic est tombé. Le chirurgien l'a énoncé clairement :

« Il va falloir couper, madame. Ici, et peut-être encore là, vous voyez ? On décidera quand on sera dedans, les atteintes se distinguent mieux sur place, avec une chirurgie exploratoire, qu'avec la seule imagerie par résonance magnétique. »

L'utérus, son manoir hanté, comme elle s'était plu à le nommer ironiquement pendant des années, a déjà été retiré il y a deux ans. À la place, une masse cicatricielle comble le vide ; le vivant n'aime définitivement pas le néant. Désormais, son système digestif joue au train fantôme, et la sortie des wagons se négocie difficilement. Tout ne tient que par cette fameuse peur, celle qui fige et immobilise ce qui est dans l'incapacité de réfléchir. Il faudra bien retirer des morceaux, appliquer des pansements, constater ce qui fonctionnera encore après, et surtout : mentir. Mentir à son propre corps. Un traitement hormonal n'est rien d'autre que l'envoi d'une fausse information à l'organisme pour qu'il réagisse d'une manière conditionnée, bien que totalement erronée. La médecine le prend un peu pour un idiot, alors qu'il suffirait probablement de lui parler, de lui expliquer. Si la vie s'y loge, après tout, il doit être doté d'une forme d'intelligence, non ? Le paradoxe ultime, dans toute cette histoire, est bien de faire croire à son ventre qu'il porte la vie en continu, pour qu'il ne se meure pas. Un cocktail Molotov de progestérone balancé par un ange Gabriel sans bonne nouvelle. Les bergers accuseront leur déception. Ces tromperies feront l'affaire, jusqu'à la ménopause. Un vrai destin de femme.

Peut-on véritablement parler d'une surprise ? C'est la quatrième fois que la même alternative lui est brandie. Une alternative qui n'en constitue pas une : droguer ou agresser, anesthésier ou couper. On verra bien si la carène tient le coup. Encore retirer des pièces, à défaut de guérir.

Je ne suis pas une carlingue. Je ne suis pas une vache. Je ne suis pas d'accord.

Éléonore n'adhère pas à cette solution déshumanisée. Le traitement prescrit ressemble davantage à un précis de mécanique qu'à une approche holistique. Elle doit prendre une décision et pourtant, elle n'accepte tout simplement pas les mots, désincarnés, sans valeur et sans empathie, du monde hospitalier.

« Vous êtes malade, madame Galland.

– Je ne suis pas malade. *J'ai* une maladie.

– Comme vous voulez. Mais même lorsque votre corps semblera vous accorder une pause, la maladie ne partira pas pour autant. Jamais. »

Elle ne s'en ira jamais ? Le monde allait bien voir si la maladie parviendrait à la suivre, si c'était elle, Éléonore, qui partait.

***

Éléonore rejoint la salle de bain et se démaquille de la veille. Le mascara a un peu coulé, le reste doit être imprimé sur le coussin. Elle frotte son visage avec une rondelle de coton. Il reste des rougeurs sur ses pommettes et autour des paupières. Ôter le tout pour en remettre une couche, aussitôt. Elle applique une crème hydratante sur sa peau, se brosse les dents le temps qu'elle pénètre, puis avale une gorgée d'un bain de bouche qui lui laisse une deuxième impression de langue pâteuse. La jeune femme boit alors beaucoup, beaucoup d'eau pour faire passer la sensation. Elle ne passe pas. Lancer une playlist de Paolo Nutini l'apaise un peu. Elle applique sur ses pupilles la paire salvatrice de lentilles de contact, qu'elle a miraculeusement déposées dans leur boîte la veille, se farde et se console en se disant qu'au moins son visage lui est encore un peu fidèle. Elle y colle le masque de son choix, grâce à sa palette de poudre aux yeux. Éléonore défie quiconque de deviner qu'elle n'a pas assez dormi : la cosmétique opère des miracles en façade. Elle pense à Liv, qui n'a de cesse de lui suggérer de prendre soin de son être, plus que de son apparence. Mais la décoration intérieure, mis à part pour les appartements de Paul, elle ne voit pas l'intérêt d'y perdre du temps. Elle pulvérise une eau de toilette sur son visage. Vapeur d'élégance. Ses vêtements, fraîchement décrochés de leur étendage, sentent bon le propre. L'illusion peut reprendre. Ses trente-cinq ans lui accordent un sursis ; d'ici quelques années, le temps qui passe ne lui concédera plus aucune excuse. Elle se moque d'elle-même, en se disant que l'approche de la ménopause et de la vieillesse aura au moins le mérite de lui apporter une forme de répit. À quoi bon vivre cette traîtresse de jeunesse ?

***

« Madame, monsieur, je vous souhaite la bienvenue dans le chalet *Porte du Soleil*. Vous verrez, vous ne serez pas déçus. J'ai cru comprendre que vous aviez deux enfants ? Ils seront au paradis ici. La vue est superbe, les extérieurs sont vastes et la grande haie vous coupera des bruits de la circulation, bien que l'accès routier reste facilité, comme vous avez pu le constater en arrivant. Imaginez les apéritifs, au soleil couchant, sur la terrasse, pendant que Ludivine et Thibault jouent dans l'herbe. Un bonheur sans pareil ! Mais je vous invite à entrer, c'est un véritable havre de paix qui vous attend. »

Ludivine et Thibault s'atteleront surtout à traumatiser les insectes et les chats du quartier, à coucher les foins en galopant à travers champs, à retourner la terre des plates-bandes et à salir leurs beaux habits de ville, au grand désespoir de leur mère, qui devra mettre en garde la femme de ménage des souillures à traiter avec du détachant bio, s'il vous plaît, et hors de prix. À la puberté, Ludivine et Thibault détesteront rejoindre ce chalet avec leurs parents, alors que les copains traîneront dans les centres commerciaux pour acheter des jupes trop courtes et des pantalons trop larges, dépensant un argent qui n'est pas le leur. Monsieur et madame les supplieront de passer deux jours par semaine à la montagne, alors que les sirènes urbaines les séduiront de leurs atours mercantiles. À la fin de l'adolescence, ils le désireront ce chalet, mais préféreront ne plus trop y côtoyer leurs parents. Les échos des beuveries de jeunes adultes heurteront le silence de la montagne. L'agence promet le paradis, mais c'est le purgatoire familial qu'elle dessert. L'Éden n'a pas le pouvoir de transformer ses occupants en chérubins, même lorsqu'ils disposent des moyens nécessaires pour se payer toutes les indulgences du monde terrestre.

La visite se poursuit : madame envisage les deux salles de bain avec soulagement, monsieur se réjouit de constater une répartition des chambres qui éloigne les enfants de la suite parentale. L'intimité cristallise tous les luxes qui se monnaient rubis sur l'ongle. Le contrat est signé, les vacances peuvent commencer.

Paul, malgré sa mauvaise humeur, accepte de déposer Éléonore au garage, après les visites. Il maugrée dans la voiture, alors que son employée l'ignore superbement, tout occupée à imaginer les frais qui l'attendent. Le mécanicien voit la jeune femme sortir de l'Audi de son patron, à travers les lamelles du store de son bureau. Elle porte son casque dans une main, sa veste en cuir dans l'autre. Elle se tient droite sur ses talons, et ces bottes ont le chic de le mettre en émoi. Il voit pourtant passer beaucoup de motardes à l'atelier ; ce n'est pas ce qui manque. Mais la Galland a un petit quelque chose de particulier. Elle n'accorde aucune attention à la manière dont les hommes la regardent. Elle s'apprête, oui, porte une tenue extrêmement ajustée à son corps de brindille, auquel s'accroche une esquisse de poitrine. Sa démarche se veut fière, le port de tête altier, mais contrairement à bon nombre de ses clients, jamais elle ne jette un œil à son reflet dans la vitrine. Ni quand elle arrive, ni quand elle repart. Elle ne regarde que sa moto, et rien d'autre, même pas le garagiste, ne serait-ce que dans l'espoir d'obtenir un rabais. Discuter les prix n'est pas dans ses habitudes et elle semble ne pas avoir de temps à perdre. Rouler incarne sa seule volonté.

« Ta Falcata est prête.

– Merci. Elle me manquait, je dois dire.

– Si tu veux, j'ai d'autres bécanes à te faire essayer, si tu as le temps ?

– Pas aujourd'hui. Faut déjà que je remonte sur la mienne.

– Un autre jour peut-être ? Tu sais, ton modèle est vraiment conçu pour les gonzesses. Toi, tu pourrais vraiment grimper autre chose…

– J'en parlerai à mon chat. Et au cas où tu n'aurais pas remarqué, je *suis* une gonzesse.

– Oui, mais une gonzesse pas comme les autres.

– Je me fous de ça. Ma Falcata me va très bien, merci de l'avoir sauvée de la casse.

– Heureusement que j'en ai dégoté une autre qui partait à la démolition. J'ai pu remplacer toutes les pièces détruites. »

Éléonore observe sa machine, toute pimpante malgré les cicatrices. La carrosserie présente encore quelques rayures, mais rien n'a été réellement dommageable niveau mécanique. Le garagiste annonce qu'il ne garantit pas la réussite de l'expertise, mais que pour le moment, si elle ne se fait pas remarquer, la police ne la verbalisera pas pour si peu. Surtout parce qu'ils ne s'apercevront d'aucune faute, même en jouant de leurs regards experts qui n'y connaissent pourtant rien. Elle repassera au garage quelques jours avant la prochaine convocation du Service de la circulation routière et de la navigation, il aura d'ici là trouvé de quoi la réparer correctement. Quel amusant choix de terminologie pour une région sans océan : la circulation routière et la navigation. À ce taux-là, tout deux-roues peut être qualifié d'optimiste ! Éléonore ne côtoie pas volontiers les bureaux officiels, quels qu'ils soient. Sa psychologue lui a d'ailleurs diagnostiqué une phobie administrative. Obligée de la consulter – il fallait bien dédouaner la clinique de toute responsabilité juridique quant à la conséquence d'infertilité d'une hystérectomie –, elle avait pu constater que cette dernière trouvait volontiers une cause pathologique pour chacun de ses défauts. Sa paresse et son désintérêt devenaient ainsi des syndromes de procrastination ; la spécialiste n'identifiait que des marqueurs de potentielles maladies psychologiques, jamais de lacunes dans l'éducation ou quelque manque crasse de compétence sociale. Éléonore en était pourtant convaincue, son problème n'était pas médical, ni spécifiquement dans sa tête. La tête du monde entier s'en trouvait colonisée, dans un partage des plus équitables. La société était mal emmanchée, c'était simple, il fallait des papiers pour tout : des attestations, des copies, des procurations, des bulletins, des factures, des bilans, des devis, des contrats, des diplômes, des certificats... Tout cela servait à prouver la bonne foi de chaque citoyen dans le système incohérent qui les liait. La joyeuse propension au mensonge d'Éléonore démontrait l'inverse. Elle participait bel et bien elle aussi à cette grande farce de l'humanité, pleine d'intermédiaires caduques. Sa sincérité n'était pourtant pas à remettre en question ; toujours une histoire d'équilibre entre deux déséquilibres.

Elle s'apprête donc à payer ces réparations sommaires et indispensables. Désormais sa bécane peut continuer à chercher ses points de corde sans vaciller. Éléonore ignore à chaque rendez-vous l'apostrophe finale de son garagiste, qui lui propose d'aller rouler avec lui un dimanche, mais oui, allez, juste un col ou deux. Elle le remercie, indifférente à l'invitation, règle sa note en espèces qu'elle jette sur le comptoir, et s'en va, jusqu'au prochain service, à la prochaine chute ou au prochain changement de gommes. Elle ne dispose d'aucun savoir en mécanique et dépend donc totalement de son expertise à lui.

Sa moto brille, nettoyée jusque dans la moindre encoignure. Éléonore tremble un peu, mais sans le laisser remarquer. Depuis l'accident qui a failli lui coûter la vie, c'est la première fois qu'elle remonte sur une machine aussi puissante. D'aucuns diront que la Falcata s'apparente à un petit vélo, mais pour elle, cet engin cache astucieusement sa nervosité. Il n'en reste pas moins un sublime partenaire pour danser sur les routes de la vallée. La motarde s'installe sur le véhicule, laissant encore la béquille bien arrimée au sol. Elle veut éprouver les vibrations du moteur, avant de s'accorder la sensation délicieuse du vacillement au démarrage. Le point mort est bien sélectionné. *Point mort?* Tiens, elle n'y avait jamais songé avant. Point mort. Le mouvement, c'est pourtant le principe de la vie. La machine ronronne, Éléonore actionne l'accélérateur et sent, à la base du réservoir d'essence, tout contre son bas-ventre, les oscillations de cette machinerie qui se met en branle. Elle ajuste casque et gants, pose ses deux bottes à talons de part et d'autre de sa monture. Un certain aplomb la rassure encore, bien là, pour l'instant. Elle ne comprend toujours pas l'erreur qu'elle a pu commettre. Et comment a-t-elle bien pu s'en sortir? À quel moment son ange gardien est-il précisément intervenu, et surtout, pourquoi? Une microseconde d'inattention, et tout lui avait échappé. Le guidon, la route, la perception du haut et du bas, et surtout sa carcasse à elle. La glissade avait été interminable, et si courte à la fois. La peur, brève, n'était survenue que quelques jours plus tard. Elle se demande encore aujourd'hui si l'état de choc ne perdurerait pas. Depuis la chute, elle se fiche d'absolument tout. Rien n'a d'importance. La seule pensée qui lui avait traversé l'esprit, au moment de passer miraculeusement sous la glissière de sécurité, était de savoir si elle retomberait un jour amoureuse.

La chute lui rappelle un songe. Éléonore dort toujours formidablement bien; complètement ivre ou rongée par les soucis de dettes et de factures en retard, aussitôt qu'elle pose sa tête sur le coussin, elle sombre. Elle ne rêve pas beaucoup, ou s'en souvient à peine. Agréablement, les cauchemars sont extrêmement rares. Mais il en survient un, oui, un seul, qui trouble son sommeil une ou deux fois par an. Il a ceci de particulier qu'elle rêve qu'elle dort. Allongée sur le ventre, une main invisible lui retire précautionneusement la colonne vertébrale, traversant sa peau délicate et pâle, sans pourtant l'abîmer. Elle se retrouve totalement désarticulée, sans contrôle aucun sur son corps. Il lui est ainsi impossible de bouger, malgré sa musculature très tonique. Il manque soudain la charpente, le pilier de son existence physique. Elle se réveille alors en sursaut, se dresse, quitte le lit et s'empresse de marcher, pour vérifier que chaque membre répond. La nouveauté, depuis quelques années, est qu'elle dérange Dodgson au passage. Sinon, le songe en lui-même demeure identique depuis qu'elle est enfant. Heureusement, il ne survient que rarement. Lorsque cela arrive, Dodgson se renfrogne, tourne quelques fois sur lui-même, avec une expression outrée dans les yeux. Il refait son nid à ses pieds, et s'assoupit en frappant ostensiblement la couette de sa queue. Un métronome qui rythme l'évanouissement à venir.

Depuis l'accident, Éléonore n'est pas retombée amoureuse. Les histoires d'amour, c'est pour les faibles, pense-t-elle. Elle a perdu trop de temps à s'attacher. Son grand frère n'a de cesse de lui dire que si elle ne trouve personne, elle mourra seule. *Trouver quelqu'un.* Quelle horrible expression ! Elle aimerait lui rétorquer qu'il mourra tout aussi seul qu'elle. Peut-être même que son sentiment de solitude n'en sera qu'accru, ses enfants ne représentant aucune garantie d'amour ni de reconnaissance éternelles. Ils le placeront dans un home pour personnes âgées et l'oublieront dans un coin, s'il a l'espérance de vie de ses contemporains. Vieillir au-delà de sa date de péremption ne représente même plus une chance, à l'heure actuelle. Ne s'agirait-il pas d'un déni absolu de la marche naturelle des choses ? Éléonore s'abstient néanmoins de fournir cette pensée détaillée à son frère. C'est décidé, elle mourra jeune, et seule, elle le choisit ! Sa préférence va plutôt à l'indifférence qu'à l'hypocrisie. Partir dignement, en voilà un bon programme.

La jeune femme ne manque pas de prétendants prêts à l'engagement d'une nuit, et parfois, étonnamment, d'une vie. La lassitude la gagne pourtant rapidement. Ces hommes-ci attendent d'elle ce que le schéma conventionnel du couple leur fait espérer. Ce doit être une forme de nouvelle religion, une croyance d'un tragique ennui. Sa loyauté l'honore, toutefois les promesses restent une rareté dans son parcours sentimental. Elles se coincent dans sa gorge, ne franchissent jamais le seuil de ses lèvres. Ce que ses partenaires ne comprennent pas, c'est que c'est surtout à elle-même qu'elle reste fidèle. Ils ne supportent pas qu'elle ne se dévoue pas corps et âme à leur bien-être : elle s'amuse, à force, qu'un amant lui reproche exactement ce qui l'a fait tomber amoureux d'elle. Insaisissable, sauvage et farouche, cette femme ne ressent le besoin de personne. Cela séduit prodigieusement les hommes, mais très vite, ils ne saisissent pas pourquoi ils ne deviennent pas le centre de son monde à elle. Elle nourrit des envies, aime profondément, concède beaucoup, mais n'accorde pas tout. Son mariage, le premier et le dernier, l'avait convaincue d'une certitude : elle pouvait accepter de perdre des plumes, mais certainement pas de se laisser couper les ailes.

Quelle drôle de pensée avait-elle donc eue, au moment de se sentir propulsée de la moto dans le talus ? Retomber amoureuse. Pourtant c'était bien sur son cul qu'elle était tombée, sans ne plus oser bouger, de peur que la colonne soit touchée. Une automobiliste terrifiée l'avait vue passer de l'autre côté de la glissière de sécurité, tout le nécessaire avait donc immédiatement été entrepris, une fois l'état de sidération dépassé. Éléonore était restée quasi entière, hormis des égratignures et un orteil quelque peu décharné. L'équipement n'avait pas survécu, la Falcata gisait, dans un sale état… Nul doute qu'elle retomberait un jour. Mais pas amoureuse.

Éléonore engage la première, lâche subtilement l'embrayage, atteint le point de friction et se réapproprie la route.

N'importe quel rêve est le même rêve,
car tout est rêve.
Que les dieux changent mes rêves,
mais ne me privent pas du don de rêver.

Fernando Pessoa

Deuxième chapitre

Éléonore se gare devant la résidence Saint-Jérôme. Quelques allées et venues depuis qu'elle a retrouvé sa Falcata lui ont permis de reprendre confiance en sa conduite. Elle accroche son casque au rétroviseur gauche, puis se mire longuement dans la seconde glace. La jeune femme réarrange un peu sa courte chevelure puis se sourit à elle-même. Elle s'aime bien dans le fond. D'un amour sincère et véritable. Elle reprend son casque et rejoint l'accueil du centre, pour rencontrer une toute nouvelle réceptionniste, qui paraît jeune et tout appliquée derrière l'écran d'ordinateur de son bureau. Le personnel du home ne résiste jamais vraiment longtemps dans cette institution. Les visages défilent et se succèdent aussi rapidement que les expressions. Celles-ci passent d'une joie compassionnelle à une lassitude excédée, avant que le poste ne soit réattribué à un nouveau sourire convenu, dont l'espérance de vie avoisine celle des résidents. Un éternel recommencement.

« Bonjour madame !

– Bonjour, que puis-je pour vous ?

– Je suis Éléonore Galland, et je viens voir ma Sœur.

– Quel est le nom de votre sœur ?

– Sœur Marie-Pucelle.

– Pardon ?

– Sœur Marie-Marcelle.

– Oh pardon, j'avais mal compris.

– Vous avez très bien compris. Et j'ai adoré votre tête !

– Je suis nouvelle, et je ne savais même pas que nous avions une Sœur parmi nos résidents.

– Eh bien, c'est ma Sœur, cette Sœur-là.

– La Sœur est votre sœur ?

– La Sœur est ma Sœur, depuis que l'Église n'en veut plus.

– Ah. Bon. Voilà, là… Elle doit être dans le salon ou dans sa chambre au premier. La cent sept.

– Je connais le chemin, merci madame. »

Éléonore grimpe la volée d'escaliers deux par deux, ignorant l'ascenseur. Fondamentalement une enfant, ses comportements sont conditionnés par l'enthousiasme et la hâte. Chaque régal de sa vie découle de la récompense d'actes spontanés. Arrivée à la porte de la chambre cent sept, elle frappe quelques coups, à la manière de la *cinquième* de Beethoven, comme il est d'usage avec la Sœur. À l'époque où Éléonore logeait en internat, c'était toujours ainsi que s'annonçait la nonne à sa chambre, la quatorze, à l'étage des quinze à dix-huit ans. Elle franchit le seuil et découvre Sœur Marie-Marcelle allongée en chien de fusil sur sa couche, écoutant « Monsieur Jardinier » sur la Radio Suisse Romande.

Sœur Marie-Marcelle, qui avait accompagné son passage de l'adolescence à la vie d'adulte, l'avait vue grandir au moment pivot où elle devenait femme. La religieuse l'avait laïquement écoutée, entendue, conseillée. Sermonnée parfois. La maîtresse des lieux n'avait jamais tellement cherché à investir ses recommandations de principes catholiques, mais il n'en demeurait pas moins qu'elles étaient profondément pétries de ses croyances. Sans le vouloir, ses échanges secrets avec le Très-Haut teintaient sa vision quant à la genèse d'une fille-femme. Depuis ses soixante-neuf ans, Sœur Marie-Marcelle se reposait à la résidence Saint-Jérôme. Quelques semaines avant cette visite, après de longues recherches, Éléonore l'y avait retrouvée, le cœur lourd de questions non élucidées. La jeune femme avait pourtant dû se faire une raison : désormais, Sœur Marie-Marcelle avait un petit grain. Et elle qui n'était jamais parvenue à garder une seule plante en vie, exception faite des jeunes femmes en fleur dont elle avait été la protectrice, écoutait « Monsieur Jardinier ».

À la radio, il est question de culture de tomates, les saints de glace approchant. Le spécialiste s'exprime sur la profondeur du trou à creuser et sur la robustesse du tuteur à sélectionner. Il ne faut pas oublier de bien espacer les plantons. Sœur Marie-Marcelle écoute-t-elle vraiment ? Elle semble plongée dans une léthargie imperturbable. Au-dessus de son lit, une copie pâle de la *Femme aux cheveux jaunes* de Picasso complète cette scène surréaliste. Éléonore n'avait, avant la maison de retraite, jamais vu la Sœur sans son habit monastique. Peut-être une fois l'avait-elle rencontrée au sortir de la douche, dans le vestiaire commun de l'internat, le corps ficelé dans une robe de chambre en tissu-éponge et les cheveux enturbannés dans une serviette de bain. La découvrir ainsi allongée dans un pyjama Calida, le luxe ultime, sous la représentation d'une femme au sein nu, la trouble. *L'art est un mensonge qui nous permet d'approcher la vérité…* Après tout, cette religieuse est une femme, elle aussi. Picasso était un homme à femmes, il s'avère que Dieu aussi. Quelle étrange vision que la muse du peintre, face à un crucifix supportant son Jésus miniature, l'homme de la vie de Sœur Marie-Marcelle. Le rédempteur répond à l'amante. Quelle plus grande intimité que le sommeil ? Cette énigmatique trinité garde les yeux mi-clos, chaque corps ondulant et somnolant au son de la voix de « Monsieur Jardinier ».

Éléonore dépose son casque et ses gants sur la table accolée à la porte-fenêtre qui donne sur le parc. Elle attendra sagement le réveil de Sœur Marie-Marcelle ; elle n'est pas pressée. Elle accroche sa veste en cuir au dossier d'une chaise et se poste, debout, face à la vitre. Dehors, dans le jardin de l'établissement, les cerisiers fleurissent dans un faste indécent, ombrant les bancs destinés à accueillir les pauses des résidents. Ces entractes marquent le rythme d'un quotidien composé d'inactivités qui se succèdent. Joyeuses fins de vie. Les millions de pétales pâles frémissent, s'accrochent désespérément à leurs frères sépales. Résisteront-ils à cette bise qui forcit depuis quelques jours, à la suite du creusement d'une dépression sur la Méditerranée ? Si pastel et si belles, les fleurs de cerisiers annoncent le printemps et la joie ! Et pourtant leur existence magnifique se justifie par l'indiscutable justice de la brièveté. Elles ont beau brandir leurs stigmates vers tous les pollens qui passent, leur joliesse incarne leur unique destin. Si tous les fruits naissent d'une fleur, toutes les fleurs ne donnent pas de fruits. Au même instant, « Monsieur Jardinier » rappelle que les tomates, bisexuées, peuvent s'autoféconder. Éléonore sourit. Elle vote à l'unanimité avec elle-même pour qu'une espèce de tomate soit renommée « Sainte Marie Mère de Dieu ». Une espèce bien charnue.

Éléonore, à l'époque où elle avait cru pouvoir aimer toute une vie, avait suivi avec beaucoup de ferveur les cours de préparation à son mariage religieux, dispensés par le diacre de son diocèse. Peut-être que ce choix ressurgissait de son passage en pensionnat, même si l'éducation s'y voulait affranchie de toute liturgie. Son ex-futur époux croyait au paradis et ne se doutait pas qu'il se préparait à l'enfer du divorce. Elle n'avait cependant pas prémédité ce crime céleste. Le diacre avait cité Jean, verset 1 et 2 du chapitre 15 : « Je suis le vrai cep, et mon père est le vigneron. Tout sarment qui est en moi et qui ne porte pas de fruit, il le retranche ; et tout sarment qui porte du fruit, il l'émonde, afin qu'il porte encore plus de fruit. » L'Église comparait-elle les fruits qu'elle prônait de porter à de bonnes actions ou plus prosaïquement, à la reproduction humaine ? Bref, son mariage s'était révélé stérile à tous points de vue. Les sarments et les serments furent tous retranchés. L'Église avait puni Éléonore en ne l'autorisant plus à prendre le corps du Christ. Elle s'était alors juré de prendre le corps de tous les autres.

Sœur Marie-Marcelle gémit. Elle se retourne péniblement puis entrouvre les paupières. La lumière du néon semble l'importuner. Éléonore se dirige vers l'interrupteur de la chambre pour l'éteindre. Le jour se suffit à lui-même à cette heure matinale.

« Bonjour madame !

– Bonjour ma Sœur.

– Tu es… ma sœur ?

– Je suis votre fille de cœur, ma Sœur.

– Je ne comprends rien. Mais tu es jolie ! On doit bien être de famille ! Et elle rit.

– Une beauté tout intérieure nous relie, j'en suis sûre !

– C'est quoi cet accoutrement ?

– Ah, ça ? Mon équipement moto.

– Les filles devraient mieux s'habiller quand même. On va te prendre pour un type, avec cette coupe. Tu n'as pas de jupe ? J'ai faim.

– Apparemment, on vous a apporté une compote. Elle est sur votre tablette, là…

– Qui m'a apporté une compote ? C'est pour les bébés, les compotes… Qui a fait ça ?

– Ce doit être l'infirmière de l'étage.

– Papa est rentré ?

– Comment ça ?

– Est-ce que Papa est rentré ? Il a promis de revenir pour le goûter et de m'aider à installer la machine à coudre !

– Ma Sœur, c'est le matin. Et vous êtes en maison de retraite !

– On est venues rendre visite à qui ?

– … À personne.

– Alors on s'en va, on rentre à la maison ! Je peux enfin ourler ma robe si Papa rentre !

– Ma Sœur, vous souvenez-vous de l'âge que vous avez ?

– Mais tu es qui ?

– Éléonore, je suis Éléonore…

– Oh ! Comme mon Aliénor ! Et comme la duchesse d'Aquitaine !

– Presque…

– Rentrons à la maison !

– C'est ici, chez vous, désormais.

– Non, ici, c'est… horriblement moche !

– Dites-moi, quel âge avez-vous ma Sœur ?

– Je suis née le même jour qu'Alice Cooper ! Tu savais qu'Alice Cooper était un homme ?

– Oui.

– Tu as entendu *Pretties of you* ? Maman est scandalisée ! Qu'est-ce qu'elle me fait rire. C'est de la musique du diable, elle a dit ! Tu aimes toi ? Faut qu'on aille danser ! Avec Aliénor. Mais ma robe n'est pas encore prête ! Quand est-ce qu'on rentre ? »

L'émission de « Monsieur Jardinier » touche à sa fin. Le générique du journal d'informations démarre par ces mots : « Journal horaire, il est neuf heures. Le rapport d'enquête de La Poste sur l'affaire CarPostal, accusée de manipulations comptables, ne devrait pas être publié complètement… »

Éléonore baisse le volume de la radio pour demander à la Sœur :

« Où aimeriez-vous aller danser ?

– Si je pouvais, je partirais à Woodstock cet été ! Tout le monde en parle… mais c'est à l'autre bout du monde ! Tu viens avec moi ? Mais ma robe n'est pas encore prête. »

La mère de Sœur Marie-Marcelle l'avait baptisée Honorine, du nom de sa grand-mère. Trois mois après les vingt et un ans de celle qui n'était pas encore devenue

nonne, le père n'était jamais revenu des champs pour le goûter. Piqué au cou par une guêpe, il n'avait pas survécu, mort étouffé malgré l'aide qu'avait tenté de lui apporter le médecin du village. La mère d'Honorine, désemparée et sans-le-sou, s'était résolue à envoyer sa fille unique au couvent. Honorine poursuivait jusqu'alors des études, une lubie encouragée par son père qui l'aimait par-dessus tout et qui lui prédisait un brillant avenir. Entretenir une étudiante adulte était au-dessus des forces de la mère. Elle considérait sa fille comme une incapable, puisqu'elle avait encore les fesses vissées aux bancs d'école. Elle savait lire et écrire, elle serait donc bien reçue au sein de l'ordre de Saint-Ursule. Honorine ne partirait jamais aux États-Unis, et encore moins à Woodstock. Elle s'était ainsi retrouvée à Fribourg, entourée de jeunes femmes dont le destin se scellerait autour d'un amour destiné à un seul homme, d'un genre unique. Il ne faisait pourtant pas le malin maintenant, accroché à sa croix, face à une épouse démente.

« Ma Sœur, nous sommes en 2018. C'est le printemps. Il fait très chaud et les cerisiers sont encore en fleurs. Vous avez septante ans. C'est jeune pour être dans un home, je vous l'accorde, mais comme vous perdez un peu la mémoire, on a préféré vous loger ici plutôt qu'au couvent ! Les infirmières s'occupent très bien de vous. Elles vous apportent de la compote, et il faut la manger. Votre papa ne reviendra pas pour le goûter…

– Oh non ? Papa ! Qu'est-ce qui arrivera si Papa ne revient pas ? Je ne veux pas rester avec Maman. Elle n'aime pas Aliénor. Et elle me déteste ! J'en suis sûre, elle me déteste !

– Tout va bien ma Sœur. Vraiment, tout va bien ! On va faire un tour dans le parc, quand vous aurez mangé votre compote. »

Sœur Marie-Marcelle finit par s'apaiser, s'asseoir au bord du lit, et avale tant bien que mal sa compote.

Elle déglutit parfois difficilement, ce qui rend toute discussion compliquée. Soudain, elle suspend sa cuillère en pleine ascension, puis la repose pour demander:

« Mais Aliénor...

– Éléonore... Ou Élé, pour les intimes!

– D'accord. Oui, tu n'es pas Aliénor, c'est évident. Élé, ça me plaît. Élé, tu es belle! Tu peux éteindre la radio?

– Oui, bien entendu. Je vais l'éteindre.

– Tu vas bien? Tu as l'air inquiète pour ton bébé!

– Inquiète pour mon bébé? Mais je n'ai pas de bébé...

– Celui dans ton ventre. Tu le tiens fort, ton ventre. Il est tout rond.

– Oh... non. Non, je n'attends pas de bébé. Je...

– Ah dommage! Une prochaine fois! Moi j'en veux trois, au moins! Mais il faut trouver le bon mari avant, tu es bien d'accord? Mais jolie comme tu es, je suis sûre que tu as déjà tapé dans l'œil d'un homme!

– Je ne veux pas de bébé.

– Mais non! Tout le monde veut des bébés!

– Pas moi.

– C'est parce que tu n'as pas encore trouvé le bon! Tu verras, ça viendra tout seul, l'envie, après.

– Euh... enfin, alors, il y a que... non, ça n'est pas important, je vois que ça n'est pas le jour idéal pour discuter avec vous aujourd'hui.

– Ah bon. Pourtant, je suis là!

– Vous êtes là sans être là.

– Il me semble être parfaitement là.

– Dans le fond, ça n'est pas tout faux. Vous êtes parfaitement là. En fait, oui... je suis un peu inquiète. J'ai reçu une lettre. De l'hôpital. Ce n'est pas une histoire de bébé. Mais, à cause d'un rapport d'IRM que je voudrais juste... cramer.

– Ah. Alors il faut le brûler. Même si je ne sais pas ce qu'est le rapport dont tu me parles.

– Si c'était aussi simple...

– Je ne vois rien de compliqué. Il faut juste allumer un feu. Tu as des allumettes ?

– Je dois décider. Je dois décider si j'accepte leur chirurgie exploratoire, comme ils disent.

– Tu as mal ?

– Ce n'est pas important.

– Cela me semble assez important. Est-ce que tu as mal, Aliénor ?

– Élé... Eh bien, cela dépend des cycles. Il y a des moments, croyez-moi, j'ai l'impression qu'on me plante des dagues dans le ventre, et qu'on les retourne dans tous les sens.

– Aïe. Un mal de chien alors !

– Ouais, ça va. J'ai la tête dure. Je vais tenir. Je lui ai demandé, au chirurgien, si j'allais mourir. Il a dit non. C'est la vie.

– Mais tu vas souffrir...

– La douleur n'est qu'une information. Vous ne vous souvenez pas de moi, vraiment ?

– Si. Je t'ai vue tout à l'heure !

– Oui. Mais... je veux dire, d'avant ? Nos discussions, au foyer, vous ne vous en souvenez pas ? Le corps des femmes, la séduction, les limites de la décence, tout ça ?

– Moi ? Je t'aurais parlé des limites de la décence, alors que je ne rêve que de raccourcir cette satanée robe ? »

***

Éléonore rafraîchit la page de son compte bancaire en ligne. Moins que rien, c'est toujours rien. Elle retourne cette perspective de trou noir sidérant dans tous les sens, clique inlassablement sur la petite flèche escargot. Le symbole du sablier apparaît, tourne, et se retourne, sans que jamais aucun grain de sable ne semble tomber d'un vase à l'autre. L'écran affiche de nouveau l'état de sa fortune. Le vide demeure abyssal. Elle n'a pas tout fait juste, cela ne fait pas un pli. Elle a voulu se soustraire à ses devoirs administratifs, aux règles et à sa condition de petite soldate du système. Mais sans argent, pas de croquettes pour Dodgson, pas d'essence pour sa Falcata. Il est hors de question d'appeler son père. Et elle n'ose pas demander une avance à Paul. Il lui ferait la morale avec un plaisir non dissimulé, faussement offusqué: « Comment? T'as déjà tout dépensé? Je t'ai versé ton mois le 25 avril. T'as plus rien? Qu'est-ce que tu fabriques? Tu as besoin d'aide, Éléonore, tu ne sais pas te gérer... » Éléonore sait parfaitement se gérer, mais n'en a tout simplement pas envie. Il lui reste dix-huit jours à tenir. Elle compte la petite monnaie de sa tirelire, retrouvée dans un de ses nombreux cartons de déménagement entreposés dans la maison de son père, avant qu'il ne vende tout pour partir à l'autre bout de la terre. Cet héritage de l'enfance la renvoie à la puérilité de cette situation. Faut-il éventrer un cochon pour s'offrir quelque dix-huit jours de dignité? Les sorties, pour trois semaines, c'est terminé. Éléonore déteste vivre aux crochets de ses compagnons de bar. Ils prennent sa propension à accepter un verre pour une promesse d'intimité sauvage. Il n'en est pas du tout question.

Il reste suffisamment de café dans la boîte métallique, quelques bières au frigo et bien assez d'eau dans les robinets. Elle décompte deux paquets de riz, trois conserves de petits pois, deux de maïs, une sauce tomate, cinq pestos au basilic de la même marque, et trois ou quatre différents paquets de pâtes entamés, dont il faudra adapter la fameuse concordance des temps de cuisson. Dans le congélateur, il reste ces ignobles et indigestes Délices aux champignons, dont l'achat lui reste inexplicable. Les réserves de chocolat affichent heureusement complet. Elle devrait pouvoir manger avec le patron deux voire trois fois, il offre toujours le repas du jeudi, quand elle ne se débine pas. Elle se contiendra et tapera la causette pour la bonne cause. Elle gardera ainsi ce total de trente-deux francs quarante-cinq issu de sa vieille crousille pour faire le plein à la station-essence. Elle ne passera finalement pas à la Poste pour découvrir l'ampleur de ses nouvelles dettes. Elle arrêtera ainsi la cigarette. Un mal contre un mal.

Le portable vibre sur la table. Apparaissent les lettres magiques du prénom de Liv, suivies de trois cœurs, un bleu, un jaune et un bleu, pour rappeler le drapeau de la Suède. Éléonore décroche, tout en décalant ses fesses du centre de l'assise de sa chaise de bureau. Un beau fauteuil hérité de l'étude de son père, désormais retraité sur son île paradisiaque. Elle croise les jambes.

« Coucou ma poule !

– Ah ! Je préfère cette voix !

– J'imagine que je puais la clope à travers le combiné jusqu'à Blonay. Excuse-moi si j'ai été un peu sèche l'autre matin.

– J'ai l'habitude, Élé. Rien ne me choque plus, venant de toi.

– Et bim, crochet du droit !

– Tu sais que je t'aime.

– Moi aussi je t'aime, Liv. Tu es la mère que je n'ai jamais eue !

– Ne plaisante pas avec ça…

– Tu es le frère que je n'ai jamais eu.

– Élé ! Arrête !

– Tu es la sœur… ah non, ça ne marche pas. D'ailleurs, faut que je te raconte !

– Vas-y, je t'écoute. Quoi ?

– Je suis allée voir la Sœur dans sa maison pour vieux. Tu te rappelles, la reine mère, comme je l'appelais à l'époque ?

– Oh, tu as pu y retourner ? Elle va bien ?

– Oui. Mais elle a vraiment perdu la boule. Une visite sur deux, elle semble avoir toute sa tête, même si elle ne parle pas beaucoup, mais les autres fois, on lui donnerait dix-huit ou vingt ans, à l'écouter. Elle me parle de ses parents comme si elle allait les retrouver dix minutes plus tard. Une vraie post-ado…

– C'est triste. Mais si elle ne se rend pas compte de son âge, peut-être que ça lui fait du bien d'imaginer qu'elle a encore un entourage ?

– Hé minute ! Elle m'a, moi !

– C'est juste la trois ou quatrième fois que tu y vas, après des années de silence… Elle t'a reconnue ?

– Non. T'as raison. Je ne fais pas partie d'assez vieux souvenirs pour elle.

– Ce n'est pas pour te vexer, mais elle a dû côtoyer tellement de jeunes filles à l'internat.

– Oui, mais notre relation, ce n'était pas pareil. C'était… complice, riche, foisonnant ! J'ai rarement parlé de cette manière à quelqu'un qui avait autant d'écart d'âge avec moi. J'ai toujours senti que quelque chose de particulier nous reliait. C'était différent de ce qui me liait à mon père, et ma mère n'en parlons pas, et à mes tantes, ou même les profs. Je ne sais pas, elle m'a toujours paru être une personne unique, à part entière… Je n'ai jamais connu personne comme elle. Et pourtant, même si de mon point de vue, j'avais le sentiment qu'elle était passée à côté de sa vie, à cause de ce foutu couvent, elle ne s'est jamais plainte de son destin. Mais là, maintenant, elle est toquée. Elle débloque complet.

– Alzheimer ?

– Aucune idée. Vraisemblablement. Mais je n'ai pas vraiment accès aux informations médicales, et je ne les demande pas. Je crois que les infirmières ne l'apprécient pas beaucoup… elle peut se montrer assez vulgaire, et irascible par moments ! Alors, c'est marrant, quand tu sais qu'elle est nonne ! Ce n'est pas un métier, bonne sœur, c'est la vocation de toute une vie. Et tu sais, elle a quand même envoyé se faire voir l'aumônier l'autre jour ! C'est l'infirmière qui m'a raconté qu'elle lui avait dit qu'il pouvait aller se gratter, avec son bout de pain tout aplati et dégueulasse, et qu'elle ne mangerait pas ça. Elle ne comprend rien de ce qui se passe, ni ce qu'elle fait là. Même la communion n'a plus aucun sens pour elle.

– C'est fou. Toute une vie à servir Dieu, pour ne pas se souvenir de son existence.

– Faut-il qu'il existe ! Et elle a plutôt passé sa vie à servir les jeunes filles paumées dans mon genre.

– Et les jeunes filles paumées ne sont-elles pas un peu Dieu ? »

Toutes deux éclatent d'un grand rire joyeux. De ces rires qui vous balaient le ventre et la tête de toute inquiétude, le temps que l'endorphine colonise chaque partie de votre corps. Le moment est bref, mais exquis. Comme l'épanouissement des cerisiers.

« Ce qui m'a rendue triste, la première fois que je l'ai revue, c'est de constater que la consécration de toute sa vie avait été inutile. Aucun membre de la congrégation n'a l'air de se soucier de son sort.

– Les autres Sœurs sont aussi âgées, tu le sais… Il ne doit pas y avoir une relève incroyable, puisqu'elles ne se reproduisent pas, ajoute Liv dans un gloussement étouffé.

– Oui, je sais… Mais l'Église, cette fameuse grande famille… il n'y a subitement plus personne pour elle, après tout ce qu'elle a fait pour les autres. La famille, c'est des foutaises !

– Tu exagères. Toutes les familles, de sang ou de choix, sont dysfonctionnelles. C'est leur définition même, d'être imparfaites. Mais il y en a de plus défaillantes que d'autres, je te l'accorde.

– La tienne est parfaite.

– Elle n'est à l'abri d'aucune imperfection, Élé d'amour. Je ne suis pas une mère parfaite, mais je suis la mère parfaite pour mes enfants, parce qu'ils n'en ont pas d'autre.

– Ta famille est formidable. Même si tu sais que je ne t'envie pas, parce que je ne supporterais pas d'être captive d'un mari et de deux mioches, si mignons soient-ils. Mais je préfère rester tata Élé, celle qui leur fait faire tout ce qui est interdit dans ton dos.

– Ils t'adorent... Mais ne viens pas trop souvent, je t'en supplie ! »

Et les voilà qui explosent de nouveau de rire. Ces décharges de plaisir commencent à apaiser Éléonore. Liv est un phare dans toutes ses tempêtes silencieuses. Elles n'aborderont pas le cœur de ses problèmes, même si sa meilleure amie connaît les contours de chacun de ses revers.

« Ma famille à moi, c'est Dodgson.

– T'es vraiment devenue une femme à chats, alors ?

– Je n'ai qu'un seul chat ! Et je ne suis pas une mémère à son chat-chat !

– Du calme papillon ! Tu te rappelles, quand tu te vexes, c'est qu'il y a un fond de vérité.

– Mouais. Bon.

– Et toutes les sorcières ont un chat ! D'ailleurs, tu as pu récupérer ton balai magique ?

– Très drôle... Oui, la moto est réparée. Tu sais, j'ai quand même un truc à te demander.

– Je t'écoute, vas-y !

– S'il m'arrivait quelque chose, tu t'occuperais de Dodgson ?

– Mais il ne peut plus rien t'arriver, Élé ! Toi, tu es indestructible !

– Liv, je suis sérieuse. Si je viens à disparaître, tu veilleras sur lui ?

– Je me demande parfois si je ne devrais pas déjà te l'avoir enlevé, pour sa sécurité !

– Je ne plaisante pas, là. J'ai besoin que tu le dises.

– Je veillerai sur ton horrible chat, s'il devait t'arriver quoi que ce soit. C'est promis.

– Merci Liv. T'es une vraie copine.

– J'aurais dit une sainte. Mais je me contenterai de cette appellation indigne de "vraie copine". Bon, ma biche, je dois filer. Noémie termine son cours de danse dans vingt minutes, et je suis pas en avance.

– File, Sainte Liv ! Embrasse ta tribu de ma part.

– Je t'aime Élé !

– Je t'aime Liv. Je t'aime. »

Éléonore jette son portable sur le plateau du bureau. Elle soupire d'aise, tout en laissant ses pensées glisser vers un rêve des plus fous. Partir. Oui, c'est cela, il faut partir et tout laisser en plan derrière elle. À quoi bon rester ici, à quoi bon se torturer l'esprit et adhérer aux parois de ce moule ? Pourquoi se laisser guider par des ornières, des glissières ou des œillères ? Pourquoi se laisser entraver par un patron qui délimite ses journées d'un programme absurde, où sa mission réside en la présentation de coquilles vides à des oiseaux migrateurs ? À quoi bon se mettre au service de ces tristes riches qui n'entrevoient leur liberté qu'au travers de l'acquisition d'une maison de vacances ? Ils achètent quatre murs, loin des quatre cloisons qui délimitent leurs cinq jours de labeur, pour s'accrocher à un paysage sauvage et « authentique », comme ils se plaisent à le décrire. Leur chez-eux n'est-il pas assez criant de leur propre vérité, de leurs propres choix ? L'authenticité n'est pas un acte de sincérité. Il est l'attestation d'une réalité. Ils confondent l'authentique et le pittoresque. Et le pittoresque n'est qu'une volonté de dépeindre le réel. Retour à l'expéditeur. Ils imaginent pouvoir revêtir d'autres lunettes que celles qui ornent leur nez, supputant qu'elles permettent de voir la vie en mieux, en plus acceptable, en plus doux. Quel leurre ! Ils murent leur âme en quête de vertige entre des cloisons de mélèze, en attendant l'heure où leur corps sera contenu entre des planches de chêne. Paul ne s'intéresse qu'à l'argent qu'il peut retirer de ces fantasmes d'oisiveté poétique. À son tour, il finance alors les traites de sa villa en Espagne. Et ainsi de suite.

Une cascade de faux-semblants, où les hypothèques font miroiter un sentiment de propriété. Rien n'appartient à personne. Rien de cette vie-là n'a de sens. La réussite d'une vie normée par un bon travail, par un appartement coquet, dont on peut vanter la vue, ou par un Noël annuel partagé entre membres d'une famille pourtant indifférente et blasée. Une illusion ! Et là, en plus, ce corps qui déraille. En est-on vraiment sûr ? Qu'est-ce que la santé, après tout ? Elle l'emmerde, le médecin et ses assertions pleines de condescendance, avec ses plans sur la comète, pour une hypothétique guérison qui n'arrivera pas. Elle le sait, que cette fichue endométriose ne se soignera pas. Elle a le sentiment d'être le docile rat de laboratoire du service d'endocrinologie. Elle n'est pas dommage, elle, puisqu'elle n'a ni désir ni pouvoir de maternité. Aucun projet ne peut être tué dans l'œuf.

Pour fuir, il faut cependant anticiper quelques aspects. En premier lieu, il vaut mieux laisser derrière soi un appartement dans un état acceptable. Il serait préjudiciable qu'en la recherchant, on se dise qu'elle ne sait pas tenir son ménage, bien que ce soit absolument le cas. Laisser une bonne impression ne coûte pas grand-chose, même si elle ne balayera pas le sentiment de trahison qu'une telle fuite engendrera auprès de celles et ceux qui pensent être dans sa confiance. Liv, elle, comprendra. Éléonore trouvera bien un lieu de stockage pour sa paperasse. Il ne faudrait pas que certaines choses soient exhumées avant sa propre mort. Et puis il faudra préparer un paquetage sommaire, un strict nécessaire pour parer à toute éventualité, planifier une feuille de route approximative, au moins pour le départ, brouiller les pistes pour les premiers jours d'absence, remplir la gamelle de Dodgson en conséquence, avant que Liv ne prenne la relève, laisser une trace qui atteste et rassure que rien de grave n'est arrivé. Il reste dix-huit jours à Éléonore pour préparer cette fuite. Dès que le salaire tombera, elle retirera la somme, chevauchera sa Falcata, s'empressera de traverser le Col de la Forclaz pour rejoindre le périmètre de Chamonix, et ensuite se laisser emporter par les vents favorables de l'inconnu. Elle roulera jusqu'à la ruine. Et puis trouvera de petits jobs d'appoint, par-ci, par-là, comme extra, le temps de se refaire un petit pécule et de poursuivre l'aventure. C'est la seule liberté qu'elle connaisse : la route. Les grandes lignes du plan sont parfaites. En moins de trois semaines, elle parviendra à peaufiner les détails sans aucun problème.

Après l'appel de Liv, Éléonore s'est servi une bière. La Westmalle Triple qu'elle déguste ne réfrène en rien l'entrain que ce voyage lui procure par anticipation, bien au contraire. Les 9,5% de volume d'alcool se fondent sournoisement dans l'amertume crémeuse de cette trappiste. La robe dorée surmontée de son délicat col de mousseline blanche rétrécit d'une minute à l'autre, sa finesse et son élégance s'évanouissent dans l'arôme puissant du malt, de la levure et du houblon. Éléonore rêvasse : elle laissera flotter des rondelles d'agrumes fraîchement décrochés de leur citronnier dans ses bières, lorsqu'elle tutoiera, en terrasse, la voie napoléonienne s'apprêtant à piquer une tête dans la Méditerranée. L'hébétude dans laquelle la boisson plonge la jeune femme n'est pas sans lui rappeler l'état de confusion dans lequel Sœur Marie-Marcelle doit se trouver par intermittence depuis quelques mois. Une réalité parallèle, où le cerveau se persuade d'être pleinement maître de la situation, alors que toute vérité extérieure lui échappe, toute forme de contrôle lui est refusée.

***

C'était l'été, le jour où Éléonore avait confié son corps à ce garçon. Elle avait seize ans, lui dix-sept. Il s'était montré doux, probablement davantage par maladresse et inexpérience que par précaution. Il était très amoureux.

Plus qu'elle ne l'était. L'était-elle ? Pendant les vacances estivales, le pensionnat ne comptait qu'une poignée de résidentes, les « permanentes », celles dont les parents ne vivaient pas en Suisse. L'étage ressemblait à un vaste dortoir désaffecté, pourtant toujours propre et entretenu ; ses couloirs respiraient l'absence. Parfois, Sœur Marie-Marcelle traversait le corridor, du salon TV jusqu'au foyer, où les jeunes filles prenaient, pendant la période scolaire, leur goûter. Elle marchait, sans but, et jetait un œil dans chaque chambre dont l'entrée restait béante. Peut-être pensait-elle y débusquer un diable qui s'agite ? Elle ne se doutait pas que l'interdit se tramait, évidemment, derrière une porte close. Dans la chambre quatorze, deux jeunes explorateurs retenaient leur respiration, malgré l'essoufflement dû à l'excitation et à la température estivale. Ils veillaient cependant, dans leur empressement désorganisé, à ne pas froisser trop bruyamment les draps, afin de ne céder aucun terrain aux soupçons. L'affaire n'avait pas duré bien longtemps, mais avait ressemblé à une éternité d'anxiété. Le jeune homme, sidéré par sa découverte d'une *terra incognita*, s'était néanmoins rhabillé à la hâte, juste après avoir joui, pour s'asseoir, penaud, au pupitre de sa camarade de classe. Il n'aurait jamais imaginé qu'en quittant, un peu désœuvré, la piscine municipale, sa rencontre inopinée avec Élé renverserait avec autant de puissance son quotidien. Dès qu'il s'était dégagé de son corps, Éléonore elle avait ramené le drap sur son ventre, encore pur et vierge un instant plus tôt. Elle observait le plafond blanc, comme s'il y était gravé quelque principe fondamental. Il était très amoureux, ce qui le rendait confus. Elle ne l'était pas vraiment, ce qui la rendait lucide. Elle l'avait fait ; elle ne serait plus jamais une petite fille. Sœur Marie-Marcelle, installée dans le salon TV, regardait un documentaire animalier sur les renards polaires. Une activité rafraîchissante, en plein mois de juillet.

Plutôt dormir avec un cannibale sobre
qu'avec un chrétien ivre

Herman Melville, *Moby Dick*

Troisième chapitre

Éléonore branche le câble de son appareil photo reflex à l'ordinateur. Les nouvelles images qu'elle a prises de l'appartement 7B de l'immeuble « Les Chamois » mettront quelques minutes à charger dans le dossier des ventes. Elle ouvre donc le navigateur Internet et tape sur son clavier :

« Aliénor duchesse »

Wikipédia affiche le premier résultat, elle clique sur l'occurrence correspondante. La jeune femme se met donc à lire la page dédiée. Première surprise, Aliénor est aussi connue sous le nom d'Éléonore d'Aquitaine. Chouette, une consœur de prénom ! Elle n'est pas seulement duchesse, mais aussi comtesse et supporte quinze années de royauté. Éléonore parcourt plus avant la biographie de son homonyme, titillée par la confusion de Sœur Marie-Marcelle. Une lecture rapide de l'arbre généalogique ne manque pas de faire naître quelques sourires. La grand-mère maternelle se nomme *Dangereuse de L'Isle Bouchard.* Tout un programme ! La petite sœur d'Aliénor ne bénéficie pas d'une telle reconnaissance éponyme, et se voit affublée du nom de Pétronille. Vraiment pas de bol, un bon nom de vierge, ça ! Elle poursuit : la comtesse étudie les langues, l'amour courtois, la musique, la littérature et la chasse. Une femme à l'avant-garde, pour l'époque, s'entend-elle penser. Les médiévistes, quant à eux, s'offusquent et s'interrogent de ne pas la savoir « promise » au moment du décès de son père. C'est vrai ça, treize ans, une limite d'âge à ne pas dépasser pour ne pas être traitée de vieille fille! Aliénor est ainsi destinée à Louis Le Jeune, à qui on la marie vite fait bien fait, car le père de son fiancé, le Roi de France, est pris d'une sérieuse chiasse dont il mourra quelques jours plus tard. La voilà héritière par son père du duché d'Aquitaine, mais également future reine par son mariage. Une belle couronne lui est offerte le jour de Noël, ainsi que la tête du royaume de France à glisser dessous. Éléonore se demande ce qu'elle fichait de son côté, l'année de ses treize ans. Elle devait probablement dénombrer les pattes qui s'accrochaient aux mouches ou désarticuler des pinces à linge, espérant comprendre la logique du mouvement de préhension d'un objet aussi ridiculement simple et efficace. Des activités qui n'engendraient pas les mêmes inquiétudes que celles qu'Aliénor allait rencontrer à l'adolescence. L'esprit joyeux et libre de la jeune monarque ne fait visiblement pas l'unanimité auprès de ses courtisans. La langue qu'elle parle et la mode vestimentaire qu'elle affectionne outrent les Parisiens. Les goûts du Midi sont décriés par cette société cléricale et érudite. Des coincés du cul, conclut Éléonore. Les manières d'Aliénor dérangent les conseillers du roi qui s'attellent astucieusement à entacher sa réputation. Ces suppositions historiques ravissent Éléonore, qui, malgré la fin du temps de téléchargement des photographies de l'appartement 7B de l'immeuble «Les Chamois», décide de poursuivre la lecture du portrait de cette intrigante reine. Elle écarquille les yeux à la découverte de l'affront qu'Aliénor inflige à son mari, puisqu'à l'âge de vingt ans, elle n'a toujours pas eu la décence d'enfanter! Parbleu! Sa stérilité doit néanmoins s'expliquer par une cause biologique somme toute assez claire: Louis Le Jeune ne touche pas volontiers son épouse, il préfère la mettre à l'index. Aliénor, par un tour de passe-passe stratégique, parvient tout de même à obtenir une promesse de grâce du pape en faveur de son époux, si celui-ci s'acquitte du devoir conjugal. Louis VII paye la dissolution d'une excommunication par un don de son corps. La petite Marie voit alors le jour. Le miracle de l'amour !

Lors d'un appel à une deuxième croisade, Louis VII répond présent, et, chose surprenante, son épouse également. De mémoire de Terre Sainte, jamais reine française n'avait pris le glaive ni la croix pour accompagner son mari en campagne. Sa présence se justifie par un intérêt politique ; il ne fallait pas imaginer trop d'héroïsme. À croire que lorsque l'on se méfie d'une femme, il vaut mieux la tenir au plus près de soi. Cependant, la dame ne se déplace pas sans un important dressing, qui prend davantage d'espace qu'un bagage à main tolérable au comptoir de la RoyalAir. Quelle malchance pour Louis de ne pas être né Vuitton, car Aliénor s'extasie devant le faste oriental, Byzance lui ouvrant des bras ornés de bagues, de bracelets et de tissus chatoyants. La fête ne dure pourtant pas, et c'est *in extremis* que le charmant couple royal échappe au massacre militaire de Pisidie et atteint Antalya, d'où la fuite providentielle se concrétise par la mer, jusqu'à Antioche. L'ambiance n'étant pas assez tendue, Aliénor, qui en garde sous la pédale pour faire rager son mari, veut entrer dans la légende. Une de ces légendes noires, qui s'inscrivent en lettres d'or, lisibles au creux de la plus sombre des nuits. En effet, la guerre ne semble aucunement l'empêcher de faire des caprices, selon ce que rapportent diverses sources qu'Éléonore qualifie instamment de misogynes. Elle admet interpréter les faits présentés, mais elle ne doit débattre qu'avec elle-même, ce qui arrange son argumentaire. Hasard de la route, le tonton d'Aliénor, Raymond de Poitiers, les accueille à Antioche, bourgade dont il est le prince. Ce jeune oncle présente un très charmant attrait. De plus, la parenté poitevine leur offre le partage de ce patois secret qu'est la langue d'oc. La nature de leurs échanges laisse ainsi tout leur entourage circonspect. Et lorsque l'on ne comprend rien, les soupçons émergent. Cela arrive pareillement avec les imbéciles, quand ils ne saisissent pas la subtilité d'une situation. Ils préfèrent la décrier que de tenter d'activer leurs propres neurones. Cela demande beaucoup moins d'énergie de porter l'attention sur autrui que sur sa propre ignorance. Aliénor ferait donc usage de sa langue, bien au-delà des mots, selon ses calomniateurs.

Au Moyen Âge, personne ne semble s'enquiquiner de la consanguinité, lorsque cela arrange les protagonistes. Et si celle qui la lie à Raymond ne semble pas l'importuner, Aliénor dénonce celle qu'elle entretient avec Louis, pourtant connue au jour des noces. Bim, bam, boum, patatras, effet de surprise : elle exige l'annulation de son union avec le roi, sous prétexte qu'il ne veut pas placer son armée au même endroit qu'elle, elle le souhaiterait. Le roi, mécontent, force Aliénor à le suivre jusqu'à Jérusalem, loin de tonton Raymond dont la proximité avec son épouse pique sa fierté. L'histoire est toujours écrite par les vainqueurs. Et il n'y a pas de petite victoire, en particulier d'un homme sur une femme. Les chroniqueurs s'en sont donné à cœur joie, au sujet de la *petite* duchesse. Dans sa *Chronique universelle*, qui ne devait avoir d'universel que son parfum patriarcal, Hélinand de Froidmont affirme qu'elle s'est conduite « plus en putain qu'en reine ». Oh la coquine !

Éléonore se délecte de cette lecture passionnante et pleine de remous. Les suppositions d'infidélités de la reine semblent avoir engendré davantage de petits que la catin elle-même. Ces ragots visant à discréditer Aliénor constituent probablement une réponse de jaloux quant à la démarche chaloupée de l'Histoire, indisposés par l'idée qu'une femme répudie son époux pour le seul motif qu'il l'insupporte. Pourtant, les histoires de coucheries impactent la marche du monde depuis que l'Homme est un homme. Une femme qui revendique sommairement son émancipation, c'est tout de même culotté. Pourtant, si elle la porte, c'est bien pour défendre ses fesses, songe Éléonore.

Paul entre dans le bureau de son employée, qui clique alors automatiquement sur Alt + Tab. Les images de l'appartement s'affichent. Elles sont tout simplement stupéfiantes de banalité.

« Tu te joins à nous pour manger ?

– Comme tous les jeudis, ta femme est allée rendre visite à son père ?

– Laisse tomber Éléonore, à tout à l'heure.

– Non, attends ! Je viens aujourd'hui.

– Ah, une bonne surprise, pour une fois.

– J'adore te surprendre, Paul ! »

***

Éléonore sonne à la porte. Elle entend un grand galop à l'approche, puis un freinage toutes griffes dehors, qui marque bien le parquet, et finalement les aboiements mêlant comme à l'habitude fougue et crainte. Ventura est un Terre-Neuve gigantesque, au poil d'un noir épais et à la truffe carrée. Éléonore s'étonne que, si les poissons ne grandissent pas davantage qu'une certaine taille contrainte par les dimensions de leur aquarium, les chiens, eux, ne s'adaptent pas à cette règle somme toute biologiquement évidente. L'appartement de Thomas constitue une insulte pour le règne des mammifères. Un couple, deux enfants et l'équivalent d'un jeune ours ne devraient pas cohabiter dans un si petit environnement sans être dénoncés aux autorités compétentes. Surtout pour la santé mentale de Ventura. Et derrière la porte, cela continue de japper avec enthousiasme et appétit, jusqu'à ce que les pantoufles de Thomas daignent glisser jusqu'à l'entrée. Éléonore l'entend prononcer mollement :

« Doucement, Ventura ! Doucement, ça ne sert à rien d'aboyer. »

Ventura ne comprend clairement pas la langue, car il n'obéit à aucun des ordres de son maître. Thomas a beau lui répéter systématiquement cette sentence, dès qu'une personne appuie sur le bouton de la sonnette, le chien s'époumone, gesticule et démonte le mobilier du vestibule. Éléonore s'adosse toujours au mur, dans l'attente de l'ouverture de la porte. Ainsi, dès que son frère tourne la poignée et lâche l'animal, celui-ci bondit, exulte, puis stoppe net, tourne la tête de droite à gauche, et de gauche à droite, nerveusement, sans qu'il ne songe à se retourner, tant il est idiot. Ventura ne la voit pas, alors qu'elle est juste derrière lui. Cela peut prendre quelques secondes avant qu'il ne la remarque enfin. Un rituel dont il oublie les codes d'une visite à l'autre. La fête dure un instant, puis le chien regagne sagement sa place, au salon.

« Salut frangine.

– Salut Thomas.

– T'es bête de te cacher. Il est gentil, tu sais bien qu'il ne te fera pas de mal. Il saute un peu, mais c'est parce qu'il est content de te voir.

– Je ne voudrais pas ressembler à ton parquet.

– Pourtant t'es plate comme…

– Tais-toi, Thomas, on n'a plus quinze ans.

– Excuse, je suis un peu à bout.

– Tu es toujours à bout.

– Le petit n'arrête pas de hurler depuis des heures. Des jours, peut-être. Je ne me rappelle plus la dernière fois que je me suis entendu penser.

– C'est vrai qu'avec les aboiements de Ventura, je n'avais même pas entendu les pleurs de mon petit amour.

– Je te jure, c'est l'enfer. Victoria est partie faire un tour, elle n'en peut plus, elle non plus.

– De toi, ou du petit ?

– Très drôle.

– Non mais c'est vrai, même silencieux, tu m'exaspères davantage qu'Axel et Ventura réunis.

– Pause !

– D'accord, pause. Un partout, balle au centre. Mi-temps. Et Juliette ?

– Chez la mère de Vic.

– Ok. Je peux aller voir Axel ?

– Oui ! Sauve-moi ! »

Éléonore s'approche de la chambre du petit, d'où s'échappent des pleurs entrecoupés de hoquets. Il reprend sa respiration, de temps en temps, par un instinctif réflexe de survie. Elle entrouvre la porte avec une prudence de guerrière amazone ; tout l'avantage d'une silhouette filiforme. La jeune femme ne laisse pas le braillard deviner qui elle est, mais joue avec le battant, qu'elle fait aller et venir, ponctuant ses mouvements de petits bruits d'animaux. Les pleurs s'espacent, la curiosité commence à l'emporter. Axel, debout dans son lit, auquel il s'accroche tel un condamné, cherche du regard, entre les grosses gouttes qui dévalent la pente de ses pommettes rougeaudes, qui tente donc de passer le seuil de sa chambre. Éléonore laisse apparaître très brièvement sa tête et la retire aussitôt. Les sanglots persistent, mais le son s'étouffe peu à peu. Elle s'essaie à une nouvelle incursion, hâtive et grimaçante. Le bébé esquisse une mine réjouie. Troisième tentative, Éléonore affiche un large sourire. Un petit ricanement aigu et joyeux éclôt. Elle se met alors à quatre pattes pour pénétrer discrètement dans la chambre. Axel scrute l'entrée de ses yeux ronds, à la hauteur où la tête de l'adulte devrait se trouver, pour soudain la découvrir, le nez au ras du sol. Il sursaute et se laisse gagner par un véritable éclat de rire. La première bataille est gagnée. Il a oublié la raison de ses larmes, qui n'en avaient probablement aucune de bien sérieuse. Entre les roulons, Éléonore avance sa bouche pour embrasser l'un des pieds accessible du petit garçon. Il se laisse alors tomber sur ses fesses et remue fébrilement les mains vers sa tante victorieuse.

Thomas se dresse dans l'encadrement de la porte désormais béante. Il ne sait plus s'il doit être dépité ou soulagé. Néanmoins, il se résout à apprécier cette trêve momentanée, la guerre quotidienne lui paraissant interminable.

« Comment fais-tu, Élé ?

– Cet enfant est intelligent. Bien plus que ses parents. Il sent que je ne suis pas hostile, contrairement à d'autres, et que je n'essaie pas de lui imposer des états d'âme.

– Je n'en peux plus, Élé.

– Ce n'est pas ta faute, Tom, c'est la vie ! C'est bien plus facile pour moi, je débarque ici sans toutes vos tensions. Ne t'inquiète pas, grand frère. Vous avez réussi à faire taire Juliette, Axel finira bien par se calmer un jour, lui aussi.

– Tu ferais vraiment une mère formidable, sœurette !

– Oh non, pas ça ! Ne recommence pas avec ta rengaine.

– Mais regarde ! À chaque fois que tu approches Juliette ou Axel, ça les apaise ! Et les enfants de Liv, il me semble qu'ils t'adorent, eux aussi.

– Ils adorent l'âne Trotro aussi, et je n'ai pas besoin à mon tour de devenir une mule pour justifier mon existence. »

Éléonore n'a jamais donné de précisions au sujet de ses opérations chirurgicales à son grand frère, qui ne cherche pas non plus à comprendre le mal chronique qui affecte sa sœur. Dans son esprit, elle endure des règles plus douloureuses que la moyenne, mais ces histoires de femmes ne l'intéressent guère. N'est-ce pas leur lot, de souffrir une fois par mois ? Éléonore l'irrite, lorsqu'elle évoque impudiquement ses propres indispositions. Il ne se doute pas que le sang ne coule tout simplement plus, et ce depuis longtemps.

Thomas poursuit, toujours aussi convaincu qu'il ne s'agit que d'une question de volonté :

« T'es bête. Pourquoi tu t'obstines ?

– Parce que je vois les valises que tu as sous les yeux, et moi, je préfère les boucler pour partir en voyage. Aucune envie de prendre perpète comme toi.

– Il faudra bien que tu te poses un jour !

– Évitons cette discussion stérile, tu veux ? Maintenant qu'Axel a arrêté de pleurer, tu ne voudrais tout de même pas que je m'y mette, par dépit d'avoir un frère aussi conformiste ?

– Un jour tu vas regretter, Élé.

– Eh bien je te rendrai visite pour me rappeler des bonnes raisons qui m'ont poussée à ne pas pondre.

– T'es dure !

– C'est de famille, apparemment. »

Axel mâchouille ses orteils en observant sa tante en contre-plongée. Elle le fascine, car son cœur bat à un rythme parfaitement constant. Quand elle le prend contre son buste, il le sent que le sang pulse avec la même régularité que celui de Ventura. Il perçoit une forme de force douce quand elle le touche et la sensation est agréable. Sa tante apparaît toujours par magie, sans qu'il ne s'y attende. Elle se tient debout sur deux longues jambes, contrairement à Ventura, et exhale un parfum particulier, qui ne ressemble à nul autre. Elle sent la braise qui tient chaud, sans s'enflammer. Elle n'a pas les cheveux longs comme ceux de maman, mais porte une chose brillante autour du cou, avec le même motif que dans son livre à toucher. Oui, celui où le petit garçon blond s'envole, accroché à un vol d'oiseaux. L'un d'eux, similaire, plane le long de la chaînette dorée qui ceint le col de cette dame. Axel tend les bras vers Éléonore, car il aimerait triturer le bijou et s'y agripper. Elle ignore l'enfant ; sentirait-elle le danger du possible étranglement dont il est le meilleur artisan ?

Thomas tourne le dos à sa sœur, traverse le couloir en assénant distinctement :

« Je vais appeler Victoria. Je veux qu'elle entende ce silence ! Mais tu ne lui diras pas que tu étais là ! Elle croira que j'y suis enfin arrivé tout seul. »

Certains couples se trompent sans commettre d'infidélité, constate Éléonore. Ils se démontrent mutuellement qu'ils sont un meilleur parent que l'autre, ils grignotent tour à tour, soit un moment de sursis, soit la fierté d'avoir excellé dans un domaine qui effraie encore leur partenaire. L'amour conjugal ressemble davantage à une compétition acharnée qu'à une coopération. Éléonore admire mais n'envie pas ce sacerdoce animé.

Axel intercepte un regard de sa tante et affiche une nouvelle fois son envie d'être extirpé de sa cage. Éléonore le soulève alors péniblement. Il pèse son poids, le bougre ! Elle pivote son bassin légèrement, creuse ses hanches vers l'intérieur, afin que les tensions sciatiques qui viennent de se réveiller ne la transpercent pas de part en part. Elle oublie parfois, dans l'empressement, que son corps réagit à chacun de ses mouvements, à chaque charge qu'elle déplace. Le poignard qui se plante au fond de ses reins ne peut pas s'enfoncer plus loin que la garde, tout de même ! Des lancées électrisent brièvement ses jambes. Elle inspire profondément, pendant qu'Axel lui gobe le visage et dépose un infini filet de bave de son menton à son épaule. Elle expire longuement, concentrée sur ce bébé qu'il ne faut pas lâcher – Thomas semble peu enclin à procréer une nouvelle fois, et Victoria lui en tiendrait certainement rigueur, alors que Juliette pourrait amplement suffire à leur bonheur. Même pour le reposer, elle ne se sent pas la force de plier les genoux. Peu à peu, son esprit reprend le dessus et vainc la sensation de douleur. Son cerveau assume sa mission de conservation, comme à l'accoutumée, il est vraiment bien entraîné. Elle traverse le couloir à son tour, pour rejoindre le salon où Thomas est encore occupé au téléphone, car sa lumineuse nouvelle s'est rapidement étiolée au contact de son épouse. De l'accalmie a pu émerger le projet fou de faire des courses, pour lesquelles Victoria s'emploie à lister la substance, tout en enjoignant son époux à vérifier le contenu des placards. Sous une chaise, Éléonore trouve un jouet en plastique à fourrer dans la gorge du petit, afin qu'il répande sa salive ailleurs que sur son chemisier propre. Il saisit l'anneau avec vivacité, le triture entre ses doigts, le mordille, le croque, le lèche, tente de l'engloutir tout entier, et recommence. Thomas revient de la cuisine, la conversation avec Vic semblant se prolonger, et les observe, le portable collé à l'oreille. Il se montre tout attendri, avant de changer brusquement d'expression. Il lâche le téléphone, se précipite vers eux et arrache le petit cerceau bleu des mains du bébé, qui pousse alors un hurlement bref et surpris.

« Mais t'es marteau Élé ?

– Mais c'est toi qui es marteau, qu'est-ce qui te prend de lui piquer son jouet ?

– T'es folle ! Ce n'est pas son jouet, c'est celui du chien ! »

Éléonore observe avec une empathie désolée son neveu, retenant toutefois son hilarité, totalement déplacée vis-à-vis d'un jeune père outré. Elle comprend qu'il vaut mieux déposer Axel sur son tapis d'éveil, alors que le portable crie depuis le lointain :

« Quoi, quoi, qu'est-ce qu'il y a ? Quoi le chien ? Thomas ? Thomas ! Réponds bordel ! »

La voix furieuse de Victoria semble miniaturisée, son ton vulgaire et nasillard s'apparente à celui d'un personnage secondaire, du genre stupide mais comique, de dessin animé. Thomas regarde sa sœur, interdit, comme si elle avait délibérément enfourné cet amuse-gueule dans la mauvaise bouche. Le bébé, hermétique à l'ahurissement général, a trouvé des formes sur le sol et s'attelle à faire entrer un carré dans un rond. Et cela passe facilement, étonnamment. Le mélange des boîtes de jeux permet une souplesse d'esprit qui rassure la jeune tante. Néanmoins, il n'est pas l'heure de se lancer dans une philosophie de la créativité avec le seul autre adulte de la maison, tant il paraît enclin à la massacrer sans laisser de preuves. Éléonore décide de s'éloigner du bébé pour préférer la compagnie bien plus rassurante du chien, qui observe la scène du coin de l'œil. Il est resté tranquillement allongé dans son panier malgré les gesticulations énervées de son maître. Ventura ne bouge que lorsque quelqu'un sonne, ou lorsqu'un peu d'attention lui est accordée. La jeune femme s'accroupit à sa hauteur. Le Terre-Neuve s'assied et commence à haleter, excité à l'idée que l'on s'intéresse enfin à lui. Sa langue écume et goutte abondamment sur le sol. Personne dans cette maison n'est donc capable de contenir sa salive, déplore Éléonore. Elle gratte les oreilles du chien, soulève l'une d'elles et y murmure :

« Tu vas me manquer, Ventura ! Prends soin de cette famille de fous. »

***

Sur le lit d'Éléonore, Dodgson se toilette. Il dédaigne superbement sa maîtresse qui s'agite autour d'un sac de voyage trop petit pour contenir un avenir. En vérité, il le sait, le maître, c'est lui. Il accorde à la jeune femme de s'abriter sous son toit de matou. Elle va et elle vient, de jour comme de nuit, mais le résident principal de cette maisonnée n'est autre que lui. Certes, elle possède cette faculté essentielle de savoir ouvrir portes et fenêtres, ce qui constitue une contrepartie acceptable pour une telle colocation. Dodgson est un félin croisé européen et abyssin. D'aucuns ricanent, suggérant qu'il ne serait qu'un petit bâtard. Peu lui importe ; ses mouvements hiératiques, héritage probable de son empire asiatique, imposent un tel respect que même les humains courbent l'échine pour le nourrir. Lorsqu'Éléonore brille par son intolérable absence, le voisinage ne se montre cependant pas avare de caresses déférentes et d'oboles goûteuses, bien que prétendument proscrites par son humaine de compagnie. Dans son dos, les dames âgées du quartier tentent de l'attirer avec des pâtées ou par de petits bruits ridicules qui évoquent des baisers. Il concède alors son dos ou sa tête pour qu'une main s'y attarde, puis s'enfuit, affichant tous les signes de l'indignation. Et pourtant, sa cour en redemande, dès le lendemain. À cette heure-ci, il est enfin temps de se décrasser. Trop de doigts poisseux se sont aventurés dans son pelage bigarré. Sa petite langue râpeuse récure ce poil fin, doux et tiqueté, dont il retire une grande fierté. Il admet tout de même une forme de reconnaissance envers Éléonore, le jour de l'omelette. Elle casse volontiers un jaune dans un bol qu'elle dépose en guise d'offrande près de ses croquettes. Il l'accepte, plein de grâce. Le cœur de l'œuf est savoureux, sans compter qu'il assouplit et adoucit la fourrure. Mais voilà bien longtemps qu'il n'y a plus eu d'omelette au menu ! Au vu de l'entrain actuel d'Éléonore, il est d'ailleurs préférable de ne pas laisser quelque œuf que ce soit entre ses mains, elle le casserait bien avant sa rencontre avec le buvant d'un verre. La jeune femme se précipite d'un coin à l'autre de la maison, marquant des pauses de réflexion, ne semblant pas pour autant se souvenir de la raison de son déplacement, puis repart dans l'autre sens, dans une danse totalement désordonnée et inélégante. Le nettoyage d'usage arrivant à son issue, Dodgson se dresse, s'étire de tout son long, bâille lascivement, tourne sur lui-même puis se recroqueville pour s'accorder une nouvelle sieste bienvenue. Le bal d'Éléonore l'a épuisé.

La jeune femme ne parvient pas à contenir son exaltation. Elle se souhaite un voyage léger, agile, sans objet superflu. Pourtant, le tri à opérer relève du casse-tête. Les indispensables prennent beaucoup d'espace, à savoir le pantalon de pluie renforcé aux genoux, la surveste de pluie correspondante, la paire de gants de rechange, la protection de sac contre les intempéries, une paire de chaussures légères et une serviette de bain. Ce tissu-éponge se définit par un volume indécent qui phagocyte la moitié de la zone disponible. Elle prendra le petit format. Elle doit encore glisser un nécessaire de toilette, quelques vêtements du quotidien, des sous-vêtements pour tous les étages de son anatomie, un maillot de bain – elle compte bien croiser une mer ou un océan –, un savon de Marseille pour une lessive régulière, les copies de cartes routières couvrant l'ouest de l'Europe, un chargeur de portable… La vision de l'aventure se rétrécit soudainement. Emporter son téléphone ne la rendra-t-elle pas traçable ? Ce traqueur doit rester à la maison, sinon son dessein se verra trop rapidement dévoilé. La tentation de pianoter sera trop grande. Ce potentiel trait d'union avec les autres, elle ne peut pas se permettre de le garder, il entraînerait sa perte. L'écran noir trouvera sa place dans un tiroir, à l'abri des curieux. Elle verrouillera bien l'accès ; elle y conserve des informations qu'elle ne souhaite pas divulguer.

Éléonore se rend à la salle de bain. La brosse neuve et le dentifrice, voisins inséparables, rejoignent en première position le fond de la trousse. Un tube de mascara et un pot de crème pour le visage suffiront pour magnifier un visage qui demeurera essentiellement casqué. Un tube d'écran total s'impose, la jeune femme tient décidément à plonger dans les vagues d'un lac ou d'une mer, tôt ou tard durant le voyage. Sa peau blonde ne doit pas souffrir de brûlures, sans quoi la poursuite du périple pourrait se révéler cuisante. Une bouteille de solution pour les lentilles de contact accapare la trousse, heureusement que leur étui gîte plus discrètement. La poche latérale du sac moto conviendra parfaitement pour la boîte à lunettes. Elle se corrige, il en faudra deux : l'une pour les optiques et l'autre pour les solaires. Le Baume du Tigre officiera pour les secours en tous genres, mais en particulier pour les muscles endoloris et les articulations fourbues. Elle ajoute un petit pot de gel pour domestiquer sa chevelure. Elle sourit en se souvenant de sa fantaisie d'adolescente qui imaginait, avant d'avoir pu réaliser son rêve de piloter une moto, qu'il serait séduisant de retirer son casque pour déployer une crinière ondoyant à tous vents. La réalité était tout autre. Si la protection s'ajuste adéquatement, un méandre apparaît inévitablement au sommet du crâne. Les cheveux plaqués à la tête, nulle souplesse ne s'offre à la coiffure qui entoure le visage comme une misérable cagoule. De charmants sillons de labour se dessinent ainsi dans le champ de blé de la chevelure. La coupe courte reste le meilleur choix. Il faut simplement veiller à ne pas faire de pli contraire lors de l'enfilage du casque.

Éléonore se souvient qu'il lui reste un déodorant solide, acheté à sa voisine d'enfance lors d'un marché artisanal. Michèle occupe ses soirées à la confection de produits de beauté naturels. Les anciennes écolières ne partagent pas grand-chose, mais certaines vieilles amitiés perdurent et préservent une forme de tolérance et de soutien mutuel. Cette initiative solidaire mais dénuée d'intérêt sincère à l'origine se révèle aujourd'hui un excellent investissement, pour celle qui n'a plus beaucoup de moyens. Le parfum du bâtonnet diffuse discrètement une odeur de rien, ce qu'affectionne Éléonore, dont les narines sensibles ne supportent pas les effluves typiques de bouchon moisi du patchouli.

Dans un souci d'exhaustivité, Éléonore ouvre encore les battants de l'armoire cachant la plomberie. Elle y découvre une vieille pochette rose saumon sous le tuyau de l'évier, et l'ouvre d'un geste assuré. À l'intérieur s'amalgament tampons et serviettes hygiéniques. Voilà bien des mois et des mois qu'elle n'avait plus eu l'usage de ces accessoires, qu'elle gardait au cas où. Au cas où quoi? Elle l'ignorait.

Il ne risquait pas de lui repousser une matrice. Les règles ne lui manquent pas du tout; ses dysménorrhées l'avaient plaquée si violemment au tapis que leur disparition avait été vécue comme une célébration. Étonnamment, jamais son cycle ne lui avait semblé aussi apparent que depuis l'évanouissement des signes évidents des menstrues. Désormais, elle connaît ses propres phases mieux que l'évolution visible de la lune. Éléonore se rassure de ne pas devoir envisager la gestion de ces épisodes pénibles et gênants au cours de son aventure. Hystérectomie et appendicectomie sont les meilleurs préparatifs pour le voyage d'une femme, s'amuse-t-elle ironiquement.

Elle retrouve un rasoir jetable, qui avait dû tomber dans le meuble, et l'ajoute à son nécessaire. Elle se surprend à ressentir un léger dégoût: il ne faut pas oublier le coupe-ongles. Éléonore déteste que le bord libre soit trop long, en particulier dans ses gants. Elle se redresse et voit, sur le bord de l'évier, le pilulier. Des antidouleurs, des hormones et des anti-inflammatoires ornent les petits casiers en plastique. Ce semainier restera dans la salle de bain. La salle de bain dans la maison. Et la maison dans le village. Éléonore veut se départir de tout ce qui l'enchaîne.

La jeune femme déplace le sac Büse de la chambre au salon, un étage plus bas. Dodgson la suit paresseusement. Il apprécie de partager le même étage que son humaine, ne serait-ce que pour le spectacle. Il s'installe en sphinx, entre les sangles d'arrimage du paquetage. Il observe la scène, les yeux mi-clos, distant mais attentif. Éléonore place ses bottes de cuir fraîchement ointes, brossées et imperméabilisées au pied du canapé. Elle fouille dans le vestiaire, pour en extraire un tour de cou en coton qu'elle jette sur le sac de queue, puis sa veste, qu'elle dépose délicatement sur une chaise de la salle à manger. Dans la poche passepoilée interne, à la hauteur de son sein droit, elle enfile un sachet en plastique à fermeture étanche, dans lequel elle glisse les papiers de la Falcata et son permis de conduire. Habituellement, son portable rejoint les papiers administratifs, mais la décision de ne pas s'en encombrer s'impose une nouvelle fois. Dans la poche de gauche, elle loge un mince couteau suisse aux côtés de son paquet de Fisherman's Friend, goût citron. La droite se désigne spontanément comme le réceptacle des clés et d'un petit porte-monnaie accordéon contenant pièces et billets. Sa fermeture éclair fera l'objet d'une attention toute particulière quant à son scellement, avant et après tout déplacement. Il faudra songer aux taxes et anticiper la disponibilité d'euros, car il est hors de question qu'elle laisse la moindre trace de son passage par carte bancaire. La manœuvre de paiement en espèces représente un exercice d'acrobate à deux roues, aux stations de péage routier, mais sa résolution est ferme : la bande magnétique ne la trahira pas.

***

Éléonore réfléchit au moindre de ses déplacements jusqu'au jour de la paie, mais elle ne peut pas faire l'économie d'une dernière visite au home Saint-Jérôme. Sœur Marie-Marcelle est bien la seule personne à qui elle puisse faire part de son entreprise, car elle l'oubliera aussitôt qu'elle quittera sa chambre. Lorsqu'elle franchit la porte cent sept, elle découvre un lit digne d'illustrer un catalogue d'ameublement. Les draps tirés et lissés ne laissent deviner aucun passage. Au fond de la pièce, à la lumière du jour, Sœur Marie-Marcelle, assise dans le fauteuil d'angle, lit un exemplaire écorné de *Moby Dick*. Elle porte un pantalon en flanelle flottant, qui s'écrase mollement sur ses chaussons. Son chemisier orné de roses la boudine, les boutons attachés fermement jusqu'à la glotte. La retraitée quitte son ouvrage des yeux et sourit tendrement à la nouvelle arrivée. Son regard calme ne présage rien de bon. Éléonore la préférait dans son pyjama Calida et avec sa mine un peu ahurie. Elle se lance :

« Bonjour ma Sœur.

– Oh, bonjour ma grande ! Quel plaisir de te voir, cela fait si longtemps !

– Vous... vous me reconnaissez ?

– Cela va bien faire vingt-cinq ans, mais comment t'oublier ? Je suis ravie de te revoir, tu n'as pas changé. Tes cheveux, peut-être ? Comme c'est gentil de rendre visite à une vieille dame !

– Une vieille dame.

– On ne peut pas dire que du haut de mes septante ans, je respire la jeunesse !

– Vous n'êtes plus...

– Tu t'appelles bien Éléonore, je ne me trompe pas ? Il ne faut pas m'en vouloir pour mes absences. Parfois ma mémoire me joue des tours !

– Oui. C'est ça. Je suis Éléonore. »

Étrangement, toutes les questions qui avaient poussé la jeune femme à retrouver la Sœur il y a quelques semaines s'étaient depuis étranglées dans sa gorge. Ne pas lui en vouloir pour ses absences. Finalement, comment distinguer l'absence d'une présence ? Éléonore s'était attachée à la version de moins de vingt ans de son aînée. Elle la divertissait et lui permettait de découvrir des pans de sa personnalité dont elle ne se serait jamais doutée : une demoiselle pure et vierge de ces carcans que la société avait chevillés au corps et à l'âme d'Honorine. Aujourd'hui, Sœur Marie-Marcelle semble très fatiguée, mais ses idées sont bien alignées, derrière le masque de l'adéquation aux attentes. Éléonore enchaîne malgré sa déconvenue :

« Vous lisez Melville ?

– Je l'avais déjà lu il y a très longtemps. Il faisait partie des livres que nous avions à la bibliothèque de l'internat. Les filles l'empruntaient souvent. Aujourd'hui, j'aimerais savoir pourquoi ! Il me semble que vous deviez rêver d'évasion, toutes enfermées que vous étiez dans nos murs ! »

La Sœur laisse échapper un rire joyeux, mais élégamment contenu. La réserve cléricale s'exprime dans toute sa componction ; la lucidité préside bel et bien aujourd'hui. Déçue, Éléonore tente de raviver la discussion avec cette personne qui n'était pas celle qu'elle prévoyait de rencontrer :

« La chasse à la baleine, c'est certain, ça fait rêver les jeunes filles.

– Je retrouve ton côté piquant de l'époque ! Il me semblait bien que tu n'avais pas ta langue dans ta poche.

– Excusez-moi ma Sœur.

– Il n'y a pas de mal, Éléonore. En lisant, vois-tu, je suis fascinée par toutes ces évocations à l'Ancien Testament ! Je devrais la relire, ma Bible. Mais je ne sais pas où ils me l'ont rangée, depuis qu'ils m'ont installée ici.

– Votre fameuse Bible, signée par Jésus lui-même ?

– Tu n'as pas changé, ma petite Éléonore.

– Si vous saviez comme j'ai changé.

– Au moins, toi, ton orgueil ne te condamnera pas ! Tu es si douce…

– Si douce, moi ?

– Quelle adorable jeune fille tu étais. Si affable, et si studieuse à mon souvenir.

– Certainement.

– Comment va ton père ?

– Aux dernières nouvelles, il se dore la pilule à Antigua en attendant son passeport. Plus que quatre ans, et il renaîtra britannique. Il semblerait qu'au peu de nouvelles qu'il donne, tout va bien.

– Et ton frère Thomas ?

– Marié et père de deux enfants. Il bosse comme ingénieur du bois, avec une spécialité dans le parasismique.

– Il ne fabrique plus ses arcs, alors ?

– Non, il a laissé tomber. Ça n'était pas assez sérieux et rentable pour subvenir aux besoins de la famille.

– Je suis contente pour lui !

– Je ne sais pas si on doit être content pour lui. Il fait ce qui est exigé de lui. Il a même un gros chien qui pue.

– Ah…

– Et moi un chat qui ne peut sentir personne.

– Je vois. Mais sinon, tout va bien ? »

Éléonore tente de se souvenir des raisons premières qui l'avaient poussée à retrouver cette femme, jalon essentiel du développement de son hygiène mentale. Sœur Marie-Marcelle l'avait invariablement écoutée et épaulée, dès lors qu'elle l'avait retrouvée recroquevillée sur le sol du vestiaire, avec l'envie de crever, tant elle saignait fort. Elle l'avait aidée à se relever, lui avait préparé une bouillotte à poser sur son ventre, lui avait caressé la tête en chantonnant, jusqu'à ce que ses sanglots s'apaisent puis disparaissent. Lorsqu'elle s'était endormie, la Sœur avait nettoyé son sang sur le carrelage du vestiaire commun. Elle connaissait le corps féminin. Elle avait certes choisi sa propre chasteté, mais avait surtout vu tant de femmes éclore de leurs coquilles de petites filles. La biologie n'avait aucun secret pour elle, quand bien même elle assimilait le destin physique à une volonté divine. Éléonore ne remettait pas sa confiance en question, elle la savait capable de distinguer le terrestre du céleste. Elle s'essaie donc à se livrer :

« C'est moyen, en fait. J'ai un corps étranger dans le ventre.

– Ça ne serait pas encore une de tes blagues pour m'annoncer que tu es enceinte ?

– Non. »

Éléonore laisse un long silence s'installer avant de reprendre :

« Ce n'est pas une blague cette fois-ci.

– Il faut enlever ce corps étranger, tu dois te préserver pour pouvoir porter la vie ! Le plus beau cadeau qui soit !

– Non. Je ne pourrai plus.

– Oh, je suis tellement désolée pour toi, Éléonore !

– Je ne suis pas désolée pour ça, ma Sœur. Ça ne me désole pas du tout. Les enfants ne définissent pas la réussite d'une vie, enfin, pas pour moi. Vous, vous n'en avez pas eu, et à ce que je sache, vous n'en êtes pas moins devenue une femme accomplie ?

– Je ne suis pas une femme, ma chère Éléonore, je suis une Sœur de Dieu ! Mon rôle est de prendre soin de ses enfants, à lui. Et toi, le tien, c'est de lui donner à ton tour des enfants, pour que sa bonne parole ne meure jamais !

– C'est vraiment mal barré. Il va devoir s'accommoder du silence, votre Dieu. C'est un chouette vœu aussi, le vœu de silence.

– Ma fille, je te garde dans mes prières. Tu es bouleversée, et je comprends. Ce sera un long cheminement de devoir vivre sans.

– Mais taisez-les vos prières ! Je ne dois faire le deuil de personne ! Ces enfants dont vous parlez, ils n'ont pas existé, ils n'existent pas et ils n'existeront pas. Je n'ai pas à pleurer quelque chose qui n'est pas ! Et je n'en veux pas, moi. Pourquoi personne n'entend que le problème est ailleurs ? Pourquoi personne ne veut voir que c'est de ma féminité qu'il s'agit et pas de ces putains de gamins ? Je n'ai pas d'horloge qui fait tic tac, il faut arrêter avec ces conneries ! Je ne suis pas un utérus sur pattes, si ? Alors quoi, ma vie n'aurait pas de sens parce que je ne materne pas ? Mais foutez-moi la paix, avec ces injonctions à la con ! Pondez-les vous-même !

– Calme-toi Éléonore ! Calme-toi. Je comprends que ce renoncement te pèse autant. Mais as-tu déjà pensé à l'adoption ?

– Vous êtes sourde en plus ? C'est cela, la reine mère délire complètement quand elle a toute sa tête ? Ma Sœur, je vais m'en aller. J'étais venue vous dire au revoir de toute manière. Je ne reviendrai plus vous rendre visite, parce que… je déménage demain.

– Ne te fâche pas Éléonore! Tu déménages? Mais où vas-tu?»

Le haussement de ton d'Éléonore n'étant pas passé inaperçu, une infirmière passe la tête par l'embrasure de la porte et demande, inquiète:

«Tout va bien par ici?

– Parfaitement bien, madame. J'allais justement partir. Ma Sœur, je ne sais pas où je vais, mais je sais que j'y vais. Et seule.»

***

Vendredi 25 mai. Il est huit heures trente. Éléonore se poste devant la porte vitrée coulissante de sa banque. Elle doit avoir quelques secondes d'avance, celle-ci demeure immobile. Elle esquisse un pas de retrait, puis s'avance de nouveau. Cette fois, l'accès se libère. La femme traverse la trop vaste entrée pour l'unique guichet qui s'y trouve. L'employée ne lève même pas le nez de la tablette qu'elle tapote, alors qu'Éléonore la salue, avant de solliciter un retrait en espèces. La banquière ne se dérange pas et souligne mollement qu'il faut se rendre au distributeur automatique dans le vestibule. La jeune femme insiste, spécifiant qu'elle ne peut pas retirer la somme en question dans une seule journée, car le plafond maximal l'en empêche. À ce moment-là, la requête commence à intéresser l'interlocutrice, qui ne décroche aucun mouvement de la nuque, mais fait simplement rouler ses petits yeux bruns et sournois vers le haut. Elle se fend d'un «Combien?» très sec. Éléonore annonce le montant désiré, ce à quoi la dame se permet de commenter:

«Et pourquoi?

– Parce que c'est mon argent.

– Pourquoi autant ? Cela dépasse le seuil journalier autorisé.

– Autorisé au distributeur. Cet argent m'appartient, j'aimerais le retirer. Je crois que nous avons quitté le Moyen Âge, et que je n'ai besoin de la procuration d'aucun mâle pour disposer de mes finances comme je l'entends.

– Ce n'est pas l'homme le problème.

– Pour une fois, et tant mieux. Quel est le problème alors ?

– Je vais devoir utiliser la carte spéciale de la banque.

– Et ?

– Et ça fait une somme.

– Et ?

– Et après le distributeur sera presque vide pour les autres.

– Et ?

– Vous auriez pu prévenir !

– Me voilà, et je vous préviens maintenant : je voudrais retirer une grosse somme. On peut y aller ?

– Ça n'est pas pour blanchir ? »

Éléonore s'abstient de la glose de trop, qu'elle pourrait payer cher, le second degré semblant faire défaut chez cette femme. L'aigreur suinte de chacun de ses gestes ; l'employée compose un numéro sur le cadran de son téléphone fixe, s'entretient brièvement avec un supérieur, aspire quelques « oui, oui, non » atones, puis enjoint la cliente à la suivre d'un mouvement de la main. Elle raccroche sans un « au revoir ». Sa politesse complète ce délicieux portrait. Éléonore la suit nonchalamment jusqu'à une pièce tapissée de moquette anthracite rayée de rouge, une ambiance à filer le tournis. L'employée sort la carte spéciale de la banque de son étui noir et la glisse dans la machine. Éléonore se retourne pour la laisser pianoter le code à l'abri de son regard. L'officiante demande quelles coupures souhaite Madame Galland, Madame Galland l'en informe. Le mécanisme s'actionne dans un vacarme de feuilletement intempestif. La vitesse de décompte l'impressionne. Aucun être humain ne serait en mesure de passer les billets avec cette rapidité sans se tromper. La banquière saisit l'immense liasse et la tend à Éléonore avec un petit geste de retenue. La jeune femme l'accueille, la plie en deux paquets distincts qu'elle entoure d'un élastique, avant de les fourrer dans deux poches à fermeture de son sac à dos, sous le regard dédaigneux de l'employée. Éléonore salue la banquière puis prend congé. Elle sort du bâtiment, enfile son casque et ses gants avec agacement et chevauche sa moto. Le moteur ronronne. Il est temps de rentrer exécuter la partie la plus douloureuse du processus : faire ses adieux à Dodgson.

Pourtant, chaque homme tue la chose qu'il aime,
que tout le monde l'entende.
Certains le font avec un regard amer,
Certains avec un mot flatteur,
Le lâche le fait avec un baiser,
Le brave avec une épée.

Oscar Wilde, *La ballade de la geôle de Reading*

Quatrième chapitre

La voilà à plus de 1500 mètres d'altitude. Il ne reste que quelques lieues jusqu'à la frontière séparant la Suisse de la France. Elle s'accorde une pause-café sous un grand parasol jaune de l'Hôtel du Col de la Forclaz, avant de s'aventurer sur le seuil de l'Espace Mont-Blanc. À une table à sa droite, un couple de motards allemands suent leur trajet autour d'une bière et d'une part de tarte aux myrtilles. La serveuse apporte l'expresso commandé par Éléonore et range le ticket sous le cendrier avant de s'esquiver. Derrière son café, qu'elle oublie de sucrer, la jeune femme focalise non sur la note, mais sur le récipient rainuré. La cigarette lui manque, mais elle tient bon. Ce n'est pas une dépense qu'elle peut se permettre d'envisager. Et puis son haleine lui deviendrait rapidement insupportable, dans l'étroit casque. Elle rappelle la demoiselle avant qu'elle ne s'éloigne trop, puisqu'elle papillonne encore entre les chaises. Celle-ci se retourne et lui lance un regard agacé ; les clients ne parviennent jamais à connaître la nature de leurs désirs en une seule pensée. Mais voilà, Éléonore voudrait bien, elle aussi, une part de tarte *maison* qui teinterait ses dents en violet. La dame allemande sourit à son compagnon sans se rendre compte que son rouge à lèvres devient de plus en plus cosmique à chaque bouchée. Il reste quelques pièces helvétiques dans le porte-monnaie d'Éléonore, elle s'offre donc ce plaisir régressif ; les bureaux de change n'acceptent de toute manière pas la quincaillerie. Les myrtilles sont trop dodues pour être honnêtes, mais qu'importe. Elles évoquent le souvenir de la célèbre récompense de l'Hôtel Weisshorn, à l'issue du Sentier des Planètes, celui qu'elle avait péniblement parcouru avec sa petite nièce Juliette harnachée sur son dos.

Une petite demi-heure plus tôt, à Martigny, Éléonore a marqué une halte pour changer quelques centaines de francs en euros. Le solde des billets suisses restera caché en différents repaires pendant le voyage : dans la veste, dans la trousse à outils sous selle ou dans le sac de toile qu'elle sort du bagage à chaque arrêt. Bagage qui abrite lui-même une autre planque discrète, derrière une couture. La jeune femme ne veut pas attirer l'attention en convertissant de trop gros montants à la fois. La part de gâteau se présente, elle la déguste en regardant passer les bécanes. Des routières, des sportives et des trails se succèdent sur la bande de goudron. Les marques lui demeurent néanmoins indifférentes. Elle ne s'est jamais vraiment attachée aux étiquettes. Elle a fait ses premières armes sur la Falcata, une machine fiable, qu'elle n'a jamais songé à remplacer depuis, malgré les propositions voire les dispositions de son garagiste. Le passage officiel du col par les motos semble rodé, même codifié : la plupart des pilotes ralentissent à l'approche de la limite imaginaire, le temps de scruter si une photographie ou un selfie s'impose, près d'une borne mentionnant le lieu et l'altitude. Il faut davantage prouver qu'éprouver son passage. Peu d'entre eux s'arrêtent pour boire un jus, discuter et respirer un peu l'air frais. Une ou deux motardes se distinguent, souvent en queue d'un groupe. La matinée finit tout juste de s'étirer, il reste de belles heures pour rouler. La température est idéale, voilà une journée printanière comme elle les aime ! Éléonore tâtonne du majeur sa poche interne droite et se souvient, face au manque de résistance, que le portable est resté rangé dans un tiroir de commode, à la maison. Les habitudes pèsent lourd sur les automatismes. Le cerveau a-t-il transmis ce nouveau décret d'annulation au reste de l'organisme ? Le moniteur d'Éléonore lui répétait sans cesse, durant son apprentissage du pilotage, qu'un geste ne s'acquiert que lorsqu'il a été répété mille fois. La théorie ne supplante jamais l'obstination de la pratique. Tant que le corps ne sait pas, la tête ne peut pas grand-chose pour lui. Pas de clope, pas de téléphone, encore près de neuf cent et quelques répétitions, donc, avant l'oubli. Son réflexe n'appelle pourtant qu'une simple quittance quant au choix du trajet. Éléonore déplore l'obsession qui la lie à son appendice numérique. Avant le départ, elle avait néanmoins prévu l'alternative au portable en scotchant une fourre plastifiée sur le réservoir de la Falcata. Qu'importe l'esthétique, elle pourra ainsi y glisser les différentes photocopies de cartes routières, en fonction des régions qu'elle traversera. Dans moins d'une heure, elle atteindra Chamonix.

Le couple allemand paie son dû et quitte la table. Monsieur et madame s'approchent de leur BMW, un cube si volumineux qu'on le confondrait presque avec une voiture. Il doit même y avoir la marche arrière, là-dessus, pense Éléonore, avec une pointe de mépris. L'homme s'installe et patiente pendant que sa tout aussi imposante partenaire se hisse derrière lui et s'encastre entre les coffres métalliques. Les suspensions expriment leur mécontentement. Le pilote enclenche son moteur, vérifie la vacance de la voie et s'engage à droite. Le duo disparaît derrière le premier virage en direction de la France. Éléonore se demande toujours à quel point les passagères apprécient ces voyages. L'adrénaline de l'allure et de la courbe se font ressentir à l'arrière, la contemplation du paysage peut se révéler un peu plus active, certes, mais ces binômes dépendent d'un seul véritable cavalier, sur l'épaule duquel il faudra tapoter, pour exprimer une envie pressante, de tourner ici ou là ou de se reposer. La maîtrise de la route et de la destination échappent totalement aux accompagnants. Ce doit être une immense marque d'amour, ou un irrépressible besoin de contrôle, que de suivre un motard dans ses virées, surtout sur de si longues distances. Éléonore regarde sa Falcata garée devant la balustrade. Elle n'a pas trop osé gazer sur la sinueuse montée de la Vallée du Trient. Elle a observé docilement les réglementations de vitesse, car il lui paraissait stupide de se faire flasher pour quelques kilomètres heures de trop en terre connue et de fournir ainsi une potentielle preuve de sa fuite aux autorités. Elle espère que lundi, Paul ne s'inquiétera pas de son absence avant l'heure de midi, habitué à ses défauts. Elle roulera déjà loin, très loin, cela ne fait pas l'ombre d'un doute. Cependant, chaque minute de sursis avant le début des interrogations compte. La fenêtre du salon demeure ouverte pour Dodgson, et s'il ne se montre pas trop gourmand, sa ration devrait suffire jusqu'à ce que Liv vienne le récupérer. Il n'aimera pas, mais alors pas du tout qu'on le soustraie à son royaume. Cependant mardi, probablement, son amie aura reçu sa carte postale. Une petite marmotte se dresse devant son terrier au recto, et au verso ces quelques mots décrivent la teneur de la situation :

Liv chérie,

Tout va bien.
Merci de tenir ta promesse pour Dodgson.

Je t'aime,
Élé.

Une petite vague d'angoisse l'envahit soudainement. Elle se débarrasse de sa monnaie sur la table, laissant un généreux pourboire malgré le peu de sympathie de la serveuse, et décide d'atteindre le plus rapidement possible la douane. Elle s'équipe et s'élance nerveusement sur la Route du Village, longeant puis traversant le torrent de l'Eau Noire, qui charrie entre ses allées de mélèzes les ondes des premières fontes de neige de l'année. La traversée du hameau de Châtelard-Frontière laisse entrevoir une dernière opportunité de faire le plein, de changer de l'argent ou d'acheter du chocolat. Ces enseignes décrépites témoignent d'un autre temps, d'une époque où transhumance touristique rimait avec complaisance économique. Les ampoules des vieilles lettres publicitaires ne s'allument probablement même plus la nuit.

Arrivée à la hauteur du guichet en tôle ondulée, Éléonore ralentit et jette un œil inquiet aux douaniers, tout affairés derrière leurs écrans et claviers d'ordinateurs. Elle marque le stop obligatoire, espérant qu'une moto ne représente pas une cible intéressante. Une plaque immatriculée en Suisse qui quitte son propre territoire, qu'elle roule ! La motarde tremble un peu, bien qu'aucune raison tangible ne légitime son inconfort. Elle ne commet aucune illégalité pour le moment. Son cuir épais et protecteur la ceint dans son angoisse. Rien ne transparaît, mais tout transpire. Le moteur ne hoquette pas au redémarrage, bien qu'elle lâche l'embrayage dans un geste saccadé. Enfin, juste avant un passage sous un petit pont de pierres, le panneau bleu et rectangulaire tant convoité annonce le département de Haute-Savoie. Apparaît juste en dessous le mot FRANCE au cœur d'une auréole d'étoiles.

Aujourd'hui, la Porte fortifiée du Valais n'existe plus. La frontière, perméable depuis la fin du dix-neuvième siècle, ne retient plus, ni les contrebandiers, ni les épidémies, ni même les jeunes filles.

***

La départementale D1506 se déroule sinueusement sous les pneus de la Falcata. Le Col des Montets se traverse sans qu'aucune fioriture indicative ne distraie inutilement l'attention. Le petit roadster, d'ordinaire turbulent, avale le bitume avec cette fluidité qui le rend si précieux aux yeux d'Éléonore. Elle ne s'attarde pourtant pas volontiers sur les points de mécanique. Lorsque les questions qui s'y rapportent surviennent, elle décline quelques détails techniques glanés çà et là, chez le garagiste ou pendant les virées de son club de motards. Mais tant que cela roule, à quoi bon y perdre la tête ? Elle répète inlassablement le laïus qui suffit à faire croire qu'elle s'y connaît. Pourtant, elle ne s'y connaît pas du tout. Éléonore ignore totalement que les Falcata sont des twins d'Hammamatsu, des bicylindres vifs et pêchus, et que malgré leur apparence très italienne, elles présentent toutes les excellences d'une facture japonaise. Le mimétisme latin les rend élégantes et racées : elles feraient presque passer leurs caches pour des platines. Le tempérament léger des Falcata leur assure une motricité impériale pour s'extraire aisément des épingles les plus serrées. La taille de guêpe de ces motos compense l'air ahuri que produit leur grand phare à ampoule en forme de gland. Il permet au moins de garder un œil rassurant sur chaque situation. Une Falcata ne consomme pas grand-chose, contrairement à Éléonore, mais ne s'encombre pas de litres superflus en réservoir. Elle s'accommode donc volontiers de ces haltes à la pompe, pour faire admirer ses courbes et s'abreuver. L'engin n'est pas très haut, idéal pour une amazone de taille moyenne, surtout si elle est juchée sur des talons. Éléonore avait racheté sa Falcata d'occasion, avec un pot d'échappement modifié, son précédent propriétaire ne supportant pas le bruit misérable que produisait l'original. Il n'avait pour autant pas pensé à changer le klaxon, dont personne n'oserait se servir sans un véritable danger à éviter, tant l'intonation qui s'en échappait frisait le ridicule. Le moteur, quant à lui, laissait s'écouler cette musique grave et rythmée que seuls les amateurs pouvaient apprécier. À savoir aucun des voisins d'Éléonore, en particulier au petit matin quand elle s'aventurait hors du village après avoir laissé chauffer l'engin. Tout le vocabulaire d'arbre à cames, de bielle, de vilebrequin et de manetons évoquait tant de poésie et de fantaisie, mais Éléonore n'y entrevoyait que des sources d'ennuis ! Elle s'en tenait alors scolairement aux connaissances basiques d'entretien régulier : le niveau d'huile, la jauge d'essence, le graissage de la chaîne et la pression des pneus. Pour le reste, elle se déchargeait de ses responsabilités auprès des spécialistes de la branche. Il arrivait que ses interlocuteurs ne tarissent pas d'explications alambiquées au sujet de leur propre bécane, elle les écoutait alors décrire la puissance, la transmission et l'angle de chasse, en feignant une compréhension très convenue. Elle ponctuait le tout de quelques onomatopées qui ne signifiaient rien d'autre que ce que ses congénères souhaitaient interpréter. Qu'il ait fallu les féliciter ou les plaindre, chacun semblait trouver son compte dans ces échanges pourtant unilatéraux. La jeune femme n'avait clairement pas les compétences d'un mécanicien, mais elle préférait pourtant définir le couple comme une force de traction davantage que d'attraction.

***

Éléonore file sur la Route d'Argentière puis pénètre dans la circulation hasardeuse du sud de la station de Chamonix. Les passages piétons doivent être en panne, songe-t-elle, hilare, car les passants traversent la route sans vraiment observer les alentours. Le statut de vacancier semble les exempter de toute règle d'attention mutuelle. La jeune femme déteste rouler dans les zones denses en population, car le danger jaillit de partout et simultanément. Elle ne s'explique pas pourquoi, mais là où la concentration devrait être à son comble, personne ne calcule les usagers les plus vulnérables et sans carapace.

Après le prolongement des Houches, elle se décide à creuser la distance avec la Suisse par la Nationale et à s'approcher ainsi de la Savoie, laissant un département entre sa terre natale et elle-même. Elle aurait pu choisir l'exil par le Pas-de-Morgins, mais maintenant qu'elle est de l'autre côté, rien ne sert de tout remettre en question. D'habitude, lorsqu'elle se trouve dans cette région, elle se consacre à une virée d'une voire deux journées. Elle prend enfin conscience que son plan n'a pas d'objectif géographique précis. Une forme d'errance l'attend, étape après étape. Chacun de ses périples poursuivait jusqu'alors un but, une destination donnée dans une durée définie. Désormais, la temporalité ne se traduirait plus que par la dissociation et l'ignorance. Faudrait-il viser les routes pour leur aventure, ou les lieux de repos pour leur sécurité ? Un équilibre instable s'installe dans les pensées d'Éléonore. Virevolter d'une courbe à l'autre ne répond qu'à une quête de vélocité ponctuelle, une agitation topographique restreinte, une itinérance dans un ensemble vide, mais cela lui permet également de se terrer dans ces coins reculés qu'offrent les flancs et les crêtes des montagnes. L'un après l'autre, ces diverticules seront ses tanières, à l'image des garçonnières d'amants secrets. Ces chambres que l'on ne quitte qu'au petit matin, en laissant derrière soi à peine un effluve, une fragrance, bref, un témoin évanescent et heureusement fugace de sa présence. Ce voyage ne s'entreprend pas comme un loisir de vacancière. Non, il incarne sa toute nouvelle adresse, celle où aucun courrier ne peut lui être acheminé.

Elle contourne Megève, puis trace en direction du Flumet. Elle marque une pause devant la Coopérative fruitière en Val d'Arly, sous une banderole qui claque dans une brise légère. Le slogan « Les Paysans savoyards : la force du bon goût » couronne trois séduisants fromagers aux bras musclés, fièrement croisés devant leur poitrail viril. Les places de parking vides devant l'épicerie-restaurant offrent le loisir à Éléonore d'étudier tranquillement la fin de sa journée sur la carte collée sous son nez. Elle ne prend pas la peine de baisser la béquille. Le moteur éteint, la Falcata tient en équilibre entre ses cuisses. La jeune femme se penche en avant, la plante des pieds bien ancrée au sol, et du bout du gant, elle trace la montée vers la Giettaz, puis s'amuse à redessiner les virolets qui précèdent le Col des Aravis. Elle ne l'a traversé qu'une seule fois dans sa vie, avec, chevillé aux tripes, un étrange sentiment de victoire gagnée d'avance. Elle se réjouit de terminer sa première échappée par une telle danse. Tout son corps semble lui accorder de poursuivre, car aucune tension, aucune gêne ne se fait ressentir. Depuis que le poste de douane a été franchi, elle coule comme un torrent dans son lit, s'adaptant aux creux, aux bosses, aux accélérations et aux ralentissements, arc-boutée sur ses cale-pieds. La jeune femme se ravise, car, dans son souvenir, une route secondaire un peu plus rugueuse rejoint encore le Col de la Croix Fry. Elle trouvera bien où dormir ensuite. Le chemin est tout tracé.

***

À son arrivée, la commune de Manigod ne diffère pas énormément de son paysage habituel. L'exotisme ne répond pas franchement à l'appel, pour le moment. Un plateau d'altitude s'étend à travers cette terre inconnue mais familière ; il se ponctue de hameaux, de domaines agricoles et de clochers d'églises. Pour une première journée, Éléonore ne ressent pas le besoin d'ajouter davantage d'émotions. Il s'agit d'identifier maintenant un point de chute pour la nuit. Sans navigateur de recherche, une part de sa liberté lui paraît amputée. Quelques panneaux publicitaires annoncent ces hôtels dont elle abhorre le faux-semblant de chalet, avec leurs peaux de mouton synthétiques déposées en guise de couvre-lits et leurs volets de bois ajourés d'un cœur. La nappe et les rideaux à carreaux rouges et blancs créeront la fameuse surprise, faussement inattendue. Éléonore ignore encore le nombre d'heures qu'elle passera chaque jour sur sa moto. Elle ne sait pas encore définir le rythme de ce nouveau quotidien à inventer ni la qualité de la literie à adopter pour survivre durablement à ses lendemains. Comment chercher ? S'éloigner du véhicule implique aussi de laisser les bagages sans surveillance. Ses seules richesses remplissent le sac de queue : un vêtement de pluie, un maillot de bain et une brosse à dents, résume-t-elle ironiquement. Elle aurait dû préférer un sac de montagne pour faciliter les déplacements pédestres à cette pochette en toile à motif thermocollé, qui contient à peine un pull, une culotte et un porte-monnaie. Mais elle dénote néanmoins un semblant de parenté avec un sac à main citadin. Bas de gamme, certes, mais acceptable, dans le genre un peu décontracté et branché. Elle aurait aussi dû penser à un cadenas pour sceller le casque à la Falcata. Elle n'aurait ainsi pas eu besoin de le trimballer partout avec elle, à chaque halte. Cependant, il est au-dessus de ses forces de le laisser sans surveillance. Depuis l'accident, elle prend conscience de son rôle essentiel à sa survie. Son casque ne protège pas sa tête, il *est* sa tête. Et sa tête protège sa pensée. Donc, nul ne touche à sa tête. Le casque momentanément empalé sur le rétroviseur, les gants glissés dans son sac, les clés en poche, elle se demande si elle doit emporter ou non cette lourde sacoche pour partir à la recherche d'un logement.

Un gros tracteur vert et jaune, dont le diamètre des roues dépasse amplement la taille d'Éléonore, s'arrête devant la motarde. Un agriculteur, vêtu d'un débardeur grisâtre et troué, bien dressé derrière son immense volant, lui crie par-dessus le bruit du moteur :

« Faut pas te garer ici ! Y a le bus qui manœuvre, là !

– Ah merde ! Désolée. Je peux me mettre où pour ne déranger personne d'ici demain matin ?

– Y a pas de parking à ton hôtel ?

– Je n'ai pas d'hôtel. Je suis arrivée ici un peu par hasard. Je ne sais pas où je vais !

– C'est la fin de la journée, poulette, on est hors saison, et t'as pas d'hôtel ?

– Ben, non…

– Je vois. Tu restes combien de temps à Mani ?

– Juste une nuit, seulement cette nuit. Je repars demain matin.

– Bon, t'attends dix minutes, je passe te prendre. Je rentre ça, j'appelle la femme et je reviens. Tu bouges pas ! »

Éléonore ne connaît pas cet homme, mais elle obéit docilement à ses ordres, tant son évidente assurance la rassérène. Elle s'installe sur un billon de bois en bordure de route et attend le retour du garçon qui ne réapparaît que vingt minutes plus tard. Elle ne le reconnaît pas tout de suite, il a troqué son gros tracteur contre un Pajero. Il arrête le véhicule à la hauteur de la jeune femme assise, baisse la vitre de la portière et lui jette ces quelques mots par-dessus bord :

« Je suis là. Tu suis ? J'ai appelé la femme. Elle dit qu'on peut te laisser la chambre du grand. Il est au camp de musique jusqu'à dimanche. Le mieux, c'est de me suivre avec ta moto. On la mettra dans la grange à foin, elle est presque vide.

– C'est loin ?

– Ça te change quoi ?

– Rien…

– Bon… mais c'est pas loin quand même. On y va, ou on donne la messe ici ?

– Ok, on y va. Je te suis.

– Je m'appelle Dani. »

Il remonte la vitre électrique sur cette brève présentation. Visiblement, rien ne semble l'indisposer à la perspective d'accueillir une motarde un peu perdue sous le toit familial, une femme dont il ignore tout, jusqu'au prénom. Les filles n'inspirent généralement pas la crainte, Éléonore en a bien conscience. Elle se précipite sur la Falcata, n'étant pas certaine qu'il patiente indéfiniment. Les gants resteront dans le sac, après tout, il a dit que « ça » n'était pas loin. Elle ne prend pas le temps de serrer la lanière jugulaire de son casque. Il faut rapidement embrayer derrière le pick-up de Dani, dont il n'a pas coupé le moteur pendant l'attente. Le fermier file aussitôt qu'elle démarre sur une centaine de mètres le long de la rue principale puis bifurque sur une route agricole en terre. Éléonore prie pour que cela ne se corse pas davantage. Malgré la fatigue qui point, elle reste concentrée sur chaque caillou, chaque irrégularité du terrain, tout en tentant de garder le nez bien haut, vers cet horizon dont elle ne sait pas où il s'arrêtera pour elle. Le Pajero grimpe une petite côte, soulevant des nuages de poussière qui enveloppent sa suiveuse. La jeune femme, tendue, se dit que cette fois, c'est la dernière péripétie, et qu'après cette montée, si elle ne voit rien qui vaille, elle rebroussera chemin. Les facteurs d'épuisement commencent à s'accumuler. Mais voilà qu'il éteint le moteur devant une immense ferme. Il saute du marchepied et, à renfort de grands gestes, lui indique l'entrée d'une grange sans porte, à gauche du bâtiment principal. Celui-ci accueille une écurie au rez-de-chaussée et visiblement un logement aux étages. La conductrice cale la Falcata à côté d'une moissonneuse qui ne semble pas avoir bougé depuis des lustres, descend de sa monture, désarrime le sac, sangle après sangle, se recoiffe un peu et rejoint Dani qui piétine devant le fenil.

***

Dani fait asseoir Éléonore sur le banc d'angle de la cuisine. Elle pose son casque religieusement devant elle. La sacoche l'attend dans le couloir, au sommet de la première volée d'escaliers. Dani lui a indiqué sa place, avant de monter à l'étage en beuglant :

« Évy ! Évy, on est là ! »

Dans la cuisine, une casserole fume. La hotte de ventilation n'étant pas allumée, les volutes de vapeur l'embrassent sans être aspirées. Éléonore hésite à se lever pour l'enclencher ou pour baisser le feu sous la cocotte. Mais elle n'est pas chez elle, elle s'abstient donc. Sur une chaise, une pile de t-shirts repassés vacille. À ses pieds, une corbeille de linge attend d'être départie de ses plis. La planche et le fer demeurent invisibles cependant. La jeune femme se dit que le repas va délicatement parfumer les fibres des tissus propres. Pourtant, elle n'est toujours pas chez elle, il n'est pas question de déplacer le panier ni la pile de vêtements. Et pour les mettre où ? La maison ne lui a pas encore été présentée. Sur le coin de la table, des enveloppes déchirées s'amoncellent. Le souvenir de son père se rappelle à elle. Dans l'évier, la vaisselle déborde. Elle n'est pas à la maison, mais cela y ressemble quand même un peu. Éléonore se demande si elle remarque ce capharnaüm parce qu'elle n'est justement pas chez elle. Elle présume la cohabitation d'une grande famille. Elle, elle vit seule avec Dodgson, et un chat ne vous tient pas rigueur de vos faibles inclinaisons au rangement. Ici, la vie exulte clairement ; sur les portes des placards, les dessins d'une marmaille encore inconnue se superposent, aimantés ou collés les uns par-dessus les autres, si bien qu'il ne s'y distingue rien d'autre qu'une jungle de traits multicolores. Elle démêle les prénoms d'un Christophe, d'une Roxane et, tiens, comme son patron, d'un Paul. Ce dernier détient clairement la palme de la productivité. Il doit être le plus jeune, car ses maisons s'étirent vers le ciel en tortillant des murs et ses vaches ressemblent à des chevaux cornus. Ce

Paul doit aimer les autocollants, car chaque création en est couverte, peu importe la thématique. Sur le passe-plat, un vernis à ongles, une lime utilisée et une petite bouteille de dissolvant tiennent en équilibre sur un papier absorbant replié. Alors qu'elle observe cet environnement foisonnant de détails, un bruit de cavalcade se fait entendre dans l'escalier. Une femme du même âge qu'Éléonore passe le pas de la porte. Ce doit être Évy. L'hôtesse porte un pull polaire noir et un jean clair qui lui moule les cuisses, solides et musclées. Une grande tresse plaquée part du haut de son crâne, entortillant ses cheveux blonds jusqu'à sa clavicule droite. Des mèches folles jouent les indisciplinées, dans un raffinement sauvage. La maîtresse des lieux en impose malgré sa mince stature, son regard vert si franc clame sa force et son assurance. Elle tend une main droite ferme à Éléonore et laisse un son frais et enjoué s'échapper de ses lèvres légèrement abîmées, soit par le temps qui passe, soit par le temps qu'il fait :

« Bonjour, je suis Évelyne. La femme de Dani.

– Bonjour ! Moi, c'est Éléonore.

– Il a dit qu'il avait trouvé une femme au bord de la route, qui ne savait pas où dormir, mais il n'a pas dit qu'elle était si jolie !

– Ah, euh… je…

– Je rigole ! Moche ou jolie, on ne laisse pas une femme seule dehors, chez nous ! Raconte-moi, comment t'as atterri ici ?

– Je roulais, mais je n'avais pas vraiment planifié de m'arrêter dans le coin. C'est le premier jour, je ne suis pas encore très bien organisée. Je ne demande rien, et je ne voudrais pas m'imposer…

– Ça va ! Tu n'as pas l'air de prendre trop de place. Dani t'a fait mettre ta moto à l'abri ?

– Oui, elle est dans la grange…

– C'est bien, parce qu'on annonce un peu de pluie cette nuit. T'as faim ?

– Je ne veux pas abuser de votre hospitalité.

– Ça n'était pas la question. Ma question, c'est de savoir si tu veux manger avec nous ? C'est oui, ou c'est non ?

– Eh bien, je veux bien si ça ne dérange pas.

– Si ça me dérange, je ne propose pas. Tu ne vas quand même pas t'excuser d'exister ? Bon, les deux petits vont arriver dans un moment. Le grand est à son truc de fanfare. Je te laisse sa chambre pour ce soir. Faut pas faire attention au bordel. Mais quand c'est gratuit, on ne se plaint pas, hein ?

– Non, c'est sûr. Je suis tellement reconnaissante d'être accueillie comme ça à l'improviste !

– Bah, ça nous fait de l'animation ! Ça me changera de leurs histoires de tracteur et de toboggan. Et puis Roxane, elle, elle ne nous cause même plus. L'âge bête, c'est le début des problèmes, crois-moi ! Viens, je te montre la chambre de Christophe, la salle de bain si tu veux prendre une douche et puis quand le dîner sera prêt, je t'appelle. Comme ça, tu peux te poser un peu entretemps. Tu manges de tout ?

– Oui, je ne suis pas compliquée, répond Éléonore, au beau milieu de ce bombardement d'informations.

– Tu viens d'où ? reprend Évelyne, à peine son invitée a-t-elle refermé la bouche.

– Je viens du Valais. C'est en Suisse !

– Ben oui, je sais. Ah, alors comme ça, une petite Heidi ?

– Oui. Voilà.

– Tu me raconteras tout ça après. Tu patientes un peu pour la salle de bain, c'est Dani à la douche maintenant. Ne te fais pas de souci, ce n'est pas lui qui risque de nous vider le ballon d'eau chaude. »

Évelyne éclate de rire, d'un rire qui ne s'éteint pas vraiment, ponctuant une marche sur deux, pendant que les deux femmes montent à l'étage.

Éléonore s'assied sur le lit de Christophe. La housse de sa couette est couverte de fusées qui zigzaguent entre des planètes et des comètes. Contre les murs, le garçon a punaisé des posters de Formule 1 et des portraits de pilotes déjà hors circuit depuis quelques années. Au-dessus de son bureau, un planning extrascolaire détaille son emploi du temps : foot, mémé, répé, et ainsi de suite, jour après jour. Ce week-end du 25 au 27 mai est passé au surligneur jaune. Il a inscrit : WE FMS - CEVINS, tout en capitales cryptiques. Au pied d'un valet de chambre désœuvré, il traîne des habits çà et là, et sur son pupitre, des partitions se superposent. L'antre du jeune homme n'en demeure pas moins propre et avenant. La jeune femme ouvre son sac et déplie quelques vêtements et ses feuilles de route. Elle veut se changer pour le souper et déterminer, après le repas, l'itinéraire du lendemain. Elle a ôté ses bottes avant de monter à l'étage et ses pieds empestent la transpiration. Elle lavera ses chaussettes dans l'évier ; chaque étape présentant de l'eau courante doit être mise à profit.

Au moment de libérer son ventre du pantalon en Kevlar, le premier bouton-pression ouvre les vannes d'une vague de poinçons, qui picorent son bassin, des hanches jusqu'aux fesses. Les deux coups de couteau dans les reins ne se font pas attendre. Éléonore bascule sur la couchette et ramène ses genoux à la hauteur de son front. Elle retient sa respiration, en embrassant de toutes ses forces ses jambes repliées. Elle l'avait décidé, les antidouleurs resteraient à la maison. Il allait falloir s'en accommoder ou trouver d'autres parades contre ces fulgurances. Elle ne peut pas contenir son souffle trop longtemps, l'air doit circuler, et délier ainsi les nœuds serrés qui figent tout son corps. Une fois le relâchement passé, les meurtrissures et les écorchures libèrent leurs picotements abrasifs, mais mentalement contrôlables, si bien qu'Éléonore parvient à hurler en silence. À cet instant, Évelyne pénètre dans la chambre, sans frapper, comme se l'autorisent les mères des préadolescents. Le respect d'intimité est une habitude gestuelle à adopter, comme toute forme de rituel. Elle s'excuse aussitôt de son intrusion :

« Oh pardon ! La routine ! Je n'ai pas pensé à m'annoncer. Mais... ça n'a pas l'air d'aller !

– Si, si. Impeccable...

– Les Anglais ont débarqué ? »

Éléonore n'avait plus entendu cette expression depuis bien longtemps. Elle se concentre, hésite à blaguer pour la diversion, mais profite de la présence d'une autre femme qui ne semble pas intimidée pour répondre :

« Ça fait un bon moment que les Anglais ont rendu les armes...

– On a le même âge, non ? Tu ne les as plus ?

– J'ai une de ces saletés, tu sais, de celles dont on ne parle pas. Alors pour résumer, non, je ne les ai plus.

– Je vois. Et toi, tu veux en parler ?

– Je ne sais pas. Je ne crois pas. Bref, c'est la vie.

– Je te vois te tordre, là. Je t'ai dit, on ne laisse pas les femmes dehors ici. Mais on ne les laisse pas seules à l'intérieur d'elles-mêmes non plus. Je te prépare un truc, pour quand tu descends manger. Tu verras, on n'est peut-être pas grand-chose, mais les plantes peuvent beaucoup. Ça va te rééquilibrer un peu les boyaux. T'arrives à conduire ta moto quand t'es comme ça ?

– Oui, oui. Et ça ne va pas durer, je crois. Ce n'est pas la première fois. Je dois juste penser à autre chose.

– Ce soir, tu n'es pas seule. Penses-y si ça te soulage, ou à autre chose si c'est mieux. Si tu as besoin d'une oreille, je suis là. Si tu n'as besoin de rien, je suis là aussi. On ne se connaît pas, mais ce soir, on dort sous le même toit. Tu peux compter sur moi. »

Éléonore ne croit plus au pouvoir de la médecine ni de ses artifices. Peut-être la discipline est-elle devenue trop intellectuelle et froide, s'impatientant au contact des patientes et creusant ainsi ironiquement la distance? Soigner n'est, souvent, plus un métier, mais une simple profession sanctionnée par des diplômes décernés en latin davantage que par l'amour du prochain. Cette Évelyne ne sait rien de son parcours, de ses douleurs, de la fantaisie de ses hormones, mais elle la sait femme et sœur. En quelques mots et par sa main sur son épaule, elle agit comme une artisane de la guérison, même momentanée, soucieuse d'écouter, d'entendre puis de comprendre. Elle la considère, entièrement.

Ce n'est pas la distance qui mesure l'éloignement.

Antoine de Saint-Exupéry, *Terre des hommes*

Cinquième chapitre

Éléonore observe le clapot des vagues, écoutant son chant timide. La chaîne de falaises qui se chevauchent et s'enlacent, au loin, brise les élans du vent. Quelques sommets boudent, s'ignorent, se tournant ostensiblement le dos; certaines unions doivent ressembler à ces pics constamment hérissés. Le lac d'Annecy éblouit son admiratrice de mille petits astres mutins. Elle ne ressent pareil besoin de plisser les yeux que lors d'une traversée de glacier, bien qu'elle les cache derrière ses lunettes de soleil. Les montagnes veillent sur les séracs, en haut, et sur les eaux, en bas, formant avec une constante bienveillance leur cirque protecteur. Seule la fonte sépare les neiges éternelles des lacs. Le massif des Bornes présente son front étiré et grave, probablement ridé par quelques inquiétudes et des siècles de pression tectonique.

Lorsqu'on quitte les Alpes, ne devrait-on pas appeler les Préalpes les Postalpes? s'interroge Éléonore. Les scientifiques qui ont nommé les pentes devaient vivre au ras du sol, loin des cieux poétiques, que seuls les montagnards chatouillent et questionnent quotidiennement. Ne devrait-on pas définir les choses à partir de leur cœur? Mais ici, tout au bord de l'eau, elle se retrouve seule et personne ne répondra à ces introspections. En effet, la plage d'Angon n'est pas encore ouverte à la baignade surveillée. Les visiteurs se jetteront en toute sécurité dans les flots dès le mois de juin, dans quelques jours. Le bar est fermé, les parasols terminent leur hibernation, bien rangés. Il est inscrit en rouge que l'accès à la plage tient de la responsabilité de ses utilisateurs, en dehors des mois d'ouverture. Éléonore en prend bonne note, amusée, et s'installe à proximité du Nant de Grenant, une placette isolée y promet une ombre agréable. Elle préfère cette solitude printanière à la vision de petites fesses moulées dans des maillots de bain multicolores, dans la moiteur caniculaire de l'été.

Sur le parking, où elle s'est arrêtée pour réfléchir à cette pause qui l'appelait, un panneau de randonnée pédestre indiquait pour destinations une *Balade du Pont des Fées*, *Les Mouilles* et la *Cascade d'Angon*. L'humain réclame irrépressiblement des repères lyriques pour se mettre en marche. La *Balade du Pont* ne produirait certainement pas le même effet, sans ses fées. Les toponymes, et ce particulièrement dans les zones touristiques, fascinent Éléonore, plus encore depuis qu'elle roule. Chacune de ses virées lui fait prendre conscience de la culture et de la magie qui émanent du nom des lieux. Certes, des plans directeurs d'hospitalité y président certainement. Les récurrences à travers la francophonie l'interpellent également. Il est des lacs et des embranchements qui portent des noms similaires en des terres si différentes, alors qu'il est bien entendu que les montagnes ne se rencontrent jamais. La langue, invisible, et même parfois inaudible, suit les routes marchandes ou les chemins de traverse, essaime des graines, çà et là, puis remonte une vallée par hasard pour s'amouracher d'une bouche. Puis parfois d'un ventre. Et des siècles plus tard, il faut constater l'immense descriptivité de ces termes qui paraissent tout inventés, juste pour la joliesse de leur sonorité. Pourtant, la Forclaz ou même la Furka, que l'on retrouve dans bien des retranchements alpins, ne sont rien d'autre que des *furcula*, des fourches.

Et si l'on ne veut pas se les faire planter dans le derrière, mieux vaut bien choisir son échappatoire.

La Falcata n'est finalement pas restée sur le parking, un rebord de la Route de la Plage s'est présenté à elle. Les chaussettes habilement attachées au sac ont cessé de s'agiter comme des manches à air par temps de foehn. Éléonore n'a pas beaucoup avancé en cette fin de matinée; néanmoins, elle a pu nicher ses bas séchés dans le compartiment destiné aux habits propres. La jeune femme ressent un besoin irrésistible de demeurer assise face à l'eau. Le petit-déjeuner avec ses hôtes avait été pris tard, bien que Dani, lui, soit parti très tôt pour travailler. Les enfants, en week-end, avaient souhaité prolonger les discussions de la veille autour des tartines, car à la fin du dîner, leur mère les avait rapidement envoyés au lit. Elle avait voulu profiter seule de la présence de cette amitié de très courte durée. Après son départ ému et reconnaissant, Éléonore s'était arrêtée brièvement à une station essence pour faire le plein, acheter un sandwich au jambon et une bouteille d'eau. La vendeuse avait hésité à prendre la grosse coupure que la motarde souhaitait casser, cependant, elle n'avait pas vraiment le choix. De l'argent, c'est de l'argent, même sous sa forme la plus condensée. D'un œil méfiant, mais expert, elle avait fait mine de s'assurer de la légitimité du billet et avait rendu le change, à contrecœur. Cette peste lui vidait sa caisse en la remplissant à peine. Éléonore, quant à elle, ne songeait qu'à l'idée de prendre son repas à ras de vaguelettes lacustres, dans une simplicité nue.

S'il y avait une cascade en amont de ce nant, alors ses flots avaient dû considérablement se calmer depuis leur chute, pour arriver si sereinement dans le lac. Nous passons par tant d'états, songe Éléonore, et en si peu de temps. Quelques minutes, quelques heures, et nous ne sommes déjà plus égaux à nous-mêmes. Notre constitution physique et morale ne se ressemble plus. Ne *nous* ressemble plus non plus. Sommes-nous encore l'être d'il y a quelques instants ? Ou sommes-nous déjà devenus cet autre dont nous avons toujours voulu tout ignorer ? Nous avons déjà vieilli de ces quelques minutes, de ces quelques heures, pourtant. Imperceptiblement, notre expérience grandit, autant que notre fin approche ; l'issue semble lointaine, elle l'est probablement, mais elle s'apparente, goutte après goutte, au ruisseau qui s'achemine vers son grand lac, celui qui le verra se dissoudre dans un projet plus grand que sa joyeuse dégringolade de torrent sauvage.

Dans l'atmosphère, de petits points multicolores parsèment le bleu du ciel, entre les barbules. Les parapentistes ont dû profiter de thermiques favorables pour s'offrir la plus belle des vues sur l'étendue émeraldine. Tels de très lents papillons, ils se laissent glisser en se balançant de droite et de gauche vers le bas, vers la terre qui les a vus naître chenilles. Ils ont eu l'élégance de croire en leurs rêves, en ce destin profondément ancré en eux, alors que les lois physiques ne semblaient guère les soutenir. Oui, ils se sont accrochés à cette idée folle qu'un jour, ils voleraient ! Éléonore joue avec le petit oiseau doré qui plane le long de son cou. Elle songe à son neveu Axel et se demande si les boîtes de jeux sont toujours bien mélangées et s'il continue à faire entrer des ronds dans des triangles et des carrés dans des étoiles.

***

Alors qu'Éléonore croque dans ce sandwich qui n'égale en rien le festin d'Évy, elle se remémore leur improbable rencontre. Le repas de la veille avait été un émerveillement. Après une douche qu'elle avait laissé durer sans complexe, rassurée par la bienveillance de ses logeurs, elle avait rejoint la famille à table. Son hôtesse avait poussé les piles de papiers et déplacé la corbeille de linge au salon. Elle avait déposé une grande tasse de tisane à côté de l'assiette qui lui était destinée, les places étant toutes assignées, et avait murmuré, avec un clin d'œil :

« Bois ! »

Après le gratin de légumes du jardin, le riz et l'émincé aux lardons et petits oignons grelots, Dani avait avancé un imposant plateau de fromages sur la table, avec un air de défi. Il avait amorcé le règlement de comptes entre voisins, en ces termes :

« Les choses sérieuses commencent, poulette. Maintenant, tu vas nous dire qui, des Suisses ou des Savoyards, fabrique la meilleure tomme ! »

Le ventre d'Éléonore ne tirait ni ne mordait plus, mais la place venait à manquer. Dani avait ouvert une deuxième bouteille de vin rouge, elle n'y échapperait donc pas. Il avait fallu goûter l'Abondance, le Beaufort, la tomme de Savoie et celle des Bauges. Plusieurs fois, même, accompagnant le tout de généreuses lampées de Mondeuse Noire. Le pain ravissait par ce moelleux digne d'un dimanche matin. Elle avait ri aux attaques franches de Dani, qui comparait les fromages suisses à d'insipides chewing-gums en fin de mastication, provoquant sans ménagement de possibles hérissements chez son invitée. Éléonore avait choisi de satisfaire son hôte, en louant les saveurs incomparables de la production savoyarde. Elle avait soudain prononcé un « Mais ! » qui avait fait douter l'agriculteur, car elle avait laissé un long silence s'installer. Il avait demandé, frémissant :

« Mais quoi ? Quoi "Mais" ? »

Ce à quoi la Suissesse avait répondu :

« Mais… votre vin, en revanche, c'est une sacrée piquette ! »

Toute la tablée avait éclaté de rire. Leur sens égal de la répartie les conviait à se sentir frères et sœurs. Seule cette complicité-là autorise à cacher des compliments derrière des attaques. Ils avaient encore trinqué, puis à l'heure du café et du coucher des enfants, Dani avait sorti sa collection de bouteilles de goutte qu'il rangeait dans un coffre en bois, sculpté après la guerre par son grand-père, et ce d'une seule main, avait-il précisé. Le génépi, l'armagnac et la très fameuse Chartreuse, dont les cent trente plantes qui la composaient ne devaient pas comporter que des vertus médicinales, avaient couvert la table. La fatigue avait fini par avoir raison du père de famille, qui était parti s'affaler dans son fauteuil, devant la télévision, pour finir la soirée en ronflant.

Éléonore et Évelyne, pompettes, étaient toutes deux restées dans la cuisine, parlant soudainement à voix basse, sentant que leur connivence ne concernait plus qu'elles. Éléonore s'étonnait qu'une femme aussi volontaire, inventive et amusante choisisse la vie astreignante de la paysannerie et de la maternité. Évelyne avait doucement rigolé, avant de se plonger en elle-même avec une certaine gravité. Quand elle en était ressortie, ses idées paraissaient plus lucides que jamais. La mère et épouse ne se sentait aucunement prisonnière de ce choix. Elle n'appartenait qu'à elle-même, disait-elle, tout comme ses enfants ne s'appartenaient qu'à eux-mêmes, et Dani tout pareil. Chacun et chacune naviguait simplement dans cette même embarcation, face aux mêmes orages et aux mêmes tempêtes, avec cet élan de solidarité qui les unissait sous ce pudique nom de famille. Elle tolérait les silences renfrognés de sa fille, les passions monomaniaques pour l'automobile et la musique de son aîné, les créations et blagues confuses de son benjamin. Elle les endurait, et les aimait, pour leur individualité qui nourrissait prodigieusement l'ensemble qu'ils formaient. Elle avait insisté une deuxième fois sur le mot « ensemble ». Ils étaient une myriade d'atomes gravitant autour d'un seul noyau : la famille. Un système tellement solaire, avait-elle souligné en souriant. Évidemment, Évelyne se levait tôt, ne récoltait pas toute la reconnaissance qu'elle pensait lui être due, ne les comprenait pas toujours, et de temps à autre en aurait bien pris un pour taper l'autre. Mais ils s'adoraient, se soutenaient, riaient en chœur, pleuraient parfois chacun de leur côté, maudissant ce compagnonnage imposé. Se fichaient néanmoins la paix quand il le fallait, patientaient des jours durant qu'une colère s'apaise, que les larmes d'un chagrin d'amour ou d'amitié se tarissent. Jamais éloge à la vie commune n'avait autant bouleversé Éléonore. Peut-être parce qu'Évelyne ne comparait-elle pas. Elle n'exigeait pas de son invitée qu'elle adhère ou qu'elle regrette de ne pas avoir choisi la même existence. Elle contait, à la manière d'une célébration sacrée, une sorte d'évangile universel. Une véritable bonne nouvelle, sans fatalisme moralisateur. Elle riait des difficultés, des aléas de la pensée propre à chacun et des contingences du quotidien. Elle s'amusait des malentendus, des crises et des menaces répétées de fugues.

Éléonore croit se souvenir de ces mots-là :

« Tu as l'impression que je n'ai pas le choix. Mais j'ai tout choisi ! La misère aussi. Je ne connaissais pas les détails à l'avance, on ne m'a pas refilé le mode d'emploi, comme si la vie, c'était une machine à laver. Mais je bricole ! Je rafistole... Je ne me force pas à rester, pas du tout. Je me fais dure parfois, mais je ne laisse jamais la porte fermée aux bonnes surprises. Je nourris la troupe, je nettoie les recoins, là où j'aurais bien aimé laisser la merde sous le tapis, parce que ça ne se voit pas. Mais quand le tapis n'est plus très plat, c'est trop tard. Personne ne m'impose quoi que ce soit : je ne me force pas, les autres ne me forcent pas. Et je les emmerde, les autres, après tout. Qu'ils s'occupent de leurs fesses ! Ceux qui critiquent, ceux qui jugent, ceux-là se divertissent ainsi de leur propre misère, de leur incapacité à choisir ce qui leur convient à eux ! Eh ben, je m'en tamponne comme de l'an quarante. Tant qu'ils disent du mal de moi, ils ne disent pas du mal des autres, voilà. On a eu nos moments à vide, avec Dani. On a pensé qu'on ne s'aimait plus, des fois. Qu'on n'avait vraiment rien à foutre en couple, même après trois gamins. On s'est même séparés un certain temps… mais il a pris conscience que sa mère était encore moins commode que moi, avait-elle ponctué finement dans un éclat de rire. On s'est remis ensemble et on a continué à fabriquer des trucs, tous les deux. On ne l'a pas fait pour les petits, même s'ils sont plutôt contents, on l'a fait parce qu'on n'avait pas épuisé la question. On n'avait pas épuisé *notre* question. Il y avait encore des réponses à trouver. Dani, il aime à dire que les problèmes sont des solutions en bleu de travail. On s'aime, mais on découvre tous les jours comment ça marche, et surtout, que ça ne marche pas toujours. Alors oui, Éléonore, je suis libre ! Je suis tellement libre parce que j'apprends tous les jours, j'accepte certaines choses et j'aime le chemin et ceux qui le parcourent avec moi. J'en chie, mais je suis libre, parce que je pense comme je veux, toujours en m'accommodant aussi de ce que veulent penser les autres, même quand je ne préférerais pas. Je suis libre, parce qu'il m'arrive tous les jours des trucs incroyables ! Une coccinelle sur mon bras quand je jardine, mon petit Paul qui apprend à écrire son prénom, Dani qui se calme tout seul après une grosse colère, parce qu'il a plu sur sa récolte alors que je n'y peux pourtant rien, Roxane qui me lâche enfin un mot, un seul, Christophe qui joue une partition sans me casser les tympans, et puis… et puis une motarde qui nous tombe du ciel ! Çe n'est pas banal, ça ! »

Évelyne avait à son tour écouté Éléonore. La jeune femme, un peu ivre, proclamait à mi-voix, pourtant comme si elle criait, sa soif de liberté, son agacement contre le système et contre cette inconséquence de la vie à plusieurs. Elle avait blâmé les injonctions, les obligations et les devoirs. La vie ne serait-elle pas plus rafraîchissante, plus authentique – oui, elle l'avait dit, ce fameux mot pourtant proscrit –, plus respectable, sans ces foutues contraintes et attentes ? Elle était une femme, oui, mais elle ne voyait pas pourquoi on l'intimait constamment à procréer! N'avait-elle donc pas suffisamment d'autres compétences et donc, un autre destin possible? On la traitait d'égoïste, quand elle affichait son peu d'enthousiasme pour la chose parentale, Évelyne pouvait-elle se l'imaginer? Alors qu'elle pensait que c'étaient les pères et les mères – exception faite de Dani et d'Évy, évidemment, avait-elle souligné – qui se gargarisaient d'avoir réussi à mettre une queue dans une chatte, alors que tout le règne du vivant le faisait tout aussi bien qu'eux, sans se vanter à tout va. Éléonore s'emportait, décrivant la prétention des parents qui se comportaient comme s'ils méritaient un arc de triomphe pour avoir, non pas seulement transmis, mais *donné* la vie. Ils se prenaient pour Dieu! Et puis ces chiards, après tout, ils polluaient la planète, en prime. Et ces médecins qui ne vous regardaient même pas, ne prenaient même pas votre douleur physique en compte, s'il n'y avait pas de projet de famille à sauver. C'était se moquer de l'humanité!

Évelyne prêtait toute son attention, sans interrompre le flux énervé d'Éléonore. Cette dernière avait conclu en déclarant qu'elle avait fui, oui, qu'elle était partie, parce que les médecins et la société, eux, ne l'acceptaient pas telle qu'elle était.

« Et toi, les acceptes-tu, tels qu'ils sont?

– Ces cons?

– On est toujours le con d'un autre. On ne saura jamais qui avait raison, dans la grande équation de la vie. »

Éléonore avait dessaoulé d'un coup. Évelyne lui avait finalement rétorqué, après un lourd intervalle, que rien ne la forçait à les fréquenter. Qu'elle pouvait bien fuir ces personnes-là, en particulier, mais elle en rencontrerait toujours d'autres de la même trempe. Il y aurait toujours des insupportables partout, et des personnes réconfortantes tout autant. Il fallait choisir son entourage, favoriser un bon environnement. Éléonore était restée sans voix, déstabilisée. Il n'y avait pas mille spécialistes de sa maladie, il ne fallait pas exagérer. Elle devait bien se rabattre sur l'existant, le disponible. Et quand le disponible n'était pas probant, mieux valait s'enfuir.

« Éléonore, ton voyage est à toi, c'est ton choix, et tant mieux. Fais ce qu'il te plaît ! Je serai très heureuse d'apprendre, dans quelques semaines ou mois, qu'il te comble, qu'il te libère de ces chaînes qui t'entravent. Va où tu veux. Mais ne juge pas ceux qui restent là où ils sont ! Que feraient les nomades comme toi, si des sédentaires comme nous ne leur ouvraient pas la porte, à la tombée de la nuit ? C'est libre mais pourtant immobile que je te suis utile. Ta liberté, tu l'imagines dans la déroute. Pourtant, elle n'est nulle part ailleurs que dans tes responsabilités, ou plutôt, tes engagements. On s'en fout de l'administration. Je te parle de ces engagements que tu prends vis-à-vis de toi-même. On ne se tire pas en boudant, juste parce qu'on n'est pas d'accord avec son frère, son docteur ou avec le système. On fait front, franchement ! Et ton problème, ce n'est pas ton désaccord avec les autres. C'est celui que tu nourris avec toi-même. Regarde-toi en face, si tu l'oses ! »

Devant son lac, Éléonore observe les flots et retient une larme d'indignité au souvenir de cette discussion, bien que la fin de la soirée se soit adoucie. Elle s'emporte contre elle-même de s'être attachée, en quelques heures à peine, à toute une petite tribu. Elle écrase entre ses doigts le sachet qui contenait le sandwich. Il est temps de repartir. Évelyne n'a vraiment rien compris.

Les uns patientent des mois durant pour que les légumes poussent dans leur jardin, malgré la chaleur, malgré le froid, malgré les pucerons. Ils veillent sur leur foin en fabriquant des toits qui ne laisseront pas la pluie détremper la nourriture des vaches, des brebis, des poules et des cochons. Ils prennent soin les uns des autres et parfois, d'une autre, d'une motarde qui leur échoit dans les bras.

***

Éléonore se résout depuis quelques jours à recentrer son attention sur sa fuite farouche. L'éloignement et l'isolement lui paraissent soudainement révéler un si grand écart conceptuel. Durant son séjour à l'internat, elle avait essentiellement côtoyé des étudiantes venues de régions germanophones. Il y avait parmi elles Anna, l'Autrichienne blasée, Patrizia, la Juive argovienne et Kathrin, la petite bourgeoise zougoise ; toutes les autres provenaient de familles haut-valaisannes. Elles représentaient la majorité du contingent des jeunes filles de l'étage. Elles échangeaient entre elles dans un dialecte si rapide, si rocailleux et si dense qu'Éléonore en attrapait des migraines. Ses colocataires imposées construisaient pourtant intelligemment leurs idées en accolant des mots les uns aux autres, sans devoir en inventer de nouveaux. Et il existait des variétés infinies de nuances grâce à cette grammaire mathématique qu'offraient la langue allemande et ses dérivés dialectaux. Depuis quelques jours, au fil de sa conduite désordonnée, les termes d'*Einsamkeit* et d'*Alleinsein* se battaient en duel dans sa tête. *Einsam - keit, Allein - sein.* Comment définir la solitude : être solitaire ou être seul ? Être à l'écart ou s'isoler ? La condition ou l'état ? La notion d'ostracisation, dictée par les autres confrontée à celle d'un choix personnel, la bouleversait. Peut-on se sentir en marge, alors même que l'on est entouré ? Peut-on se sentir dans le foisonnement en vivant indépendamment ? Elle traversait depuis des jours ce désert de pierres, d'épines et de questions. Parfois, un champ de fleurs des prés ponctuait de jaune, de bleu et de pourpre son horizon.

Après son départ de la plage de l'Angon, elle était pour ainsi dire revenue en arrière en formant une boucle vers la frontière italienne, par goût du défi. Comment quitter cette région sans avoir vécu ces étapes indispensables au palmarès d'un motard alpin qui se respecte ? Certes, il n'y aurait pas d'album souvenir, ni quiconque à qui raconter ce périple. À personne qui comptait réellement. Pourtant, une forme de devoir induit lui enjoignait de ne pas rater ces trophées. Personne ne la blâmerait non plus, ni ne se moquerait, puisqu'aucun assesseur n'était convoqué.

Éléonore avait fait une première halte à Notre-Dame-de-Bellecombe, où elle s'était fendue d'une brève balade touristique avant de s'aventurer à travers la forêt de Covetan, pour atteindre le Col des Saisies. Elle serait bien restée un peu plus longtemps au pays des rochers, mais elle se sentait fondamentalement appelée, plus loin, dans l'ancien maquis du Beaufortain. Elle ne se laisserait certainement pas saisir ! Après avoir rebroussé chemin, les abords du lac de Roselend s'étaient alors offerts pour deux nuits, sous la forme d'une modeste chambre d'hôtel, dans la commune de Beaufort-sur-Doron. Elle y avait encore profité des tout derniers tarifs avantageux d'avant l'imminente haute période touristique. La voilà qui s'était distinguée non pas comme vache à lait, mais comme appoint financier à une saison morte qui n'en finissait pas de s'étirer. Une haute barrière de montagnes la séparait de sa maison. Cependant, à vol d'oiseau, elle le tutoyait encore, son chez-elle. Huitante kilomètres séparaient son village de Roselend. Et quatre-vingts kilomètres séparaient Roselend de son village. Le monumental barrage ceignant le lac l'avait profondément interpellée. Non par sa facture – vantée comme l'une des plus esthétiques, somme toute comparable à celle de toute autre digue –, mais par son histoire. Sa mise en eau avait nécessité l'engloutissement total de Roselend, quelque cinquante ou soixante ans plus tôt. Près de la rive, une reconstitution de la chapelle du hameau d'alpage submergé témoignait d'un intense besoin de commémoration, d'ancrage d'une trace de ce qui avait été et qui ne serait plus. L'accession au monde moderne tout électrique avait présidé à cette disparition. Cette copie remplaçait-elle l'original ? Le véritable lieu de recueillement et de ses confessions ne gisait-il pas dans la fosse de ce bassin, appuyé contre cette immense pierre tombale qui retenait tout exutoire spontané ?

Profitant d'un domicile pour quelques heures, la jeune femme avait allégé sa tenue afin de marcher un peu, emprunter des détours, à pied. Elle avait gravi la route du Col du Pré, pour admirer le Mont Blanc, le Roc du Vent, l'Aiguille du Grand Fond, la Pointe de Presset et ce million de mètres cubes de béton qui retenaient les eaux du Doron et du Treicol. Derrière le mur, la mort. S'étaient éteints une âme villageoise, des veillées au coin du feu, des baisers derrière les granges, des siestes de chats se dorant au soleil. La translation avait été organisée, mais un esprit se déplace-t-il sans son corps ? La mélancolie avait gagné Éléonore et la rongeait jusqu'à l'os. Tout le périmètre de Beaufort regorgeait de routes sinueuses qui ne menaient nulle part. Nulle part si l'on décide que le goudron et la terre battue esquissent la limite du quelque part.

Après ces deux jours d'allées et venues autour de Beaufort, la Falcata avait de nouveau rugi et lui avait fait traverser la station des Arcs, sillonner quelques échappées vers des culs-de-sac qui lui commandaient sèchement de rebrousser chemin, encore et encore, malgré ces virages tarentais très engageants. Elle s'y était finalement rendue, à ce fameux col minéral de l'Iseran. À 2770 mètres d'altitude, la nausée l'avait gagnée. Éléonore l'espérait tant, ce point culminant au sommet d'années d'impatience. Elle ne souffrait aucunement de mal aigu des montagnes, car elle le savait, il s'agissait du plus haut col routier des Alpes. Elle était coutumière des hauteurs, même extrêmes. Le chemin avait été ouvert depuis peu, comme d'habitude, en tout dernier dans la longue liste des monticoles tardivement enneigés. Le mal-être venait de l'intérieur ; le vertige ressenti à l'issue de son ascension l'avait plongée dans l'abîme de ses propres boyaux, comme l'avait si intelligemment formulé Évelyne. Elle avait rallié cette éminence, néanmoins, sans témoin vivant ni virtuel, aucune légitimation ne lui était accordée. Pas de photographie à l'appui, pas d'amis pour lui taper dans le dos. Aucune quittance. Pourquoi s'obstiner à atteindre un superlatif, si aucun spectateur ne vous applaudit ? Ne devrait-elle pas simplement s'en féliciter elle-même ? Elle s'était concédé une pathétique accolade, comme si elle pouvait se dédoubler pour s'observer et s'octroyer cette envergure futile et éphémère. Elle marquait toutefois le passage de cette manière. Un rite sans communauté garde-t-il de son cérémoniel, de son officialité ? Pendant un temps suspendu et indéfinissable, Éléonore s'était surprise à envier le couple d'Allemands croisé au Col de la Forclaz. Ils devaient probablement s'embrasser à ce genre d'occasion, sans la langue et sans amour, mais avec une certaine chaleur humaine. Qu'en savait-elle, après tout, de leur attachement mutuel ? Et elle s'était mise à rire d'elle-même, qui était la première à critiquer ce besoin de preuves et d'attestations que le monde d'avant exigeait d'elle. Au début de la montée, elle s'était flattée de rouler en semaine, afin de ne croiser aucune autre âme en route. Elle n'avait dépassé personne, ne s'était jamais fait devancer. Pas même une vache ni une marmotte n'avaient daigné se manifester au bord de la route ni au sortir d'un terrier. Le vide l'avait creusée, au lieu de la consoler. La gorge nouée, à l'arrivée, elle avait regardé tout autour d'elle. La roche polie par des glaces ancestrales et désormais fantomatiques promettait une lente mais tentante glissade vers la Maurienne. Ce grand parking affûté pour les week-ends d'affluence s'étendait comme une plaie à peine refermée, face à la minuscule borne frontière. Les souvenirs étaient immortalisés depuis les places bitumées destinées aux véhicules. Personne ne songerait à photographier l'envers du décor, cet amas de lignes blanches entre lesquelles des voitures, des camping-cars et des motos étaient attendus pour couvrir l'asphalte de leur carrosserie éclatante; un vis-à-vis en trompe-l'œil, un miroir d'hypocrite. Elle trônait là, cette limite historique et physique, à ses côtés, un panneau indicateur mentionnait, entre autres destinations, que l'on rejoignait Bonneval-sur-Arc, à une dizaine de kilomètres, par la Départementale 902. L'image mythique de ce muret de pierres avait été publiée des milliers de fois sur les réseaux sociaux, dans les roadbooks de motards ou de cyclistes. La véritable borne était juste en deçà, à quelques pas de l'écriteau idolâtré. Pourtant, seul ce petit phare attestait de la fin d'un monde et du début d'un autre, mais sa surface granuleuse ne permettant pas de coller des vignettes, son intérêt pour l'objectif s'effaçait subséquemment. Le panonceau de faussaire attirait le regard, marquant davantage le passage que le véritable jalon lui-même. Et derrière les lettres et les chiffres définissant les distances, apparaissaient cette maculation lacustre et cette petite chapelle au toit couvert de lauzes. Comme posés là par hasard, davantage pour attendrir que pour accueillir. Qui s'y attardait, qui allait toucher l'eau pour bénir le ciel? Qui déposait encore une prière sur les marches du minuscule édifice de Notre-Dame-de-Toute-Prudence?

La Route des Grandes Alpes s'étirait, déroulait un passé combinant les affaires et les guerres, les missives et les offensives, les voyages et les pèlerinages. Combien d'hommes et de femmes avaient donc tenté de se sauver ainsi? Éléonore s'était imposé d'ignorer les torsions de ses entrailles, car la douleur était moins physique qu'anagogique. Une fois le haut-le-cœur muselé, elle avait continué et découvert un village des plus charmants. Elle avait observé, en roulant, les cicatrices estivales tracées par l'impérialisme du ski dans le Val d'Isère. Pourtant, le bourg de Bonneval-sur-Arc avait un air de retour à la maison. Le hameau aux rues sans nom l'avait accueillie comme un écrin reçoit sa perle. Sans faste, avec une sobriété souveraine. Aucun mot de trop n'avait été prononcé. On l'avait toutefois envoyée se confronter à la rudesse de l'Ecot, un peu plus haut, pour s'extasier encore davantage face à l'austérité humaine. Après cette contemplation d'un territoire qui aurait pu être le sien, tant il pouvait râper les coudes, les genoux et l'âme, elle avait tracé jusqu'à la commune de Lanslevillard, où elle s'était tout de même amusée de découvrir un Adroit et un Envers. Elle aurait pu contourner la route du Mont-Cenis, mais la tentation de la proximité l'avait gagnée. Elle n'aurait néanmoins pas osé rejoindre l'Italie par le Val de Suse, après cette magnifique dépression qu'occupait un énième lac d'altitude. Elle se sentait désormais chez elle sur les routes de France, car la communauté de la langue constituait la dernière des habitudes dont elle ne parvenait pas à se départir. Elle avait donc laissé derrière elle le sentier des cendres. Un fraisil issu de feue elle-même. Elle-même était une moi d'avant, une moi obsolète. À l'image de cette dernière cigarette, consumée et consommée, avec l'ardeur des fins qui ne s'ignorent pas.

Sur sa route, la ville de Modane lui avait évoqué le tout récent Châtelard. Ce carrefour portait sur lui le sceau de l'expérience militaire et de l'industrie de l'alliage métallurgique, tout comme le Col du Télégraphe transpirait l'histoire de son fort au cœur stratégique du massif des Cerces. Le relais éponyme qui le couronnait avait servi un excellent café, bien serré comme elle les aimait, surprenant à une telle altitude qui préfère généralement la version soluble, mais aucune tarte maison n'y teintait les dents en violet. Et sa nièce, la petite Juliette, ne grimperait probablement plus jamais sur son dos. Un grand panneau de bois souhaitait la bienvenue à Valloire, à côté d'une sculpture de paille, représentant un cycliste satisfait de sa montée. Éléonore, commençant à ressentir un délicat mal aux fesses, s'était décidée à rejoindre Briançon, via un dernier crochet par le Col du Galibier.

Ainsi était-elle encore remontée à plus de 2600 mètres d'altitude, prenant congé de la Savoie à la suite d'une magnifique courbe plongeant dans le département des Hautes-Alpes. Une ancienne échoppe se targuant d'être un chalet jouxtait un tunnel routier alternatif. Il vantait la présence de produits tels que sandwichs, peaux, gilets, liqueurs, cloches ou encore chaussons. Le magasin se félicitait d'être chauffé. Il ne l'était certainement plus ; plus personne n'y vendait quoi que ce soit. Éléonore abandonnait officiellement le nord des Alpes pour un périple plus méridional. La pierre restait la pierre, mais les herbes rases annonçaient un autre climat, toujours aussi sec, avec des effluves d'iode dans l'air, les montagnes dressant un fier rempart contre les vents marins. Jusque-là, la jeune femme n'avait pas eu à subir les précipitations des retours d'est. Elle n'avait dû supporter que son envie de ne plus être.

Éléonore repense aux adieux ratés au home Saint-Jérôme. Que devient Sœur Marie-Marcelle ? Quelle facette d'elle-même convoque sa sénilité pendant ce temps ? Sa nouvelle identité, qui reflète un passé avorté, ou son ancienne individualité, actuel résultat de dizaines d'années d'injonctions sociales et religieuses ? Le moi suranné d'Éléonore s'étiole, quant à lui. Le printemps et un chapitre s'achèvent, l'été et l'histoire s'en accommoderont.

D902
COL DE L'ISERAN
ALTITUDE 2770m
14 BONNEVAL S ARC
33 LANSLEBOURG
VAL D'ISERE 17
Bg St MAURICE 50
VS
58766

Tout ce qui existe dans le monde à votre naissance est normal et ordinaire. Tout ce qui est inventé entre vos quinze et trente-cinq ans est nouveau, excitant et révolutionnaire. Tout ce qui est inventé après vos trente-cinq ans va à l'encontre de l'ordre naturel des choses.

Douglas Adams, auteur du *Guide du voyageur galactique*

Sixième chapitre

Un motard quitte un stationnement sauvage sur le trottoir, Éléonore s'enfile alors immédiatement dans l'espace qui se libère. Elle n'en peut plus. Les courbatures dues aux heures de marche et de route commencent à se manifester concrètement. Pour descendre de la Falcata, elle s'adonne à une gymnastique à la grâce discutable. Le sac de queue l'empêche d'effectuer son habituel rond de jambe droite par-dessus la selle arrière, pour la reposer à côté de la gauche, telle une élégante danseuse classique. Elle pose donc le pied gauche bien à plat, ramène son genou droit vers le réservoir, sautille tant bien que mal jusqu'à ce qu'elle puisse attraper la botte de la main et réunir ses gambettes au garde-à-vous, sans s'empêtrer dans les bagages. L'équilibre devient précaire, lorsque la fatigue grandit. Elle ôte son casque et ses gants, prend conscience qu'elle n'a même pas encore coupé le contact. Il ne faudrait pas forcer davantage, sans prendre le risque de chuter lentement mais abruptement. De l'autre côté du trottoir, l'enseigne d'une petite auberge annonce sobrement « Bar Pension L'Omphale ». Un chevalet de trottoir trône devant trois petites tables de mastroquet. Une main pleine d'humour y a inscrit, craie sur ardoise :

« Si Dieu existait, il boirait des coups ici »

L'atmosphère lui plaît déjà et elle ressent un besoin absolu de s'arrêter. Sous le store rayé, un peu fatigué par les oublis de repli malgré les pluies, elle prend place. À travers la baie vitrée, elle devine une dame mature derrière le comptoir, en train de gratter un billet de loterie. Éléonore la hèle :

« S'il vous plaît ? »

La bistrotière, toute concentrée sur son ticket, ne détourne pas son attention de sa quête de richesse. La jeune femme se demande si elle doit insister ; peut-être est-elle sourde, au vu de la vague argentée négligemment retenue par une pince à cheveux sur l'arrière de son crâne. Finalement, elle laisse passer un instant, puis rappelle. Toujours aucune réaction. Elle laisse son casque sur l'assise en osier de la chaise voisine, jette un bref regard à la rue qui ne semble pas trop passante, elle peut donc laisser son paquetage sans surveillance le temps d'aller passer sa commande au bar. Elle s'approche du zinc, face à la tenancière, qui ne lève toujours pas le menton. Éléonore prend néanmoins la parole, en appuyant un peu plus que d'accoutumée sur la distinction de sa voix du silence environnant :

« Bonjour madame !

– 'jour.

– Je suis sur la terrasse.

– Tant mieux pour vous.

– Euh… j'aimerais bien vous commander une boisson, s'il vous plaît !

– Et moi, j'aimerais gagner trente millions d'euros.

– Ah. »

Un long silence s'invite, avant qu'Éléonore ne demande :

« Vous êtes fermée ?

– J'ai une tête à être fermée ? rétorque la dame, toujours concentrée sur les billets de Bingo qu'elle gratte indolemment, mais consciencieusement, les uns après les autres.

– Je ne sais pas, je ne la vois pas, votre tête… »

La dame se redresse pour observer cette jeune femme impertinente qui la distrait de son jeu quotidien. Elle ôte sa paire de lunettes de lecture pour dévisager la demoiselle aux cheveux collés sur le front et aux joues rougeaudes, marquées par les mousses protectrices de son casque. Elle se met à suçoter l'une des branches de son pince-nez en détaillant son interlocutrice, puis assène :

« Faut se laver le museau, quand on est une jolie jeune fille. On dirait que tu viens de passer sous un rouleau compresseur.

– Vous êtes la patronne ?

– Et comment ma petite ! Ici, c'est moi la commandante de bord, depuis bientôt douze ans.

– Vous avez un sacré sens de l'accueil…

– Il y a assez de terrasses à pigeons en ville pour que je ne m'emmerde pas avec les gens de passage. Je ne sers pas vos Spritz et compagnie. »

La dame replace ses verres devant ses yeux et se remet à l'ouvrage. Éléonore est désappointée, elle ne s'attendait pas à se faire rembarrer de la sorte. Elle se ravise, ne s'avouant pas vaincue, et s'entête, légèrement agacée :

« Je suis claquée ! Je suis en route depuis des jours, et je n'en peux plus. J'ai vraiment besoin d'une bière et d'une chambre et je ne vous demande pas vraiment votre avis ! Faut pas marquer "pension" sur l'enseigne si on n'a rien à offrir.

– Je n'ai que la quatorze, et elle donne sur la route. Mais ça t'ira très bien, à toi qui aimes le bruit.

– Ah, je vois. C'est ma moto sur le trottoir qui vous dérange ?

– Tu n'as pas pensé à Lucien, petite toque ! s'emporte la restauratrice.

– À Lucien ?

– Lucien, il est tout cabossé. Mais c'est mon meilleur client ! Avec sa chaise roulante, il ne passe jamais à côté de ton gros tas de ferraille. Et moi, je préfère que Lucien, il passe, plutôt que de te servir toi. Tu vas consommer un tout petit truc et filer. Alors que Lucien, lui, il boit des godets jusqu'à plus soif, et tous les jours. C'est tout ce qu'il lui reste, de boire des godets chez moi !

– Mais… je suis désolée. Je n'y avais pas pensé. Je n'imaginais pas que… Je vais la déplacer, je n'ai pas réfléchi. Mais vous auriez pu me le dire gentiment, non ?

– Ça change quoi, de te le dire "gentiment" ? T'es sûrement comme tous ces jeunes. Vous ne pensez qu'à votre pomme, à votre petit confort à vous, à vos grosses caisses et vos bécanes qui font un potin pas possible. Les vieux, on n'existe plus pour vous. On compte pour du beurre. Vous ne nous voyez même plus, vous êtes soit en train de vous admirer dans vos téléphones, soit en train de regarder si on vous regarde. On l'a vue, ta grosse moto ! Mais tiens, si t'avais pu, tu l'aurais peut-être même garée dans le bistro !

– Madame, je ne voulais vraiment pas vous manquer de respect, ni à vous, ni à votre clientèle. Si je la déplace, là-bas en face, sur l'esplanade, vous seriez d'accord de me servir une bière, voire deux, et de m'accorder votre chambre quatorze ? Et si vous proposez la demi-pension, je mangerais bien ici, aussi…

– Bon. C'est juste que ces jours, je ne suis vraiment pas d'humeur. Va déplacer ton gros truc moche, viens t'asseoir et on discutera ensuite.

– J'enlève le sac, je le pose près du comptoir, puisque je reste dormir, et je déplace la moto là-bas, sur les places autorisées. Et je reviens.

– Oh, tu ne vas pas me manquer, si tu ne reviens pas. »

Éléonore, après avoir dessanglé et déposé ses affaires à l'entrée, se force à se remettre en selle. Elle se demande pourquoi elle s'obstine à vouloir camper là, mais ses viscères lui commandent de ne rien lâcher. Elle allume le moteur et entreprend son déplacement, appréciant le petit souffle sur son visage et ses doigts. Elle n'a pas jugé nécessaire de se rééquiper pour une simple traversée de place. Arrivée sur le parking pour les deux-roues, elle éteint la machine et, alors qu'elle retire la clé, un agent de la police municipale s'approche d'elle. La jeune femme se demande si Gap n'est pas une ville maudite.

« Bonjour mademoiselle.

– Bonjour monsieur.

– Vous savez pourquoi je vous interpelle ?

– Sans doute parce que je suis très mal coiffée, comme me l'a fait constater la patronne de L'Omphale, en face.

– Je ne rigole pas mademoiselle. Vos papiers s'il vous plaît ! Vous savez ce que ça veut dire, le non-respect de l'obligation du port du casque ? Trois points ma petite demoiselle, trois points et possiblement sept cent cinquante euros d'amende !

– Mon casque est là-bas, il se prélasse sur une chaise en attendant sa bière, avec mes papiers. Donc, non, pas de casque, pas de carte d'identité, pas de permis à points et pas d'argent. Pas ici. Mais venez boire un coup là-bas, je vous offre un verre, et on remplira les formalités pour la contravention. Je suis vraiment fatiguée et j'ai besoin de m'asseoir.

– Dois-je le prendre pour un refus d'obtempérer ?

– Il me semble que non… C'est une proposition. Mais si vous préférez rester ici, mettons-nous à l'ombre du frêne.

– L'Omphale, vous avez dit… Vous êtes chez La Monique ?

– Monique ? Ben oui, Monique. Je suis chez La Monique, la commandante de bord de L'Omphale.

– Bon. Ben ça ira pour cette fois, alors. Mais je ne veux plus vous voir sans protection ! Et puis… ce serait bien dommage d'abîmer un si joli visage, ponctue-t-il dans un sourire entendu. Je passe boire un verre pour dire bonjour à La Monique. Puisque vous y serez… »

Éléonore s'abstient de relever le commentaire sur son apparence. Elle sait qu'elle ne devrait jamais accepter ce type de prise de pouvoir, mais elle contrebalance une réalité désagréable par le confort d'une autre. La relaxe face à son infraction vaut qu'elle taise son jugement quant à la liberté que prend l'agent concernant son allure. La jeune femme ne s'offusque en rien des manœuvres de séduction, elle les apprécie au contraire. Pourtant, elle s'indigne que l'autorité, qu'elle soit détenue par un homme ou par une femme, d'ailleurs, permette des sanctions qui sortent du domaine de compétences invoqué. Que les commentaires soient positifs ou négatifs, lorsqu'ils débordent de leur cadre, induisent un empire. Elle aurait préféré qu'il lui adresse ses compliments sans l'uniforme et sans la pression de la faute commise. Qu'il soit joli ou disgracieux, son visage ne mérite effectivement pas de se râper contre le bitume.

***

L'été se fraie son chemin. Les heures du jour coulent interminablement, s'allongent sous les rayons d'un soleil qui se plaît à traîner en terrasse. La Monique a rassemblé toutes les tables et les chaises, afin que toute sa petite cour puisse bien obstruer le passage, s'indigne Éléonore, sans oser exprimer à voix haute sa pensée. La tenancière de L'Omphale se montre enfin détendue, rit même à gorge déployée. Une gorge ayant probablement survécu à un cancer et au passage de la fumée de nombreuses cigarettes, cela s'entend. Éléonore doit mobiliser toute sa volonté pour ne pas craquer au milieu de toutes ces clopes. Elle dénombre ces paquets qu'elle n'a pas aspirés depuis son départ, afin de ne pas compromettre sa résolution. Une résolution qui ne résout momentanément rien : son état n'avoisine pas la sérénité en cette matière. Joyeuse quant à elle, la patronne se flatte que son assistance habituellement dissolue se réunisse si nombreuse sur son trottoir. Il s'y adjoint cette petite nouvelle, certes, mais apparemment, elle retient ces messieurs de retrouver trop tôt le chemin de leurs maisons respectives. Et de fait, ils s'abreuvent considérablement. Que demander de mieux? Lucien lui-même semble fort emballé par la présence de cette étrangère aux helvétismes savoureux. Elle émet des «souper, huitante, jaquette, service!» désopilants et attendrissants. Le grand âge et les jambes inertes du paralytique ne semblent pas entraver son goût pour la séduction. Il rajeunit de quarante ans, un sourire radieux lui mange le visage, dévoilant son dentier bien ajusté, ses crocs si parfaits resplendissent. En voilà une déduction de sa maigre pension qui se justifie enfin. Chacun y va de son bon mot, de sa blague ou de son anecdote. Les verres s'entrechoquent, les mains illustrent énergiquement les propos, les questions fusent, les réponses ne sont toutefois pas vraiment écoutées. Les hommes de la tablée tentent de tout connaître de la demoiselle qui, en présence d'un représentant de l'ordre, ne voudrait cependant pas trop se faire remarquer. Elle se présente comme Aliénor, voyageuse estivale en quête d'aventure, pendant un congé sabbatique. Personne ne doute de sa parole. Ses compères s'étonnent simplement qu'une Suissesse porte le nom d'une célèbre reine française, bien qu'Aliénor d'Aquitaine n'égale en rien la très célèbre Marie-Antoinette. La mode de ce dernier prénom laisse pourtant songeur. La diversion est parfaite, ce sujet historique trop peu étudié par les administrés de l'Hexagone se clôt rapidement pour se diriger vers la mécanique. Les hommes se mettent rapidement en émoi, lorsque la gent féminine s'acoquine d'un domaine de prédilection qui leur est usuellement attribué. Le titre de champion toutes catégories se voit toutefois décerné à Lucien, qui roule lentement certes, mais qui comptabilise à son actif le plus important nombre de tours de roues. Les rires s'accordent en une mélodie épaisse et conviviale. La Monique, elle, va et vient, avec ses plateaux chargés de verres tantôt vides, tantôt pleins. Elle ne se déplace pas vite, mais son pas assuré, en talons, montre que dans la vie, elle en a foulé, de l'asphalte.

L'heure du dîner approche. Un groupe de cinq gaillards s'annonce et demande à quelle heure le repas sera prêt. La Monique répond qu'elle le servira à l'intérieur dans une quinzaine de minutes, qu'ils ont le temps d'aller se débarbouiller et se changer. Les convives de la terrasse se dispersent alors petit à petit, prenant congé de la demoiselle et de la patronne avec une déférence égale, un peu éthérée et joviale, mais surtout douée d'une galanterie des plus éculées. La Monique demande à Éléonore si elle dresse également un couvert pour elle, avec les ouvriers du barrage, ou si elle préfère manger seule. Elle n'attend pas de verdict et installe la table pour sept, sans chemin de table ni falbala. Les ouvriers descendent des chambres pour s'étaler de part et d'autre, les uns sur la banquette, les autres sur les sièges. La chaise présidentielle se destine automatiquement à la cantinière. Éléonore choisit l'assise voisine, tout en repoussant le genou de son voisin pour se frayer un espace, tant il ouvre large ses jambes. Il lui adresse un regard agacé, mais voilà La Monique qui arrive avec un immense plat en verre qu'elle dépose sur des sous-plats tissés. Éléonore s'interroge quant à la composition de la masse verdâtre recouverte de fromage gratiné que leur dévoile la patronne. Son repas transpire le gras et l'huile mais aussi l'amour de la bonne chère et un séjour prolongé dans la chaleur d'un four.

« Je vous ai préparé des oreilles d'âne.

– C'est bizarre, Duarte a pourtant encore ses deux feuilles ! »

Tous les ouvriers éclatent de rire. Celui qu'Éléonore imagine être Duarte s'esclaffe tout aussi généreusement que ses comparses. Un grand type aux cheveux rares et grisonnants s'empare de la louche posée près du plat et d'un geste invite les commensaux à passer les assiettes. La fioriture ne constitue en aucun cas l'attractivité de la gargote. La céramique et les serviettes sont blanches, les verres et les services ne s'embarrassent pas de moulures. La tambouille et la libéralité de La Monique suffisent à elles seules à réchauffer l'atmosphère. La seule véritable mission est de remplir ces ventres affamés par de longues heures de travail. Dévorant cette sorte de lasagne aux épinards, les gaillards passent en revue leur journée sur le chantier de la nouvelle capitainerie de Serre-Ponçon, dans un mélange de français, de portugais et d'albanais, croit reconnaître Éléonore. Ils relatent avec emphase le passage exceptionnel de l'architecte, une Marseillaise au caractère apparemment bien trempé, à l'occasion de la livraison des nouvelles installations portuaires. Les plages doivent être accessibles pour le début de l'été, il faut donc mettre les bouchées doubles. Les employés s'extasient sur le physique avantageux de leur cheffe. Elle serait drôlement séduisante, en maillot de bain, surgissant de la Baie Saint-Michel ! Les rires fusent, gras comme le dîner de La Monique. Éléonore s'étonne qu'ils débattent davantage des formes que de l'expertise de l'entrepreneure. La jeune femme se demande si la description qu'ils dressent de la maîtresse d'œuvre correspond à son profil réel. Ils focalisent sur les aspects anatomiques d'un yin qui bouscule leur yang. La femme semble avoir dépassé la cinquantaine, mais s'ils soulignent son expérience, les raisons paraissent moins relever de ses compétences professionnelles que de celles de son déhanché naturel, mais travaillé. Éléonore n'en revient pas. Il n'est aucunement question de sa capacité à mener les troupes, à gérer l'ouvrage, à planifier la répartition des tâches dans les temps ni à tenir le budget imposé par la mairie de Savines. Ils ne la critiquent néanmoins pas à ce sujet, mais ne s'aventurent certainement pas à se féliciter de travailler pour une supérieure de cette envergure et d'un talent visiblement hors du commun. Ils ne reconnaissent pas une bonne cheffe, mais confirment à l'unanimité que la cheffe est bonne, résume Éléonore dans ses pensées. Elle jette des œillades à La Monique, curieuse de déceler dans son expression la même irritation. Et pourtant, la patronne mange tranquillement son plat et ne se mêle pas de la conversation. Tant qu'il s'agit d'une autre femme, elle se sent en paix. L'insistance d'Éléonore la distrait finalement de son plat. Elle lui demande alors :

« Ça te va ? Tu connaissais ?

– Oui, ça me va. Il y a beaucoup de crème.

– Ça fait économiser, l'huile et la crème. Ça remplit les bides. Ils vont dormir comme des bébés.

– Je n'en doute pas.

– Tu ne finis pas ?

– Si, si. Bien sûr. Je finis mon assiette. Mais je ne mange pas vite.

– Parce qu'au rythme où ils vont, tu n'auras pas de deuxième part. Ils auront déjà léché le fond du plat.

– Pas de problème.

– Je le fais avec des épinards congelés. Ce ne sont pas les sauvages, comme dans la recette de la mère Guion. Mais je n'ai pas le temps d'aller à la cueillette, moi. Et puis je n'ai plus l'âge. Oh, et il ne faut pas se mentir, je n'ai pas envie non plus. Ce n'est pourtant pas ce qui manque, les épinards sauvages. Un peu comme toi, une petite sauvage domestiquée.

– Ah… Comment ça ?

– Tu joues bien à l'indomptable, je me trompe ? C'est un petit jeu, la moto, la coupe à la garçonne, le cuir, la gouaille, tout ça. Comme ça on se dit que t'es une femme libre et indépendante ! Mais au fond, on est tous et toutes l'esclave de quelqu'un ou de quelque chose. Personne ne vit à l'état sauvage. Personne. Même pas les épinards. Ils ont besoin du monde, de son ombre, de son soleil et de sa terre. Ils poussent où ils veulent, oui, mais en fin de compte, ils ne peuvent quand même pas s'échapper quand on vient les ramasser. Les vrais sauvages, c'est ceux qui ne côtoient personne. Les ermites, les moines, les marginaux. Les Robinson Crusoé.

– Bon, La Monique, qu'est-ce que tu causes ? Y a plus de Mollard !

– Et le mot magique, Ricardo ?

– Abracadabra ! »

Ricardo est extatique, mais personne n'ose rire. On ne plaisante pas avec La Monique ; la commandante de bord ne tolère pas l'insubordination. Elle se dresse devant le jeune Ricardo dont les commissures de lèvres se crispent en une grimace confuse. Le jeune homme a le visage à la hauteur de sa poitrine, que l'on devine avoir été rebondie à une certaine époque. Là, elle pend lourdement, menaçante dans son parachute biplace, sous un chemisier en satin froissé. La Monique le toise de l'un de ses regards si méprisants, qu'il baisse les yeux avant de livrer le « s'il te plaît » attendu. Le tutoiement est toléré à L'Omphale, mais le respect constitue une valeur incontournable, sous peine d'exclusion définitive. La patronne rend un peu de sérénité à Ricardo en partant remplir le carafon, sans commentaire superflu. Le garçon a compris la remise à l'ordre. À son retour, La Monique charge les verres de vin rouge et avance un plateau de fromages et de petits beignets qu'un bain d'huile de friture a rendus dorés et reluisants. Elle présente fièrement ses « coussins du petit Jésus, pour passer une nuit divine », souligne-t-elle. Les gars rigolent de nouveau franchement et piochent dans le tas, sans s'essuyer les doigts. Éléonore n'est pas délicate, et ne s'en offusque pas outre mesure. Elle goûte à son tour l'un de ces tourtons qui la replonge instantanément dans les réminiscences des jeudis soir à l'internat, lorsque Sœur Marie-Philippe proposait de participer à son atelier de pâtisserie. La saveur de ces beignets à la pomme ouvre soudainement une multitude de petits tiroirs dans les commodes de son esprit et les souvenirs de ses seize ans jaillissent, comme s'ils avaient été empilés trop serrés dans leur casier. Ils lui sautent à la mémoire avec l'éclat des rires de ses amies, des batailles de farine et des remontrances de la sœur pâtissière. Une vive émotion, aux contours indéfinissables, envahit Éléonore. Aucune image ne s'impose, mais tout son corps frémit de ce plaisir indicible. Ses papilles gustatives fêtent les retrouvailles avec ce temps lointain de l'adolescence et de l'heureuse méconnaissance de la vie d'adulte. Qu'est-ce qu'elle se sentait bien à cette époque, pendant laquelle elle se contentait de penser que les soucis de l'existence consistaient à trouver qui oserait l'embrasser le samedi suivant.

Après les cafés, l'homme qui a servi les rations de gratin gesticule un peu, imposant aux bonshommes de s'activer pour aider à débarrasser la table. Ils s'exécutent sans discuter. L'homme aux cheveux gris mène sans conteste l'équipe, et pourtant, aucun de ses subalternes ne doit l'imaginer en maillot de bain sur une grève. Éléonore s'extrait ainsi de sa rêverie dans l'intention de donner un coup de main, mais la patronne la retient par le bras, alors qu'elle engage un mouvement pour se lever.

« Pas toi ! Tu restes assise. Ils peuvent quand même bouger leur derrière de temps en temps.

– Oh…

– Et puis faut bien un peu les éduquer, ces gamins… Tu vois, ma serveuse est partie sans prévenir, la semaine passée. "Incompatibilité de caractère", elle a écrit dans un texto, deux jours après s'être tirée. T'imagines le culot ? Juste trois mots. En me laissant en plan. Alors que j'avais déjà payé pour le mois. Petite garce. Une goutte de genévrier ?

– Euh, non, sans façon.

– Si, si, c'est bon, le genévrier. Toutes les femmes devraient en boire. C'est le poivre du pauvre, *pitchoune*. Et que sommes-nous d'autres, que de pauvres êtres ? Tiens, prends ce petit verre-là. Je ne t'en mets pas trop, mais tu peux te resservir quand tu veux.

– Bon d'accord… Mais comment allez-vous faire sans serveuse ? La saison d'été va bientôt commencer, non ?

– Oh, ça va. On ne fait pas les mêmes saisons que dans les villages. C'est là que les touristes veulent aller. Ici, c'est plutôt devenu une maison pour les manoillons. Pas assez luxe, mon établissement, pour les amateurs de jardins et de châteaux. Mais on est sur la Route Napoléon, ça fait passer un peu de monde, c'est une étape par défaut. Je n'ai pas de clients fidèles, à part au bar. Si j'ai besoin d'aide, ce n'est pas tellement pour la saison. C'est pour tous les jours. Et pour mon dos. J'ai trouvé quelqu'un qui peut, mais dans dix jours seulement. Ça va aller. Mais oui, je fatigue un peu, j'ai quand même bientôt soixante-dix balais. Ouais "septante", comme vous dites par chez vous. Elle rigole doucement, comme si elle proférait une insanité. Alors bon, tant qu'il y a ces gars du chantier, ils m'aident un peu. Ils le font volontiers. Ils rangent après manger, c'est gentil. Et quand j'ai les livreurs, ils m'aident à décharger, selon l'heure à laquelle ils partent ou ils rentrent. Ils passent faire des courses avec la camionnette en revenant de Savines. Mais bon, leur travail à Serre-Ponçon se termine à la fin de la semaine. Je ne sais pas quels zigotos je vais me coltiner après. C'est aussi des ouvriers pour les travaux de la capitainerie. Mais je ne sais pas ce qu'ils valent ni s'ils sont sympas. Là, il y avait quand même Manuel. Manuel, c'est un ancien client, d'avant L'Omphale. Il a tout appris avec moi. Il me doit tout, en quelque sorte.

– C'est celui qui n'a presque plus de cheveux ?

– Oui. Le contremaître. Un bon gars. Gentil et délicat avec les dames.

– Je n'irais pas jusque-là…

– Ouais, mais toi tu ne peux pas parler, tu ne le connais pas.

– Non. C'est vrai. Éléonore réfléchit rapidement avant de reprendre la parole, d'un ton décidé : Dites, madame Monique ?

– Quoi, petite ?

– Je peux rester pendant ces dix jours, avant l'arrivée de la nouvelle. Je ne demande rien d'autre qu'une chambre et à manger. Et peut-être un endroit pour abriter la moto. Mais sinon, je travaille volontiers pour vous, contre le gîte et le couvert. Et peut-être la possibilité de faire une lessive...

– T'es sérieuse ?

– Oui, je suis sérieuse. Je n'ai aucune obligation. On ne m'attend nulle part. Alors... marché conclu ?

– À une seule condition.

– Je vous écoute ?

– Plus jamais tu ne m'appelles "madame Monique". C'est bien clair ?

– C'est parfaitement clair.

– Va te coucher. On en reparle demain. »

***

Éléonore parvient à l'étage des chambres. La pension s'enroule autour d'un escalier en colimaçon, la colonne vertébrale de ce bâtiment tout en hauteur. Elle a jeté la clé de sa chambre dans son casque, entre les gants, afin que la pesante breloque flanquée du chiffre quatorze n'abîme pas la visière. Elle se hisse péniblement jusqu'en haut de la volée de marches, son sac ballottant désagréablement contre sa cuisse. La jeune femme passe devant la dix, la onze, la douze mais il n'y a pas de chambre treize. La chambre treize *est* la chambre quatorze, la dernière de la pension. Ce cul-de-sac devient son repaire pour une dizaine de jours.

La décoration se veut aussi minimaliste que dans la salle à manger. Un lit *queen size* trône au milieu de la pièce. Le centre du chevet se décale légèrement de la lampe accrochée au mur, créant un déséquilibre visuel troublant. Elle n'osera pas déplacer le lit, le sol étant recouvert de moquette. Nul doute qu'elle la déchirera, si elle entreprend la manœuvre toute seule, alors son quotidien s'accommodera de cette asymétrie. Les derniers passages de l'aspirateur se dessinent distinctement sur le tapis, aucun tableau n'orne la pièce. Une chaise s'adosse au mur face au lit et un tout petit téléviseur pend dangereusement dans l'angle de la chambre, près de la porte-fenêtre. Éléonore s'en approche, un garde-fou métallique la condamne : l'ouverture ne se pratique qu'en imposte. La jeune femme se rassure de trouver des commodités dans la chambrette, même si la douche se trouve un étage plus bas. Elle profitera du départ très matinal de ses voisins ouvriers pour investir la salle de bain de manière plus intime et privée. Un vieux placard peint en blanc jouxte la couche, elle tourne la vieille clé forgée pour l'ouvrir et y jeter son sac. Au fond du meuble se niche un coffre-fort. Elle s'amuse de cette découverte, en songeant qu'un minibar serait plus approprié dans ce genre d'établissement. Quelques cintres pendillent pêle-mêle sur une tringle tordue par le poids des visites, elle accroche sa veste à l'un d'eux. Il faudra tout de même qu'elle dégote un peu de graisse pour nourrir le cuir et écarter les insectes qui s'y sont écrasés pendant ces dernières centaines de kilomètres. Un petit compartiment s'adapte parfaitement à la taille de son casque, cet abri était conçu sur mesure pour elle. Elle retire ses bottes et les dépose sur le coffre-fort. Elle réfléchit un peu : que possède-t-elle de précieux à mettre sous clé ? Rien, si ce n'est son âme. Oui, peut-être. Son âme.

Éléonore s'étend sur le lit. Le matelas n'est pas trop mou, elle apprécie cette forme de résistance pour trouver le sommeil. La jeune femme respire profondément, son ventre semble coopératif depuis une vingtaine d'heures. Elle avait beaucoup saigné jusqu'à la veille, à chaque passage aux toilettes, si bien qu'elle osait à peine se nourrir, la sortie du système digestif s'avérant compliquée et douloureuse.

Ce soir, l'alcool aidant, elle a mangé à sa faim, et ses entrailles semblent pour l'instant contentées et cicatrisées. Éléonore observe le plâtre du faux plafond qui craquelle, à cause de l'humidité sans doute. Des lambeaux commencent à se détacher, comme une desquamation après un été trop généreux en rayons de soleil. Elle se demande si elle se réveillera le lendemain matin avec un feuillet blanc collé au visage, comme un minuscule suaire de lin solidifié. Sa face ne s'y imprimerait même pas, elle tomberait dans l'oubli, puisqu'ici, elle est Aliénor, et non plus Éléonore. Elle espère que La Monique ne lui demandera pas ses papiers. Cependant, rien ne devrait l'encourager à réclamer sa carte d'identité, son travail n'appelant aucune contrepartie financière. Elle sera donc Aliénor, la sauvage domestiquée, la nomade asservie, la danseuse immobile, l'épinard accueilli.

Dodgson lui manque. Dans ces moments rares où elle se repose à la maison, soit son chat prend place sur son ventre, soit il se love en boule, contre sa hanche. Si elle se montre parfaitement calme et ouverte d'esprit, il s'allonge alors sur son buste, les yeux mi-clos, la truffe appuyée sur son menton. Il la connaît si bien qu'il reconnaît la distance qu'il peut s'autoriser avec son visage. Le félin comprend également parfaitement que selon l'heure de son dernier repas, son haleine déterminera l'approche tolérée par son humaine. Éléonore pense à cette chaleur dont elle se sèvre difficilement.

Que devient son chat ? Trouve-t-il refuge et affection auprès de ses voisins ? Liv lui a-t-elle offert le domicile tacitement promis ? À défaut de pouvoir faire glisser ses mains sur le pelage de son animal, elle soulève son pull jusqu'en dessous du soutien-gorge et caresse de l'annulaire ce qu'il reste de son nombril. Il lui semble que ce doigt est le plus sensible, le plus tendre des cinq. Celui qui ressent au mieux la douceur de la peau cicatricielle, des plaies anciennes, refermées certes, mais inoubliables. Elle n'a jamais compris pourquoi, après l'opération qui lui avait laissé cinq stigmates sur le bas-ventre, elle avait autant pleuré en ne reconnaissant plus son ombilic. Le médecin n'avait pas pu retenir un rire surpris, lorsqu'il lui avait retiré le pansement et qu'elle avait hurlé :

« Vous m'avez défigurée ! »

Depuis lors, une part de son identité lui paraît volée, tronquée. Ce centre, presque un moyeu autour duquel tout son monde tourne, se montre balafré, tailladé grossièrement. De petit creux rondouillard, il s'est mué en tranchée. Comme si on l'avait poignardée par là même où elle avait rejoint la société des humains. Elle prend l'habitude de le cacher en plaçant une main protectrice entre ses fosses iliaques, le pouce couvrant la balafre, lorsqu'elle se retrouve dénudée en plus ou moins charmante compagnie. Ses amants trouvent ce geste attendrissant, comme si elle se réjouissait de les recevoir au creux d'elle. Alors qu'elle ne souhaite tout simplement pas dévoiler ce nombril, à la manière d'un bouton d'acné disgracieux. Cette infirmité-ci présente au moins l'avantage d'être momentanée et revêt une certaine élégance à s'évanouir avec un peu de patience et de désinfectant. Elle se voit marquée à chaud, à vif, comme une bête, dans sa chair. L'intime et le honteux s'amalgament, se superposent dans un imbroglio qui doit pourtant rester secret. À qui parler de l'esthétique ombilicale, sans passer pour folle ? Qui se regarde véritablement le nombril, si ce n'est par amour des poncifs ? Éléonore continue de caresser ce renflement aux boursouflures légères. Elle s'y est malgré tout attachée, avec les années, à sa petite difformité de la taille d'un sou. Le mal est en dessous, toutefois elle ne s'accroche qu'à la surface visible, lorsque la souffrance physique prend un petit congé sabbatique. Pourquoi un bras cassé, un œil au beurre noir ou une cheville foulée semblent-ils plus acceptables socialement que ces handicaps internes, inaccessibles à l'œil nu ? L'humain ne croit qu'en ce qu'il voit, peut-être ? Elle-même ignore trop souvent l'existence même des maux qui la rongent, comme si l'indifférence pouvait la sauver de la réalité. Trop féminin, trop viscéral, donc inavouable. Comment évoquer ces turpitudes claustrées à un frère ou à un père ? Comment répondre sérieusement, sans être grave, à la banale question du « Comment ça va ? » sans entrer dans ces détails considérés comme gênants, alors qu'ils sont liés à la matrice même de notre création ? Là où la vie est supposée se loger, il n'y a que des corps étrangers, inertes et moribonds. Des billes de plomb qui lestent le corps vers le fond, sans que personne ne s'aperçoive que vous coulez.

Avec le temps, on se convainc qu'on est en trop dans le monde, qu'il n'y a pas de but propre à l'homme, parce que ses uniques buts, la génération et la conservation, sont des buts de l'espèce et non de l'individu.

Ángel Ganivet, *Epistolario*

Septième chapitre

La porcelaine éclate sur le carrelage. De minuscules bris s'éparpillent jusque sous les chaises, la mousse de lait s'affaisse mollement, alors que le café macule la paroi du comptoir. Éléonore reste pétrifiée, stupéfaite d'avoir laissé tomber les tasses de son plateau de service qu'elle tenait pourtant prudemment de ses deux mains, en surveillant bien fixement chaque récipient, afin qu'aucun ne s'échappe. La réaction de La Monique ne se fait pas attendre. Elle hurle, furieuse :

« Nom de nom, mais qu'est-ce que t'es empotée ! Ce n'est pas possible d'être aussi maladroite !

– Je suis désolée ! Je n'ai pas fait exprès, s'excuse Éléonore, en se précipitant derrière le zinc pour extraire balayette et ramassoire du compartiment voisin de la poubelle.

– Je ne suis pas Crésus, gamine, c'est déjà la deuxième fois ce matin ! Je vais t'envoyer récurer les chiottes, dans un moment… mais tu serais capable de me fendre la cuvette en deux !

– Vous voulez bien me montrer ? J'ai beau me concentrer, je ne…, balbutie la jeune femme, sans finir sa phrase, en chassant maladroitement les fragments vers la petite pelle en plastique vert.

– Toi ! Toi, tu me montres comment tu fais ! Ça n'est pas croyable ! À peine trois tasses sur un plateau, et pas capable d'atteindre la terrasse. C'est un monde ça! Comment tu vas faire à onze heures, quand tous les gars se pointeront pour l'apéro ? »

Éléonore se confond en excuses, pendant que La Monique retourne derrière son bar pour recommencer à faire mousser un peu de lait et verser ensuite un expresso bien chaud dans chaque coupe. Elle saisit un plateau propre, y dépose d'une main experte les trois boissons, retire un reçu de sa caisse, car le premier ticket gît sur le sol, macérant dans son liquide brunâtre.

« Tu annules ce doublon à la caisse pendant que je sers ces messieurs. Ils n'ont pas de temps à perdre le matin, nom d'une pipe ! Ils n'ont pas des pauses de trois heures, au bureau. Mais quelle potiche ! »

Malgré tout, La Monique ne se précipite pas. Elle rejoint calmement ses clients, à qui elle adresse des excuses pour le temps perdu, d'un air déterminé mais pétri d'humilité. Personne n'ose s'indigner, ils le boiront brûlant, avec componction.

Lorsque la pause-café du matin se termine, L'Omphale retrouve son cap. Un semblant de quiétude y préside enfin. Après tout, La Monique l'aime bien, sa petite apprentie, malgré ses maladresses de dilettante. Elle ne s'offusque pas, ne rétorque pas, ne tient pas tête, ne cherche pas à imposer sa raison. Son obéissance et son envie d'apprendre lui permettent de bénéficier de ce sursis qu'elle n'accorde qu'à de très rares élus. La jeune femme, qui tente de se faire oublier jusqu'à ce que La Monique se déride complètement, trie de vieux magazines au fond du bistrot, bien qu'elle doute du bien-fondé de sa démarche. Rester inoccupée ne ferait que gaver sa culpabilité. La dame prend une longue inspiration qui lui confère le calme qu'elle souhaite convoquer, celui qui exclut la colère inutile et destructrice, expire lentement, puis hèle la jeune femme :

« Pitchoune ! Viens ici ! Ils sont tous partis. On va débarrasser la terrasse, et je t'explique comment. Ça ne sert à rien de baisser les yeux, bien au contraire, il faut bien lever ton menton ! Reste digne, nom de nom ! »

Éléonore relève la tête et s'empresse de suivre La Monique dehors, malgré le sentiment de honte qui lui tord les boyaux. Il sonne dix heures à la Cathédrale Notre-Dame-et-Saint-Arnoux. Les coups de carillon, étouffés par les quelques bâtiments qui séparent le saint édifice de l'hôtel, marquent la fin de la première partie de la matinée. Dans la rue, quelques retardataires rejoignent l'entrée de leur bureau, dans une marche très accélérée, frisant le comique. Le sprint semble proscrit, comme s'il attestait d'un retard avéré. Tant que l'on marche, même rapidement, c'est que l'on se trouve encore dans son bon droit. Seuls les enfants et les fautifs s'adonnent à l'empressement de la course. La patronne réunit la vaisselle de plusieurs tables sur un seul plateau, passe énergiquement un torchon humide sur chaque surface, éjectant les miettes de croissants sur le trottoir. Éléonore se sent gauche, elle ne sait guère où placer ses bras pour ne pas avoir l'air de ne rien faire, en attendant que lui soit accordé un peu d'attention. Lorsque la patronne finit de rassembler toutes les tasses de la terrasse sur le disque noir de service, elle s'essuie les mains sur son tablier, avant de les poser ostensiblement sur ses hanches, poings serrés, pour s'adresser à la jeune femme :

« Ça y est. Tout y est. Tu vas me rapporter tout ça à l'intérieur, pour le lave-vaisselle.

– Tout ça ? Mais… je crois que je vais le faire en deux ou trois fois, pour être sûre.

– Non, tout d'un coup ! Mais avant, je vais t'expliquer comment se porte un plateau. On a un petit moment avant le coup de feu de onze heures.

– Je ne crois pas que je…

– Je ne te demande pas ton avis, ma chère. C'est soit tu rapportes ce plateau en entier à l'intérieur, soit je te vire *manu militari*. Pas besoin de chouiner, c'est comme ça et pas autrement. Si tu ne sais pas porter, tu m'enquiquines plus que ce que tu m'aides. T'as envie d'apprendre ? T'as envie de rester ?

– Oui, mais…

– Pas de mais. C'est oui, ou c'est non !

– Ok. Alors, c'est oui.

– Si tu pètes tout, t'iras racheter de la vaisselle. Le refus d'obstacle, par contre, je ne tolère pas. Ça me casse les pieds, mais d'une force ! »

Dans cette équation, Éléonore ne comprend pas bien si elle prend le risque de devoir payer les dégâts, en cas d'échec. L'avenir serait quelque peu compromis, en faisant un rapide calcul de la valeur de la porcelaine qui couvre l'éventaire. L'objectif de son séjour à L'Omphale est de lui permettre de reposer ses muscles sans dépenser d'argent. L'enseignement que lui promet La Monique déterminera son avenir proche et sa survie financière. Si elle en était capable, elle écarquillerait ses oreilles pour ne rien perdre des conseils de son aînée.

Le cours commence, sa préceptrice se racle la gorge, redresse l'échine et demande confirmation à son élève qu'elle est prête. Celle-ci acquiesce. Elle se lance alors dans un discours qu'elle semble avoir préparé tout au long de sa vie. L'occasion de le prononcer se présente enfin, le ton professoral ne permet pas d'en douter. Elle débute par la conclusion :

« La vue, c'est la vie ! Tu as entendu, pitchoune ? La vue, c'est la vie !

– Oui…

– Ton plateau, ce n'est pas un plateau.

– Euh… d'accord. »

Éléonore sent qu'elle ne doit en aucun cas interrompre la leçon hautement philosophique qui se profile. Elle doit se contenter de répondre lorsque l'intonation l'exige.

« Ton plateau, pitchoune, c'est le prolongement de ton bras, de ta personne, même ! Ce ne sont pas des tasses, des verres ou des cendriers sur le plateau. Tout ce bazar que tu vois là, il fait partie de toi, le temps que tu passes avec lui, de la terrasse, ici, au comptoir, là-bas. Tu l'observes *avant* de le soulever, mais dès que tu l'as posé sur ton bras, tu ne le regardes plus. Tu entends, plus jamais tu ne le regardes !

– J'ai entendu ! Oui, d'accord.

– Ton cerveau n'est pas aussi bête qu'il en a l'air ! Tu ne seras peut-être pas capable, de mémoire, de me dire où est quoi, sur ce plateau. Mais tes yeux, eux, ont vu ! Ils ont enregistré, plus vite que tu peux te l'imaginer, et ils sont prêts à improviser avec tout ce que tu as ajouté à ton bras. Donc, dès l'instant où tu soulèves tout ce fourbi, tu ne le regardes absolument pas. Tu ne vises que l'endroit où tu vas. Tu connais les lieux, mais en dehors de ton corps et de toutes ses additions du moment, le monde autour de toi représente un potentiel danger. Là, par terre, où tu viens de récurer, soit ça glisse, soit ça colle ! Comme ça brille, tu ne sais pas encore… en admettant que ce n'est pas toi qui l'as nettoyé. C'est une donnée que seuls tes yeux peuvent te transmettre. Si un client passe, une araignée descend en tyrolienne depuis le plafond, une peau de banane se cache sur un coin du carrelage, c'est ton regard qui va le gérer. Tu dois lui faire confiance. Parce que tu as déjà évalué le poids de ce que tu portes, tu as déjà senti où se situaient les résistances ou les flottements de ce que tu déplaces. À partir de maintenant, ton plateau c'est toi. Ce n'est pas très compliqué. Si ?

– Non… vu comme ça, non. Éléonore ne s'identifie pas spécialement à un plateau, mais elle saisit l'intention et la métaphore.

– Voilà, tu prends le temps nécessaire, une seconde ou deux, pour regarder ton plateau avant, puis après, tu l'ignores complètement, visuellement, et là tu avances.

– Je vois…

– Quand tu marches, tu regardes tes pieds ?

– Non…

– Quand tu danses, c'est encore plus flagrant, non ?

– Oui, c'est vrai.

– Et quand tu valses, les mouvements des autres sont impossibles à prédire, et pourtant, est-ce que tu fonces contre toutes les autres personnes qui se trémoussent autour ? Non ! Et sauf si tu as deux pieds gauches, est-ce que tu écrases ceux de ton partenaire ?

– Eh bien, non, je ne crois pas.

– Non ! C'est sûr que non ! Tu connais les contours de son corps, sans avoir besoin de contrôler encore et encore que ses deux panards sont au bout de ses pattes. Évidemment, un accident de temps en temps peut survenir, et ça s'appelle le hasard, mais la marge est tellement faible, lorsque l'on envisage, et c'est le mot, on "envisage" son environnement. Tu dois avoir un objectif, pitchoune ! Tu dois te dire "c'est là que je vais, et rien ne doit m'en empêcher". Si tu ne sais pas où tu vas, mais évidemment que tu vas te casser la gueule ! Ça tombe sous le sens ! »

La Monique s'emporte, presque grisée par son propre laïus qui l'excite au plus haut point.

« Si tu regardes le bout de ton nez, tu assureras un pas, ou peut-être deux, mais tu vas te manger un mur ou une porte vitrée très rapidement. On est d'accord ?

– Parfaitement d'accord.

– Alors maintenant, pas d'alternative. Tu regardes ce plateau, tu le soulèves et tu évalues les points forts et les points faibles et tu le lâches des yeux. Tu poses ta main à plat, comme un pilier. Et dès que tu as mis ta charge en place, elle est ton prolongement, elle fait partie de toi, jusqu'à l'évier. Tu ne la prends plus en considération, si ce n'est que ton but est de l'apporter exactement là où tu regardes. Et avec l'expérience, tu verras, tu pourras te permettre des petits écarts de regards, pour dire bonjour ou je ne sais quoi, mais tu reviendras toujours à ta ligne directrice. Je n'ai rien d'autre à dire que ceci : tu dois simplement savoir où tu vas ! Ce n'est pas bien compliqué. Tes yeux guident tes mouvements. Le plateau va exactement là où tu places ton regard. Donc, tu te détends et on y va !

– Là ? Là, maintenant ?

– Tu veux attendre l'hiver ?

– Non, non… Je vais y aller, d'accord.

– C'est le moment idéal, il n'y a pas un chat. Je reste dehors, je te regarde faire.

– Ouah, la pression !

– Oh, ça va oui ! Moi, te mettre la pression ? La pression, c'est quand ton client te fout la main au cul avec le même plateau !

– Ça vous arrive encore ?

– Sois polie, hein ! J'ai de beaux restes !

– Ce n'est pas ce que je voulais dire ! Je pensais plutôt au respect que vous inspirez, et au fait que…

– Ne te perds pas en salamalecs. Les mecs ne devraient jamais se permettre de toucher la marchandise avant de se demander s'ils peuvent se la permettre.

– Oh ! Eh bien, c'est un point de vue…

– Le monde, c'est juste une économie. En particulier le monde de la chair, pitchoune. Bon, on bavarde, on bavarde, mais le temps passe… Tu vas t'y mettre, où je monte directement jeter ton sac de voyage par la fenêtre ? »

Éléonore admet que les manières de La Monique sont souvent brutales, mais dans le fond, ces piques lui ressemblent et maintiennent une forme de complicité. La jeune femme ne veut certainement pas décevoir sa mentore. Il faut essayer. Elle prend une grande respiration, se concentre quelques secondes, probablement beaucoup trop longues au goût de la patronne, afin d'analyser la trajectoire et le transport de ce fardeau. Elle saisit le plateau à deux mains, mais se ravise, car sa maîtresse grimace. Elle retire alors la gauche, après avoir stabilisé l'ensemble sur son pilier droit. La Monique esquisse un mouvement négatif de la tête. Elle s'explique :

« Droitière ?

– Pardon ?

– Ta main forte, c'est laquelle ?

– Ah, oui, je suis droitière.

– Alors, tu portes ton plateau de la gauche. Ta main dominante doit être libre, pour servir ou desservir tes tables. Là, tu poses le tout à plat au centre de ta paume, et tu écartes les doigts pour l'équilibrer. »

Éléonore s'exécute, tant bien que mal. Un dernier coup d'œil à l'amas de vaisselle la réconforte avant d'entreprendre un premier pas. Elle tourne son visage vers le bar, résiste ardemment à l'envie de vérifier encore l'aplomb de cet empilement précaire ou le positionnement de ses deux pieds gauches. Son mouvement initial imprime un tremblement dans son avant-bras et les récipients s'entrechoquent dans un tintement discret, presque timide, mais perceptible. Elle ne faiblit pas, car elle ne doit pas faillir à sa mission. Elle trottine jusqu'au comptoir, oubliant de cligner des yeux, tant la concentration la dévore. Elle ose approcher sa main gauche du rebord pour assurer une bonne arrivée. Elle dépose le tout sur le zinc. Dès qu'elle constate qu'elle a réussi, elle se retourne, et jubile en brandissant ses bras vers le plafond en signe de victoire. Dans son excès de joie, elle bouscule la plante décorative, dont le pot vacille, mais ne choit pas.

« Jade ! Ma petite Jade ! s'écrie La Monique.

– Oh mon Dieu, j'ai failli tuer Jade !

– Une potiche. Tu es une incorrigible potiche ! »

La patronne hésite entre fou rire et désespoir. Néanmoins, elle sait tenir une promesse. La petite Suissesse mérite sa chance, bien qu'elle ait manqué de peu de précipiter Jade, la plante grasse, sur le carrelage.

***

Le dernier client, tout droit sorti d'une toile d'Edward Hopper, enfile sa veste, salue La Monique et Éléonore de la main, puis enfonce sa casquette sur ses oreilles. La jeune femme débarrasse ce dernier verre à bière, dont les parois sont encore recouvertes de mousse. Il l'a éclusée rapidement, sans compagnie, comme si la dose se révélait nécessaire pour affronter la soirée. La pinte a été engloutie davantage que bue, comme une habitude dont on ne se départit jamais. Éléonore songe à son téléphone et à toutes ces applications auxquelles elle n'accède plus. Elle doit réfréner ses réflexes inconscients. Petit à petit, elle se désaccoutume de la main sur la poche arrière de son jean, ou contre sa poitrine lorsqu'elle roule. Les réseaux sociaux, les jeux chronophages et les messages l'appellent pourtant régulièrement, alors qu'elle est déjà partie depuis de nombreux jours. Elle tâtonne, farfouille, avant de constater l'absence et le vide. Car c'est bien ce qu'elle recherche, l'abysse matérialisé dans un appareil. Elle le sait qu'elle a perdu de précieuses heures de sa vie à rire bêtement d'une succession de vidéos courtes et sans intérêt, à se promettre de se souvenir d'une astuce de bricolage alors qu'elle n'a rien de particulier à fabriquer, ou encore à échanger des émoticônes dénués de sens profond sur des groupes de discussions auxquels elle ne se sentait pourtant pas appartenir. Tout ce temps envolé, enfui, dissout au fil des années, elle ne le reconquerrait plus. Pourtant, à l'image de cet homme qui vient de quitter la terrasse, son shoot de dopamine lui manque. La notification n'œuvre plus comme récompense quotidienne d'une inactivité destructrice. Sa raison n'ignore pas qu'il était temps de se séparer de cet appendice vorace. Pourtant, cet invisible neurotransmetteur lui apportait tant de plaisir, tant de satisfaction rassurante. Le divertissement lui permettait d'oublier les contingences du quotidien tout en ayant l'impression d'être étroitement en lien avec ceux qu'elle estimait. Ils se trouvaient pourtant, tout comme elle, aussi seuls, dans leur canapé, sous leur couette ou sur la cuvette des toilettes. Le constat l'afflige. Elle s'avoue qu'elle se comporte comme une toxicomane, asservie par l'addiction trompeuse d'ennui. Pourtant, quelle plus belle source de créativité que l'ennui ? Les kilomètres qui la séparent de son portable ainsi que le vœu de ne plus être espionnée l'obligent à tenir bon. Elle se félicite de résister également à la fumée. Céder s'avérerait tellement simple. Les cigarettes logent dans toutes les poches, il suffit de demander à son voisin s'il ne pourrait pas la dépanner d'une tige. Depuis qu'elle a rejoint le navire de L'Omphale, la proximité des clients et des tabagistes agit comme une blandice. Toutefois, lorsqu'elle vide les cendriers, l'écœurement la gagne. Elle savoure depuis cette abolition l'éclosion de ses papilles, qui renouent avec le goût des aliments et des breuvages. Elle rêve d'un prochain baiser, très langoureux, sans craindre que son haleine ne pollue le romantisme de l'instant. Éléonore range la chope dans le dernier espace vide de la machine à laver la vaisselle. Elle allume le programme intense, celui qui laisse s'échapper ces volutes de vapeurs brûlantes à la fin du cycle. Elle ne s'autorise désormais que ces fumées-là.

Ce soir, les deux femmes demeurent seules. Les ouvriers rentreront tard. Ils sont de sortie, pour fêter leur dernière soirée ensemble à Gap. Comme à son habitude, la patronne a laissé un plat mijoter toute la journée dans sa cuisine, parfumant la salle à manger et la terrasse. Il est tard, mais elles partageront leur repas dehors, en tête à tête, dans une tranquillité chaleureuse et estivale. Le plat sera ravivé le lendemain pour le prochain groupe d'ouvriers qui s'installe, le relais du chantier de Serre-Ponçon s'organisant méthodiquement. Éléonore devra se dépêcher de nettoyer les chambres après le départ de l'équipe de Ricardo. Avant le dîner, la jeune femme se hâte de déplacer la Falcata, deux rues plus loin. Lucien a proposé de lui mettre un petit entrepôt et une bâche de couverture à disposition, le temps qu'il faudrait. Elle enfile son casque et ses gants, soucieuse de ne pas se faire menacer d'une nouvelle verbalisation, n'ignorant plus la loi, et entreprend la petite manœuvre. Elle ne réside dans le quartier que depuis deux nuits, pourtant, tout le monde reconnaît déjà la motarde. Elle se réjouit des grands saluts qui lui sont adressés sur son passage. Elle laisse son véhicule à l'emplacement prévu, couvre sa bécane avec tendresse, comme si elle la bordait avant une longue nuit. Elle traverse tranquillement les deux rues qui la ramènent à son nid ponctuel. Elle imaginait qu'elle se reposerait, pourtant ses premières heures de travail et les nouvelles postures qu'elle doit adopter s'impriment dans des muscles dont elle ignorait jusque-là l'existence. La courte marche la détend, lui confère le sentiment de redéfinir les pourtours de son corps. Elle arrive auprès de la patronne, qui a déjà servi deux verres de vin et attend posément sa recrue, en fumant sa Vogue. À la vue de la petite, elle pose sa fine cigarette en équilibre sur la rainure du cendrier, et rentre chercher les deux assiettes qu'elle a gardées au chaud.

« Bon appétit, pitchoune, lui adresse La Monique, en déposant le plat bouillant devant Éléonore.

– Bon appétit, Monique. Et merci pour tout.

– Il n'y a pas de merci. Chacune respecte sa part du contrat.

– Je disais merci pour le repas, mais pas seulement. Merci de me donner une chance, même si on ne se connaît pas beaucoup.

– Même quand on ne se connaît pas, on peut se reconnaître, tu sais ? »

La Monique laisse un long silence confortable s'installer. Toutes deux hument le parfum de leur blanquette de veau, encore trop chaude pour être dégustée. Éléonore songe que sa patronne doit proposer ces mêmes plats hivernaux tout au long de l'année, quelle que soit la saison. Elle lui avait fait comprendre, plus tôt dans la journée, qu'elle proposait un menu unique par jour. Les clients ne savaient pas d'avance ce qu'ils mangeraient. Elle leur donnait le droit de ne pas aimer, mais certainement pas de choisir. Elle avait expliqué ses raisons :

« Quand on arrive à l'improviste chez sa grand-mère et qu'on met les pieds sous la table, on mange ce qu'elle propose. Et la cuisine de mamie est toujours bonne, puisqu'elle est faite de souvenirs pour l'avenir. »

Éléonore s'en amuse et s'aventure à goûter la viande baignant dans sa sauce à la crème. Elle ne distingue pas précisément les aliments, mais elle sait qu'il faut se montrer prudente de ses mots jusqu'à son expression qui pourraient être interprétés comme une critique gastronomique non avenue. En effet, La Monique l'observe, son verre de rouge pincé entre le pouce et le majeur. Elle sourit lorsqu'elle découvre que son apprentie se délecte. Éléonore ment mieux que jamais, car son envie de rendre honneur à sa patronne supplante le besoin de réconfort gustatif. Elle interrompt cette quiétude pour mieux tromper la cuisinière sur les effets de sa tambouille :

« Vous me faites penser à ma Sœur.

– Ta sœur ne doit pas être de toute fraîcheur, si tu nous compares.

– Ma Sœur au sens de nonne, je voulais dire.

– C'en est encore plus drôle ! Me comparer à une religieuse, moi ? Tu m'as bien regardée ?

– Je ne sais pas. Ça n'a rien à voir avec... la vocation. C'est plus, je ne sais pas, cette assurance et cette façon d'envisager la vie avec autant de relativisme. On dirait que l'existence vous traverse sans vous blesser, sans vous entamer.

– Oh pitchoune, ce n'est pas aussi simple ! La vie m'a déjà tellement traversée, que je ne sens même plus les points d'entrée et de sortie. Mais raconte-moi ta nonne, alors. Ça m'intrigue, ce parallèle. Je pensais avoir tout entendu dans ma vie, mais là, je dois admettre que c'est une première… »

Éléonore évoque brièvement le parcours de Sœur Marie-Marcelle, le destin qui l'a involontairement précipitée au couvent, puis les retrouvailles près de vingt ans après avoir quitté l'internat et le constat de la démence de celle qui l'avait accompagnée dans les années fondatrices de sa vie de femme. Elle mentionne toutefois aussi sa déception d'avoir perdu, lors de leur dernière rencontre, Honorine, avec qui elle faisait tout juste connaissance. Elle admet pourtant qu'au départ, elle voulait échanger au sujet d'elle-même, de ses jeunes années et de sa condition de femme. Elle cherchait un témoin de son époque à elle, mais en avait trouvé une d'une ère tout aussi intrigante pour la construction de l'identité d'une demoiselle. La Monique adopte une mine inquiète et assène, sans s'attarder sur les considérations sociologiques d'Éléonore :

« Alors chez vous aussi, ils parquent les vieux dans des EHPAD ?

– Le nom est différent en Suisse. On parle de home, de résidence ou de maison de retraite, chez nous. Vous êtes vraiment les champions du monde de l'acronyme, les Français ! Je ne sais même pas ce que veut dire EHPAD.

– Tu as raison. On nous cache le sens des choses derrière l'insignifiance de quelques lettres collées les unes après les autres. On invente de nouveaux sons qui cachent les cris des laissés-pour-compte. On ne prend même plus la peine de décrypter la vérité qui se cache derrière leurs concepts fourre-tout. Mais attends… je réfléchis. Le H, je ne sais plus. Je crois, j'imagine en tout cas, que le E veut dire établissement. Et… ah oui, le PAD, tu vas tomber de ta chaise, ça veut dire "Personnes âgées dépendantes". Quel euphémisme pour parler de vieillards bons pour la casse et dont plus personne ne veut. Dans le temps, les anciens vivaient avec la famille, pas dans des mouroirs.

Mais bon, quand comme moi, on n'a plus personne... Tu as une famille, toi ?

– Oui, en quelque sorte. Ma famille c'est Dodgson. Il est complètement fou ! Bon, c'est un chat, après tout... Et il me mangerait avant qu'on m'emporte dans une maison de retraite. »

La Monique éclate de rire. La petite apporte tant de renouveau spontané à sa routine. Elle poursuit, la mine faussement accusatrice :

« Et tu as bien risqué de réduire à néant la seule famille qu'il me reste ! Ma petite Jade est mon seul secours, ironise-t-elle. En voilà un sujet sensible, la famille. Mais tu as ton chat et tu as ta Sœur. Certains n'ont rien de tout ça. Le lien du sang, tu sais, je n'y crois plus depuis bien longtemps. Mais s'il y a bien un avilissement qui m'horripile encore plus, c'est l'Église...

– J'imagine. Mais moi, cette nonne a changé ma vie. Je ne peux pas dire autre chose. J'étais moi aussi complètement révoltée contre la religion, je trouvais cela tellement asservissant. Je ne dirais pas qu'elle m'a réconciliée avec la foi et surtout, avec sa pratique que je trouve souvent dégradante. Pourtant, elle a enrichi ma vision d'une approche spirituelle, d'un accès à l'invisible. Cette femme incarne pour moi l'amour inconditionnel. Et comment lutter, face à l'amour inconditionnel ? On s'incline, voilà tout, et on écoute. Elle m'a rassurée quand j'en avais besoin. Elle ne m'a jamais jugée, alors qu'elle avait tous les textes canoniques pour me taper sur le haut du crâne. Elle s'est bien gardée de s'y abaisser.

– On ne va pas condamner les croyants, alors qu'on leur demande justement de ne pas juger les autres. C'est donc une personne sensée et sensible.

– Comme je n'en ai que trop peu connu.

– Ça va, tu es quand même un peu trop jeune pour te donner ces airs de matriarche. Tu as encore tout le temps de te frotter au monde. Je peux dire que je m'y suis bien frottée, moi, au monde. Mais quelles étaient tes questions, au fond ?

– Mes questions ? C'en est une bonne, de question. Je ne sais pas. Comment devient-on une femme ? Vous savez, je suis arrivée à l'internat à l'âge de quinze ou seize ans. Mon père travaillait à l'étranger et mon frère venait de partir aux études, en polytechnique. Il ne restait que moi, et il fallait bien me caser quelque part, pour qu'on m'instruise. L'époque heureuse des écoles internationales ne convenait plus à mon père. Je crois qu'il voulait m'éloigner un peu de lui. Et selon lui, me redonner de la stabilité, en un lieu connu…

– Et ta mère ?

– Elle n'a jamais fait partie de l'équation.

– Il a pourtant bien fallu qu'elle te mette au monde.

– C'est bien la seule chose que je lui reproche.

– Tu aurais préféré ne pas venir au monde ?

– Je ne sais pas. Si, après tout, si. C'est parfois rigolo, d'être là.

– Elle vous a abandonnés, ta mère ?

– Pas tout à fait. Mais elle est sortie de nos vies quand nous étions très jeunes. Mon père a pris le relais comme il a pu. On ne peut pas dire qu'il brille ni par sa sensibilité ni par son empathie. Pourtant, je ne peux rien lui reprocher dans l'absolu. Il a toujours veillé à ce que nous ne manquions de rien. Et nous n'avons manqué de rien, substantiellement. Si ce n'est d'un peu d'amour assumé et franc du collier, de temps en temps. Il n'avait que le travail en tête. Et tout ce qui nous concernait, il le déléguait. Sa spécialité ultime, c'est ça : la députation. Pour le ménage, les déclarations fiscales, la planification des vacances, l'éducation de ses enfants, le jardinage… jusqu'à la gestion des émotions de sa fille et de son fils. Qu'est-ce qu'on en a vu, des pédo-psys. Je ne dirais pas qu'il ne s'inquiète pas de notre bien-être, mais il préfère mettre en œuvre tout un dispositif de spécialistes autour de nous plutôt que de nous affronter ou même simplement de nous tendre les bras. Sa mission a toujours été de subvenir à nos besoins premiers. L'affection ne se situe pas à la base de sa pyramide. Aujourd'hui, il nourrit un sentiment de devoir accompli. Il nous a offert la boîte à outils nécessaire pour faire face à l'existence. Il regarde mon frère avec une certaine estime. Non pas qu'il en soit particulièrement fier, mais il se contente du constat qu'il fait tout bien comme il faut. Il est marié et père, il a un travail, auquel il se rend et pour lequel il dédie huit heures vingt-quatre par jour, cinq fois par semaine. Son épouse travaille à mi-temps, elle est brillante, mais tout à la fois consacrée à son ménage. La parfaite petite famille moderne, où la femme ne peut pas dire qu'elle est soustraite à ses aspirations, tout en assumant son rôle domestique et en pensant aux moindres détails de l'organisation collective. Mon frère est définitivement un suiveur. Il exécute ce qu'on lui demande de réaliser. Il range ses factures dans les classeurs correspondants sans se poser de questions et il déclare à l'État tous ses faits et gestes. De son côté, mon père a certainement entretenu une relation amoureuse tout au long de sa vie, mais ne nous en a jamais clairement parlé. Il devait se dire que dans notre tête, aucune femme ne remplacerait notre mère. Il est parti il y a trois ans déjà, vivre à Antigua, avec cette compagne que nous n'avons qu'entrevue et qui nous a été présentée comme une "associée". Nous avons dû deviner qu'elle partageait sa vie. C'est probablement sa passion pour Corto Maltese autant que son aversion pour la proximité des familles qui l'a attiré sur cette île. La carrière de mon père lui a permis de s'offrir une retraite confortable à l'autre bout de l'océan Atlantique, bien loin de nous. Il le sait, que nous sommes de bien mauvais nageurs… De là, il nous écrit des cartes d'anniversaire, nous appelle de temps à autre pour s'assurer de nos projets de vie, et que nous le sommes, en vie… et il revient docilement en Suisse pour fêter Noël avec ses petits-enfants.

Il les couvre de cadeaux, en attendant qu'ils soient assez grands pour voyager à leur tour jusqu'à Antigua. Je n'y vois pour ma part aucun intérêt, même si mon père est prêt à payer les trajets de tous les membres de la tribu. Il sait surtout qu'il définit les dates des vols retour par son généreux mécénat. »

Éléonore marque une pause, avant de reprendre :

« Je ne sais pas vraiment ce que mon père pense de moi. Il a toujours été incommodé par le fait que je sois une femme, je crois. Il ne savait pas quelles questions aborder avec une enfant, puis une adolescente, pour la préparer à sa vie d'adulte. Il ne supporte pas vraiment mon caractère, qu'il qualifie de bohème. Pour lui, tout ce qui n'entre pas dans sa logique est fantaisiste. Dans son fonctionnement, tout a une place définie. Des objets, jusqu'aux gens. Et ils ne doivent quitter cette place que dans le but d'accomplir une mission, avant de retourner dans le rang. Et moi, je n'entre dans aucune case. Aucune qui existe dans son système de pensée. Il aimerait me mettre dans un récipient, sur une étagère, avec une étiquette qui décrit parfaitement qui je suis et à quoi je sers. Il ne peut pas comprendre que toutes les parts de moi peuvent se glisser dans de nombreux bocaux, sur différentes étagères, qui n'appartiennent pas à la même cuisine. Je suis une somme d'ingrédients qui, combinés les uns aux autres, peuvent donner des saveurs différentes, selon les circonstances et les recettes. Mon adaptabilité le dérange. Il aimerait pouvoir me saisir pour me définir. L'internat lui est sans doute apparu comme la meilleure option afin de m'éviter une énième école internationale, à Sarajevo ou à Moscou. Je ne sais même plus dans quel pays il travaillait en quelle année. Seuls ses cadeaux témoignaient d'un passage dans tel ou tel coin de l'Europe. Mais ils ne symbolisaient rien. Juste des preuves d'attention. Ils attestaient qu'il avait pensé à moi, même à des centaines ou des milliers de kilomètres de sa famille. Je pense qu'en tant qu'avocat, il n'a jamais négligé la valeur d'une preuve. Je l'imagine pourtant, soit envoyer un secrétaire se fendre de la mission cadeau, soit se précipiter au duty free d'un aéroport, avant son retour triomphal en Suisse. Bref, il a considéré qu'une fille devait côtoyer d'autres jeunes femmes, pour en devenir une. C'est ainsi que je me suis retrouvée chez les ursulines, qui offraient à la fois le cadre rassurant hérité de la rigueur catholique, mais aussi l'éducation laïque à laquelle leur institution avait dû se résoudre, pour survivre économiquement. On m'a logiquement rattachée à ma région d'origine, dans laquelle je n'avais pas vraiment grandi, mais que j'aimais d'instinct, pour entrer non pas dans les ordres, mais dans le désordre. C'est peut-être le moment exact où je suis venue au monde. À quinze ans.

– C'est un bel âge pour naître, pitchoune. J'en connais qui quittent ce monde sans y être réellement venus.

– Voilà… C'est ainsi que j'ai rencontré Sœur Marie-Marcelle. Oh, elle a d'abord dû m'apprivoiser. Je n'étais pas vraiment farouche, mais du genre renfrognée et lasse avant l'heure. Assez docile. Ma résistance n'était jamais frontale. Une forme d'héritage génétique, sans doute. Elle m'a pourtant cernée très rapidement. Il faut dire qu'elle en a vu passer, des adolescentes, entre ses murs. Je ne représentais certainement pas son premier défi. Ni le plus insurmontable. Je ne saurais m'expliquer pourquoi, mais elle s'est immédiatement prise d'affection pour moi. Elle est parvenue à me l'exprimer sans créer ni jalousie, ni compétition avec les autres résidentes. Nous nous retrouvions dans ces moments où personne ne fréquentait les couloirs ni le salon, pour parler. Simplement échanger. Sur tout et son contraire. Peut-être a-t-elle eu des moments similaires avec d'autres filles ? Je ne sais pas. Je ne le saurai jamais. Mais elle a su me faire me sentir unique. Spéciale. J'ai pu constater que j'étais un individu. J'ai éprouvé dans mon être que j'avais une existence propre, indépendante de ma constellation familiale. J'ai aussi pris conscience que mon corps m'appartenait. Qu'il était biologiquement défini, par quelque absurde destin, et qu'il avait des limites. Il me contenait. Naître femme en était une, de limite. Pourtant, Sœur Marie-Marcelle m'a fait comprendre que naître homme marquait tout autant une limite. Naître, tout simplement, nous permettait d'occuper un territoire propre, si difficile à habiter mais si facile à détruire. Il fallait choisir et en prendre soin.

– Quelle lucidité, pour une femme qui ne sortait pas de son béguinage !

– C'est vrai. On a même parlé de sexualité très ouvertement. Elle sacralisait ce don du corps à un autre corps. Elle n'essayait pas de me dissuader de coucher. On n'abordait pas de détail concret, quant aux garçons que je connaissais. Tout tournait autour de la notion de respect. On n'entrait pas dans l'intimité physique uniquement, selon elle, on touchait à l'âme de l'autre, dans la communion des chairs. Elle m'avait quand même l'air drôlement au courant… J'ai tenté maintes fois de découvrir si, avant son sacerdoce, elle avait connu un homme. Ou qui sait, des hommes… Elle n'a jamais clairement confirmé sa chasteté. Cela restera un mystère pour moi.

– Venant d'une religion qui permet d'enfanter dans la virginité, je confirme, le mystère est total ! »

Il sonne seize heures à la Cathédrale Saint-Jean-le-Théologien d'Antigua-et-Barbuda. Vingt-deux coups retentissent à la Cathédrale Notre-Dame-et-Saint-Arnoux. Depuis dix heures du matin, plus aucune tasse n'est tombée au bar pension L'Omphale. Jade a survécu. Elle en a vu d'autres.

BAR PENSION L'OMPHALE
6

On ne naît pas femme : on le devient.

Simone de Beauvoir, *Le deuxième sexe*

Huitième chapitre

Éléonore extirpe les masses de tissus de la machine. Les draps exhalent ce parfum de lessive si caractéristique des buanderies. Elle clôt les paupières pour s'imprégner de cette fraîcheur moite et pourtant étouffante. La jeune femme étend les parures de lit en coton le long de la corde à linge, avec méthode et rigueur, pour s'épargner un travail superflu au repassage. Chez elle, jamais il ne lui viendrait à l'idée de lisser ces étoffes, toutefois elle travaille pour l'hôtel et se doit de se plier aux règles d'hospitalité d'une pension. Éléonore entrouvre le soupirail de la cave, pour que la chaleur estivale essuie les fibres.

La Monique l'a autorisée à nettoyer ses effets personnels à L'Omphale. Après avoir terminé avec le linge de l'hôtel, elle met en route une nouvelle machine. Elle n'aurait pas osé ternir le blanc des draps avec ses vêtements gris et noirs. Elle mélange donc maintenant dans un seul tambour les tabliers et torchons du bar avec ses chaussettes et ses culottes. La jeune femme claque la porte de la machine, presse sur *start*, vérifie avoir éteint les lumières, ramasse son panier, mais marque néanmoins une pause et décide de s'asseoir sur les marches d'entrée de la buanderie. La pierre est agréablement froide. Elle réfléchit à la suite de son voyage, la tête entre ses mains assouplies par l'humidité de sa tâche tout juste achevée. Voyage-t-elle vraiment ? Elle ignore tout de cette fuite, de sa durée jusqu'à son but. Elle n'y avait pas réellement songé, à cette longévité à affronter, une fois le départ consommé. Après L'Omphale, oui, elle roulerait jusqu'à la mer, comme elle se l'était promis. Oui, elle survivrait, étape après étape. Mais vivrait-elle ? Et les jours, les uns après les autres, où l'emmèneraient-ils ? La liberté, était-ce cela ? Ignorer les lendemains et la destination ? Si elle suivait les préceptes de La Monique et qu'elle évoluait sans but, ne risquait-elle pas de tomber ? Fallait-il se destiner à de petits objectifs successifs ou, au contraire, envisager un grand projet à réaliser, un absolu à atteindre ? Le trouble envahit Éléonore. Elle souffre du lien qui se distend peu à peu avec Liv, qu'elle aimerait tant appeler pour lui demander conseil. Leurs éclats de rire lui manquent. Son recul sur la vie et son enthousiasme indéfectible la rassurent. Elle prend conscience que toutes les attaches qu'elle noue depuis le début de son périple sont appelées à se rompre. Comment ne pas se livrer et ne pas s'investir dans chaque rencontre ? Comment éviter la proximité, tout en se dessinant un périmètre apaisant, pour les heures où elle doit reposer son corps et son esprit ? Comment inventer Aliénor sans trahir Éléonore ? Comment convoquer une mémoire susceptible d'assumer tous ses mensonges ? Il lui semble néanmoins que La Monique n'est pas si dupe. Elle ne pose pas de questions, respecte le silence de la provenance ou du point de mire. Elle sait qu'il y a un avant et un après L'Omphale. Seul compte ce qui s'y produit.

***

La camionnette de l'entreprise Eyraud & Cie SA se gare sur la place destinée aux livreurs devant la pension. Quatre types en descendent, prennent leur sac de sport et s'avancent vers l'entrée. Le cinquième homme, au volant, se réengage sur la route pour libérer l'accès. Les gaillards doivent avoisiner une moyenne d'âge de quarante ans.

L'un d'eux s'approche du comptoir et pose ses coudes sur le zinc, la conquête chevillée à la musculature. La Monique, suspicieuse, le défie du regard avec aplomb, en attendant qu'il prenne la parole. Éléonore continue de balayer le sol, où elle s'étonne de retrouver encore et toujours quelques reliques de ses expériences fracassantes, tout en prêtant discrètement attention à l'incursion de ces nouveaux arrivants.

« On a réservé, lance le type.

– Bonjour, rétorque La Monique.

– Ouais, bonjour, c'est ça. On a réservé, j'ai dit.

– Je n'ai aucune réservation pour vous.

– Comment ça, aucune réservation ? Je me suis même pas annoncé. Le patron a pris cinq chambres, au nom de Eyraud ! On est bien à l'Opale ? L'Ompale ? C'est l'adresse qu'on nous a donné.

– Ici c'est L'Omphale. Oui, Monsieur Eyraud a bel et bien appelé pour réserver cinq chambres. En revanche, il ne m'a pas annoncé de macaque dans votre genre. Et je lui aurais répondu que je n'accepte pas les animaux dans mon établissement.

– Elle va se calmer tout de suite, la vieille !

– C'est toi, mon cher, qui va te calmer ! »

Les trois autres bonhommes, qui ne comprennent visiblement pas assez bien la langue pour s'interposer, restent interdits derrière leur éclaireur agité. Ils sentent que la tension monte, mais ne captent pas la teneur du conflit. Éléonore, en retrait, s'agrippe à son balai, comme si elle allait devoir s'en servir comme d'une lance pour transpercer l'agresseur. La tempérance de La Monique la conforte dans l'idée de rester planquée et de ne pas bouger, tant qu'aucun ordre ne lui aura été intimé. L'assaillant, ses infortunés comparses et les deux femmes demeurent figés. Le temps se suspend alors que les aiguilles des secondes de l'horloge murale marquent leur passage dans un tic-tac assourdissant. La commandante de bord de L'Omphale ne capitule pas. Elle fixe l'importun d'un regard perçant et lourd de jugements. S'il ne trouve pas ses mots, il ne balbutie pas pour autant. Il campe sur ses deux jambes solides, en colosse indestructible. Il ne s'en laissera pas conter par cette pauvre ganache. Heureusement, le conducteur de la camionnette franchit enfin le seuil, tout sourire, pour constater l'état de consternation général.

« Bonjour Monique ! Qu'est-ce qui se passe par ici ?

– Bonjour Jimmy. Contente de te retrouver. Je ne pensais pas te voir ici aujourd'hui. Eh bien, il se passe que ton second va devoir consulter un urologue assez rapidement.

– Mais qu'est-ce que tu me racontes ?

– À voir sa connerie, il doit avoir de gros soucis de tuyauterie. La pisse est visiblement remontée jusqu'au cerveau et a noyé le peu de neurones dont la création a daigné lui faire cadeau. »

Éléonore pouffe, mais se déjuge, car le type lève le bras, le poing serré, au-dessus du comptoir, sous les yeux hébétés de ses compagnons. Jimmy hausse aussitôt le ton et gueule :

« Stop ! Franz, t'es complètement malade ou bien ? Tu comptes faire quoi ? Taper La Monique ? Mais t'es pas bien, toi ?

– Je vais pas me laisser insulter par cette vieille pute !

– *Ancienne* pute, jeune homme, souligne La Monique dans une retenue admirable.

– Excuse-le Monique, il a pas toute sa tête. Vraiment, toutes nos excuses !

– Lui ! C'est lui qui doit présenter ses excuses ! Pas toi. Ici, quand on entre sous mon toit, on a la décence de me dire bonjour et de se comporter correctement. Il a été bercé trop près du mur, ce gamin !

– Franz, excuse-toi. Maintenant !

– Hors de question !

– Soit tu t'excuses, soit tu te casses. Et je te fais virer! T'as été élevé par des chiens? Le patron bataille pour qu'on soit logés et nourris et toi, tu te comportes comme un sauvage?

– T'étais même pas là!

– Si La Monique dit que tu lui as manqué de respect, elle sait ce qu'elle dit! Tu contestes pas La Monique.»

Le jeune homme regarde ses chaussures de sécurité, hésite à donner un coup de pied dans une table, mais se ravise. La hiérarchie gagne toujours, et il dépend de ce travail. Éléonore l'observe, depuis son poste en retrait, et s'interroge quant à sa relation à venir avec la très féminine architecte de la capitainerie. Franz ravale sa salive, lève un visage déformé par le dédain et murmure:

«Je m'excuse, madame.

– Ah non, mon gaillard! On *présente* des excuses. On *demande* pardon. On ne s'excuse pas soi-même.

– Monique, exagère pas non plus, interrompt Jimmy, à mi-voix.

– Je préfère crever, mon cher. Je n'exagère pas. C'est un minimum.

– Bon. On va régler ça, *Madame*. Je vous demande de m'excuser, *Madame*, annonce, narquois, Franz, dont les veines du front gonflent furieusement.

– Bien. Excuses acceptées. On n'en parle plus. Mais écoutez-moi bien, jeune homme… la *vieille pute* que je suis en a maté de bien plus solides et de bien plus coriaces que vous! Ici, on dit bonjour, merci et au revoir. C'est bien clair?

– C'est clair, oui. Très clair.

– Bien, je vous offre un verre et après, la petite vous montrera vos chambres.»

Éléonore demeure tétanisée, cramponnée à sa brosse. Elle s'étonne de voir la tempête retomber aussi sec que ce que la foudre a frappé. L'homme semble pourtant quitte. Les trois autres n'osent toujours pas bouger, alors que

La Monique débouche une bouteille de genévrier, pour remplir généreusement sept godets, bien au-dessus de la ligne des quarante millilitres. Elle lève son verre en signe de bonne santé et de paix. Tout le monde s'exécute à sa suite. Le conflit est réglé.

Lorsque tous les gosiers sont arrosés, Éléonore réunit les clés des chambres et invite les hommes à la suivre dans la cage d'escalier. Ils emportent leurs effets pour la semaine et emboîtent le pas de la jeune femme, admirant ses fesses qui ondulent à chaque marche qu'elle grimpe. Elle leur distribue ensuite leurs sésames respectifs, tentant de faire abstraction de leurs sourires charmés. Si leur carrure et leurs bras puissants ne la laissent pas indifférente, l'évidence de l'incapacité à dialoguer, les uns pour des questions de langue, et un certain autre pour des raisons de politesse, l'oblige à jouer à celle qui n'a pas compris.

Éléonore ouvre la dernière porte et cède le passage à Franz, qui a laissé ses comparses s'installer dans les premières chambres présentées. Elle ne considère pas qu'il soit utile de montrer davantage de bienveillance que nécessaire à cet homme de peu de respect et s'apprête à s'en aller, sans piper mot. Mais il se retourne brusquement, et l'attrape par le bras, l'obligeant à confronter ses iris bleus aux siens, noirs et perçants. Elle ne tremble pas, pourtant une décharge électrique la traverse. Il l'attire autant qu'il la rebute. Ce prétentieux l'insupporte prodigieusement, mais sa confiance en lui et sa virilité lui confèrent ce magnétisme dont elle ne sait expliquer l'extraordinaire prise sur son corps. Elle s'efforce de museler son animalité de femelle, sa sécurité de femme en dépend. Sa tête lui rappelle instamment de ne pas tomber dans le guêpier des phéromones. Elle retrouve une forme de sérénité et décoche ces mots :

« Qu'est-ce que vous voulez ?

– Toi ! Maintenant. »

L'injonction semble sans appel, et pourtant, elle résiste et tente de retirer son poignet de l'étreinte.

« Non.

– Combien ?

– Comment ça, combien ?

– Tu prends combien ?

– Mais vous êtes malade ? Je ne vends pas mon corps ! Je ne le donne pas non plus. Si vous ne me lâchez pas, je hurle !

– Fais pas ta pute ! »

Éléonore dégage vigoureusement son avant-bras de l'emprise de Franz. Elle le dévisage, dégoûtée et indignée. Si elle ne respectait pas autant les murs de L'Omphale, elle lui aurait déjà craché dessus. Elle se précipite dans l'escalier pour rejoindre le rez-de-chaussée. La souillure évitée lui colle pourtant déjà au corps. Elle rejoint les WC, où elle se lave méticuleusement les mains, avant de s'asperger le visage. Elle réfléchit rapidement et ne peut s'empêcher de remettre en question chacun de ses faits et gestes depuis l'arrivée des ouvriers à la pension. Elle repasse toute la scène dans sa tête : elle, agrippée à son balai, discrète et en retrait, donc innocente. Elle observe, dans le reflet du miroir, ses vêtements et son apprêt. Rien n'est trop court, ni trop moulant, pourtant, et elle s'est tout juste fendue d'un peu de mascara sur ses cils.

A-t-elle dit quelque chose qui aurait pu lui signifier une invitation ? Et soudain, les larmes se mettent à couler le long de ses joues. Elle est retombée dans ce satané cul-de-sac. À quel titre redevient-elle vulnérable, alors qu'elle s'était longuement forgé sa force, sa détermination et sa fière carapace, au fil des années ? Pourquoi se rabaisse-t-elle encore en une pathétique tentative de justification, alors qu'elle avait compris et éprouvé que personne ne pénétrerait plus son espace intime sans autorisation ? Elle prend conscience qu'elle cherche en elle la culpabilité de son inadéquation à lui. Elle s'était pourtant juré de ne plus jamais agir en victime, de ne plus jamais s'excuser d'exister, dans aucun lien de séduction, même maladroit, mais encore moins dans une approche inconvenante comme celle qu'elle vient de vivre. Elle accepterait les regards, les sentences jusqu'à certains confins, car elle se savait capable des plus cinglantes réparties, mais plus personne ne la toucherait, ne prendrait possession de son corps sans son accord profond. Elle n'avait jamais été agressée, mais elle avait cédé, plus jeune, persuadée qu'elle avait donné des signes et qu'elle se devait de les assumer. Plus aucune pression venue de millénaires de malentendus ne déciderait à sa place. Aucune intrusion ne serait plus jamais acceptée, sous prétexte qu'elle l'avait laissé entendre. Elle s'appartient et elle décide de la limite de l'infranchissable. Il a tenté d'outrepasser cette démarcation, il l'a insultée. Il l'a prise pour un vulgaire récipient dans lequel se déverser.

***

La Monique débarrasse les cinq assiettes, qu'elle empile au bout de son bras. Les deux femmes mangeront plus tard, après les ouvriers. Elles n'ont même pas eu besoin de se consulter pour convenir de cet éloignement à appliquer avec la nouvelle équipe. La température sur la terrasse est agréable, les gaillards y sortent fumer et boire leur café. Tout le monde agit comme si aucune des altercations de l'après-midi ne s'était produite. Lucien, en bon habitué, s'y trouve avec sa chaise depuis quinze ou seize heures. Il observe le passage des uns et des autres, en particulier de La Monique et d'Éléonore. La gamine présente un air très renfrogné aujourd'hui et sursaute à chacune de ses interpellations. Tout à l'heure, elle a même retiré son coude vigoureusement, lorsqu'il a voulu lui demander une nouvelle tournée. Lucien s'interroge: qu'a-t-il bien pu lui dire qu'elle prend si mal et pour que son attitude joviale des jours précédents devienne si morne et distante ? L'a-t-il brusquée par l'une de ses taquineries ? L'a-t-il offensée, en lui dispensant quelques conseils sur l'entretien de sa moto ? Le méprise-t-elle, lui qui obstrue le chemin, avec sa lourde chaise roulante ? Elle est peut-être déjà lasse de sa compagnie. Elle agit en automate qui sert des bières et encaisse la monnaie. Lucien observe la jeune femme qui s'agite, tantôt concentrée sur sa tâche, tantôt absente et abattue. Le vieil homme n'a jamais rien compris aux femmes. La nouvelle génération le laisse encore plus pantois que celle des dames qu'il a eu le plaisir de séduire. Lucien tombe amoureux très facilement, et il en fait les frais depuis toujours. L'économie de son cœur, corrompue maintes fois, l'a laissé exsangue à de multiples reprises. La distribution des richesses de son âme ne lui a pas rapporté grand-chose, si ce n'est une succession de dettes et discrédits. Lucien ne regarde pas à la dépense, quand il aime. Et il l'aime bien, la nouvelle. Qu'a-t-il à perdre, lui qui n'a plus rien ? Il appelle Éléonore.

« Sa Majesté Aliénor ? »

La jeune femme, qui lui tourne alors le dos, lève la tête. Sa lèvre inférieure tremble un peu. Il la touche en plein cœur, avec sa frêle voix de petit monsieur, et ses manières enjôleuses. Elle prend conscience que Lucien est déjà entré dans sa mémoire. Sa voix s'imprime dans les sons agréables à entendre, car associée à une bonne personne. Éléonore se retourne et rejoint l'homme monté sur roues.

« Lucien. Mon Lucien. Que puis-je vous apporter ?

– Ah ! Je préfère ça… J'aime que tu m'appelles "mon" Lucien. Parce que je suis tout à toi !

– Vous voulez boire quelque chose ?

– Le nectar de tes lèvres ! »

Éléonore éclate de rire. Son ventre se dénoue légèrement et ses épaules s'abaissent un peu. Une crispation les tenait suspendues à un fil de marionnettiste depuis l'épisode des chambres.

« Il est impayable, ce nectar, mon Lucien !

– Mais les rêves sont gratuits, mon Aliénor !

– C'est vrai. Les rêves sont gratuits...

– Si t'es pas trop occupée, tu veux bien t'asseoir près de moi ? Parce que c'est pas moi qui vais me lever.

– Vous aimez bien me charrier, hein, mon Lucien ?

– J'aime quand tu souris, princesse. C'est bien plus joli que les levers de soleil de toute une vie !

– Vous n'exagéreriez pas un peu, par hasard ?

– Moi ? Jamais. Je suis la modération absolue ! Je peux te poser une question, princesse ?

– Je vous écoute.

– J'ai fait quelque chose qui te chagrine ? Depuis tout à l'heure, j'ai l'impression que tu bouillonnes et que tu es inquiète.

– Oh... Lucien... ce n'est pas vous. Vraiment, mes excuses si je ne me suis pas montrée agréable.

– Mmmh. Là, tu me tracasses encore plus. Qui a osé effacer l'exquis sourire de ta bouche ?

– Ça n'a aucune importance. C'est la vie. Les petites contrariétés de l'existence. Ça va passer. Tout passe. Voilà que je souris déjà de nouveau. Vous, vous êtes un magicien !

– J'en suis la preuve vivante, que tout passe. On s'habitue à tout. Et même à moins que rien, des fois. »

Lucien et Éléonore se regardent, les yeux embués de tendresse mutuelle.

« Je ne vous ai jamais demandé ce qu'il vous était arrivé ? Mais peut-être ne voulez-vous pas en parler...

– Oh, je vais peut-être te passer les détails de mes lavements quotidiens, oui, mais je veux bien te raconter. Souvent, les gens n'osent pas demander. Une fausse pudeur. Ou alors, ils aiment pas qu'à la course à la misère, je roule plus vite qu'eux ! Mais, tu as une minute ? Parce que oui, toute une vie peut basculer en une minute. »

Éléonore l'observe rire avec cette sincérité confondante des optimistes. Elle distingue sous les rides les traits gracieux du jeune homme qu'il a été.

« J'ai toute la vie devant moi. Racontez-moi !

– On a toujours toute la vie devant soi, Aliénor, jusqu'à la toute dernière seconde avant sa mort. Et c'est comme ça qu'on reste heureux !

– C'est joli, mais n'est-ce pas un peu théorique ?

– Tout ce qui s'énonce est rhétorique, ma petite. C'est de la poudre aux yeux pour pas se jeter en bas des ponts.

– Oh…

– D'ailleurs, venons-y, à ce fameux pont.

– C'était un accident ?

– Que c'était bête comme accident ! Mais comme mon médecin se plaît à me le répéter, ça n'existe pas, les accidents intelligents.

– En effet. Ce serait paradoxal. Moi, je suis une spécialiste des accidents bêtes. Mais je m'en suis mieux sortie que vous…

– Accroche-toi, ma belle, je ne voudrais pas qu'il t'arrive des bricoles. »

Toute l'attention d'Éléonore se concentre vers Lucien. Un léger trouble traverse le regard de l'homme. Il prend quelques instants pour observer le passé à travers les parois de son verre de rosé, s'attelle à réunir les souvenirs tout en écartant les fantasmes. Il s'éclaircit la voix avant d'entamer son récit, qu'il choisit volontairement de rendre quelque peu romanesque :

« C'était en 1989, princesse. En 1989, j'étais déjà plus un jeune homme. J'approchais des quarante ans. Je faisais une bien belle carrière, je menais ma petite entreprise fiduciaire avec pas mal de succès. J'aimais les gens et les chiffres, et j'adorais trouver les failles du système, pour que mes clients paient le moins d'impôts possible. Mais attention… en toute légalité ! Ah, ils en ont fait refaire, des fenêtres, pour défalquer ! Et j'étais un bon patron. Enfin, je l'espère. Je pensais être un bon mari aussi, mais il faut croire que non, parce que ma femme est partie avec Dominique, un "ami". Elle me trouvait "trop gentil". Aujourd'hui encore, je me demande ce que cela veut dire, "trop gentil". C'est certain que je la faisais plus rêver. Elle s'ennuyait ferme, avec moi, elle me l'a dit, le jour où elle est partie. C'était cruel, je trouve. Mais bon… Aujourd'hui, elle vit toujours avec ce Dominique. Je sais pas s'il la fait beaucoup rêver, mais elle l'a jamais quitté ! Lui, je l'ai jamais vraiment trouvé gentil avec les femmes. Mais bon, que veux-tu ? J'ai jamais rien compris aux bonnes femmes. Elles adorent les connards ! Toujours est-il qu'en 1989, je me suis retrouvé tout seul. Les enfants venaient de partir de la maison. Je crois que ma femme, elle avait attendu que le dernier s'en aille, pour me dire que j'étais "trop gentil". Enfin bref, j'ai pleuré pendant une bonne année au moins, tout gentil que j'étais. Par deux fois, je suis monté au viaduc de la Selle. Qu'est-ce que ça foutait la trouille, tout ce vide ! Ben, j'ai jamais eu le courage de sauter, princesse. J'ai jamais osé sauter en bas du viaduc, pour aller m'écraser au fond du trou. Je pense que ce qui m'a sauvé, c'est que c'est drôlement long à traverser, ce pont. Du coup, t'as tout le temps de réfléchir, et quand t'arrives au milieu, tu t'es souvenu des gens que tu aimes et que tu laisseras un peu dans la caque, si tu claques comme ça. Ben oui, après, ils culpabilisent… Et ma femme, même si elle me faisait pleurer parce qu'elle était partie, j'avais pas envie qu'elle soit triste pour autant. Un peu triste, oui, elle méritait, mais pas toute sa vie, quand même. Et puis l'autre con de Dominique, il aurait pas su la consoler. Valait mieux qu'elle continue à me trouver "trop gentil". Sauter d'un pont, ça aurait été méchant. Elle m'aurait pas reconnu. Et elle m'en aurait voulu toute ma mort.

– Mais alors, si vous n'avez jamais sauté… qu'est-ce qui s'est passé ?

– Attends, c'est là que ça devient comique !

– Comique ?

– Ah, la vie n'est pas avare de farces, crois-moi ! Que j'ai été con d'y retourner une deuxième fois, franchement ! Qu'est-ce que je pouvais bien avoir comme courage de plus ? Mais bon, je m'étais fâché avec le fils au téléphone. Le voilà qui me faisait des reproches de m'être mal occupé de sa mère. J'avais l'impression que personne ne m'aimait. Tout le monde avait quelque chose à redire sur ma façon d'être ou sur des choses que j'aurais faites ou oublié de dire. Ils ont en tout cas pas vu tout ce que j'avais fait. Enfin bref. C'est pas à quarante ans qu'on devient un tout autre type, alors que pendant presque un demi-siècle, ils ont tous fait comme si ça leur convenait, sans jamais moufter. Alors, j'ai rattaqué le chemin de Pic Ponçon, même si ça grimpe vilain, juste avant d'arriver au viaduc. Je suis reparti sur mon pont de pierres, le long des rails, plein de convictions. Je voulais en finir. Je m'étais préparé pour le vertige, ah ça, cette fois-là, j'étais sûr de mon coup. Et j'avais bu un petit verre, aussi, pour ne pas trop penser aux autres. Ça aidait d'être fâché avec le fils. Voilà que j'avance sur mon arche, tout décidé que j'étais à me jeter en bas. Mais j'avais pas prévu l'arrivée du train. Et même si j'avais regardé les horaires de la SNCF, je pense que ça aurait servi à rien. Ils sont jamais à l'heure. Je commence ma traversée, et voilà-t-y pas qu'arrive la locomotive à toute berzingue en face de moi ! Quand on a prévu de mourir en se laissant tomber dans le vide, ben on a quand même peur de se faire écraser par un train ! Et moi, je voulais avoir le temps de faire ça dignement. Et se faire percuter par un train, c'est pas digne du tout. On dirait un hasard ! Et puis je voulais pas faire ça au type du train. T'imagines l'angoisse du gars, toute sa vie ? Il ose plus jamais bosser le pauvre ! Et dormir. Il peut plus, ça, dormir… Alors j'ai essayé de courir, en revenant de là d'où j'étais parti, mais même si le conducteur a essayé de freiner, ça roulait beaucoup trop vite. Penses-tu, un gaillard comme moi contre un train ? Alors j'ai tenté de faire un pas de côté, mais je me suis cassé la gueule. Je suis pas mort, mais je me suis quand même brisé la colonne. Je me souviens même pas du bruit que ça a fait, quand le train m'a frôlé. Il m'a pas touché, tu sais ? Pas une égratignure… dingue. Je ne l'ai même pas ressenti, parce que c'était comme si j'étais plus là. Ils ont dit, les médecins, que c'était soit que j'étais déjà évanoui, soit que je m'étais "dissocié". Ma tête et mon corps se sont séparés, apparemment, pour éviter le "trauma". Après, faut pas déconner, je suis quand même un vrai "polytraumatisé" ! Et, ben je me suis retrouvé dans cet état, comme coupé en deux, alors que le train ne m'a même pas touché. Je pensais que ma vie ne pouvait pas être plus triste et pathétique qu'elle ne l'était déjà. Ben je m'étais trompé. Après, on m'a raconté les pompiers, les ambulances, l'hélico et puis l'hôpital. J'ai passé du temps, trop de temps dans ces lits qui puent le désinfectant, quand ils ne schlinguent pas ta propre merde… »

Lucien marque une pause, les pensées pénétrées par de douloureux souvenirs. Il reprend avec une voix un peu étranglée.

« Après, je suis resté une bonne année dans ce centre de rééducation de tarés. Parqué comme un animal qu'il faut de temps en temps aller promener, bien attaché. Et puis ensuite, l'enfer est devenu purgatoire, parce qu'ils ont aménagé mon chez-moi et ils m'ont trouvé cette Rolls-Royce. Mon fils n'a pas arrêté de s'excuser, même quand je lui disais que c'était pas sa faute. Des fois, je lui disais pas. Ça me faisait quand même du bien que quelqu'un se sente coupable. C'est pas bien, je sais. Mais ça fait du bien de laisser les autres porter un peu ta croix. Bizarrement, depuis que j'ai retrouvé mon chez-moi et le bistro, j'ai l'impression que je profite mieux de chaque instant. J'ai plus envie de mourir. Oh, si des fois, juste un peu. Mais j'ai surtout envie de fuir ce corps qui est devenu une prison. Mais bon, une prison qui roule… C'est mieux que rien. Et puis les médocs m'aident à tenir le coup. Et la psy qu'est si jolie, elle peut me raconter ce qu'elle veut, j'y vais juste pour regarder ses yeux. Allez, non. Ses nichons, pour de vrai. Mais bon, ça arrive que je lui dise que j'aimerais tellement pouvoir ressentir de nouveau la douleur dans mes jambes. C'est la seule qui trouve pas ça ridicule… Tu sais princesse, jusqu'à l'accident, je pensais que rien ne pouvait être plus pénible que de tomber amoureux. C'est de tomber tout court, qui fait le plus mal. De tomber sans raison. C'est injuste. »

Lucien marque une nouvelle pause, lourde et longue. Un sourire s'affiche de nouveau sur sa face et il conclut, dans un sourire :

« Mon meilleur ami m'a dit que j'avais vraiment pas de veine.

– Oh Lucien, c'est sûr que vous n'avez pas eu de chance.

– Non, mais c'est une blague ! Pas de "Veynes" !

– Pardon, je n'ai pas compris…

– Le train. C'était le train qui partait de Gap, à destination de Veynes. "C'était pas de Veynes".

– Ah…

– Tu trouves pas drôle ?

– Euh, pas trop. Mais je suis contente si ça vous amuse, Lucien.

– On peut pas dire que ça m'amuse. Mais c'est bien trouvé ! Si on rit pas de ses propres malheurs, de quoi rit-on ?

– Vous avez certainement raison.

– Tu feras bien attention, avec ta bécane, hein ?

– Oui, Lucien. Je ferai attention. Je vous le promets.

– Je veux pas que tu finisses coupée en deux, comme moi. Mais maintenant que je t'ai raconté, tu veux bien me dire ce qu'il t'arrive ?

– Ça a forcément l'air ridicule, après votre histoire…

– Oh, ma princesse, on fait pas la course à qui en chie le plus. T'as le droit d'avoir des soucis, même petits. Mais il faut pas les garder sur le cœur. Après ils grossissent et ils te bouchent les ventricules ! Le sang circule plus, et la vie, elle suit le sang comme une barque la rivière !

– Bon. D'accord, Lucien. En ce moment, je ne vais pas toujours très bien. Je me sens toute chamboulée et ça vient du ventre. Quand j'ai mal, je doute. Et vous le voyez le gars, là-bas, le Franz ?

– Le gros bourrin avec les yeux tout rapprochés ?

– Oui, celui-là. Ben tout à l'heure, il m'a attrapée par le bras. Il a essayé de… enfin, il voulait que je… Mais moi je ne voulais pas ! Et puis, il m'a dit "Fais pas ta pute". Alors, je me… suis dégagée… et je… je ne sais pas ce que j'ai fait pour qu'il croie que… Enfin, il a pensé que… mais je ne fais pas ça… Je ne suis pas une…

– Oh le con ! Si j'avais trente ans de moins et toutes mes jambes, j'irais lui botter le cul !

– Je crois que ça ne servirait à rien. Mais c'est que je me suis sentie… sale. Et je me suis demandé ce que j'avais fait. Et puis, c'est bizarre de me dire "Fais pas ta pute", alors que justement, je n'agis pas comme une pute !

– Et les putes sont respectables en plus !

– Ce n'est pas tellement la question.

– Il a dû penser que t'étais une fille à La Monique. Mais même, ça ne l'autorise en tout cas pas à te malmener. On force pas une femme qui veut pas. Même si c'est une pute. Il ne t'a pas fait mal, j'espère ?

– Comment ça, une fille à La Monique ?

– Ça fait longtemps, pourtant, que La Monique n'a plus de filles. Mais il a dû entendre les histoires d'avant et se faire des films, l'abruti ! Mais ça ne l'autorise quand même pas à…

– C'est quoi, cette histoire de filles ?

– Je suis bête. T'es pas forcément au courant. La Monique, c'est une ancienne belle-de-nuit, et parfois, elle a accueilli quelques filles ici. Elle leur a offert le toit, pour pas les laisser dans la rue, justement pour pas qu'il leur arrive des trucs. Et elle les a laissé faire leurs petites affaires à l'hôtel. Elle s'arrangeait toujours avec la police. Ici, elles étaient en sécurité.

– La Monique ? Prostituée ?

– Eh oui, princesse. Mais bon, elle s'est rangée il y a une dizaine d'années. Quand elle a hérité du boui-boui de sa grand-mère. Elle a seulement ouvert sa porte, par la suite, pour pas laisser les jeunettes dans la rue. Elle a pas eu une vie facile, notre Monique. Mais elle a toujours gardé la tête haute, elle a jamais rien demandé à personne !

– Mais qui l'a forcée à faire des choses pareilles ?

– Elle a choisi, princesse, elle a toujours assumé ses décisions. Alors oui, sa mère l'a abandonnée, quand elle avait quinze ans. Elle avait pas de père. Enfin, pas de père connu. Mais depuis qu'elle a fait de la rue son territoire, elle s'est toujours démerdée. Elle n'a jamais eu honte de ce qu'elle faisait. Jamais ! Tout le monde respecte La Monique. T'as vu le caractère ? Elle se laisse pas faire.

– Je n'en reviens pas. Mais c'est horrible tout ce qui lui est arrivé !

– Horrible ? Je crois pas. Mais c'est à elle qu'il faut demander. C'était sa vocation, le trottoir. Et elle faisait drôlement bien la pute ! Et va surtout pas lui dire que t'es contente qu'elle s'en soit sortie ! Elle déteste qu'on vienne lui dire ce qu'elle aurait dû faire ou penser… Elle n'a jamais eu l'impression de devoir "se sortir" de quoi que ce soit. Elle a arrêté quand elle s'est sentie fatiguée. Rien de plus.

– Jamais je n'oserais lui parler de ça…

– Il n'y a aucune honte, princesse. Elle a aidé bien des hommes ! Et sans doute, bien des femmes indirectement. Tu sais, moi, après mon accident… ben sans La Monique, je sais pas si j'aurais vraiment retrouvé le sourire. Sans elle, je sais pas si j'aurais pu accepter ces deux chalumeaux, là, qui me servent de jambes. Je suis un vieux monsieur tout cassé, mais je peux te dire que les envies, elles, elles disparaissent pas comme ça sous un train. Alors oui, on connaît tous le corps de La Monique. Mais elle connaît les nôtres aussi, avec tous nos stigmates. Elle est notre hostie à nous. Une sacrée bonne femme! Elle, elle nous a fait atteindre des paradis et des pardons que le monde ne voulait plus nous accorder. Sans elle, on serait nombreux à être aplatis en dessous du viaduc. Elle a sauvé la vie à plein de types.

– Mais comment peut-on s'abaisser à ce point-là?

– Ne t'avise pas de la juger! Elle n'est pas en bas du tout. Elle est très haute, La Monique, c'est une sainte!»

***

La Monique gratte son Bingo, les lunettes perchées sur le bout de son nez. Éléonore range des tasses et des assiettes dans le meuble de la salle à manger. À l'image d'un vieux couple, elles ne ressentent plus le besoin de combler tous les silences. Elles anticipent les mouvements de l'autre, connaissent les contours de leur liberté respective. Les habitudes se sont lovées très rapidement dans leur cœur. La Monique respecte la distance d'usage avant le premier café du matin de sa protégée: la petite ne saisit pas le second degré avant d'avoir avalé sa tasse. Éléonore quant à elle adopte cette déférence que l'on doit à une instance supérieure. Tout geste, même banal, se soumet à son autorisation. La jeune femme se donne du mal pour appliquer les enseignements que lui dispense La Monique. Toutefois, la patronne sent qu'à la considération s'ajoute une forme d'éloignement, depuis l'arrivée de ces cinq bonshommes. Elle se doit également d'admettre que sa pitchoune reprendra d'ici peu son sac et son casque, pour laisser la place à la nouvelle employée. Ces dix jours auront filé si vite. Peut-être se protège-t-elle ainsi ? Elle détricote gentiment l'écharpe qu'elles se sont fabriquée à quatre aiguilles, pour maintenir leurs émotions orphelines soudées, entremêlées au chaud. La Monique hésite à lui proposer de passer l'été là, et de renvoyer sèchement la recrue à venir. Néanmoins, elle n'a qu'une parole. Elle n'infligera pas à la nouvelle venue ce que la précédente a eu le culot de lui faire endurer. Et deux employées, elle ne peut pas se le permettre. Elle changerait bien volontiers le cours du destin. Mais la vie le lui a maintes fois démontré, ce n'est pas le bête genre humain qui décide. La Monique gratte, encore et encore. Elle répète ce geste quotidiennement, ne garde ses pourboires que pour gratter. Elle dévoile alors la dernière case de sa grille et s'écrie :

« Ooooooh ! J'ai gagné ! »

Éléonore sursaute et s'extasie ! Elle s'imagine un début de faste reposant pour La Monique. Elle délaisse sa vaisselle pour rejoindre sa patronne, les yeux pétillants. Celle-ci brandit son ticket, puis montre le montant à son employée. Trente euros. Éléonore ne peut retenir un fou rire. Quel enthousiasme, pour trente euros ! Ce à quoi, absolument confiante, La Monique rajoute qu'il faudra gratter encore mille tickets comme celui-là pour qu'elle remporte le véritable jackpot. Jade et elle pourront alors partir loin, très loin de Gap. Éléonore pense en elle-même qu'elle s'en est allée avec beaucoup moins dans les poches, mais qu'elle a oublié de prendre son bien le plus précieux : Dodgson.

– Voudriez-vous me dire, s'il vous plaît,
par où je dois m'en aller d'ici ?
– Cela dépend beaucoup de l'endroit où tu veux aller.
– Peu importe l'endroit…
– En ce cas, peu importe la route que tu prendras.
– … pourvu que j'arrive quelque part,
ajouta Alice en guise d'explication.
– Oh, tu ne manqueras pas d'arriver quelque part,
si tu marches assez longtemps.

Charles Dodgson, dit Lewis Carroll,
Alice au pays des merveilles

Neuvième chapitre

Éléonore termine de réunir les chaussettes en duos. Son sac de voyage ne volera pas par la fenêtre, mais le lendemain, il descendra en brinquebalant l'escalier en colimaçon, tout en frappant sa jambe au rythme des marches, avant de rejoindre les sangles qui l'attacheront à la Falcata. Étonnamment, à la maison, les socquettes se désolidarisent systématiquement pendant la lessive. Ici, depuis le début du voyage, elles s'agrippent les unes aux autres, en conjoints unis, après chaque lavage. Elles semblent terrifiées à l'idée d'être séparées. Probablement ont-elles remarqué qu'il ne subsistait plus beaucoup d'autres couples indéfectibles. Elles agissent là en survivantes dont l'exode les rend attentives à leur soin mutuel. Rêver leur existence et leurs pensées impossibles distrait énormément la jeune femme. Elle glisse ses mains dans chaque béance et entame un dialogue absurde entre deux marionnettes, dont elle agite une bouche fantaisiste entre son pouce et ses autres doigts :

« Non, non ! Ne m'abandonne pas !

– Si, continue sans moi. Je suis blessée. Je n'y arriverai jamais.

– On est parties à deux, on finira à deux ! Tu as plus de force que tu ne le crois ! N'abandonne pas, je vais trouver une couturière, on va recoudre cette plaie, tu verras…

– Argh, non, je me meurs, sauve-toi, tu as toujours eu plus de *talon* que moi. Il est encore temps pour toi ! Ne te défile pas !

– Jamais sans toi ! Tu es mon double, ma moitié ! Sans toi, c'est comme la mer sans les vagues, les vagues sans l'écume, c'est comme l'écume sans le sel, c'est comme le sel sans le poivre…

– Ça va Éléonore, je ne te dérange pas ?

– Oh ! Monique… j'étais… en train de…

– Jouer avec des chaussettes.

– Oui. Voilà… J'étais en train de jouer avec des chaussettes. »

La Monique rigole doucement. Cette jeune femme l'amuse prodigieusement. Elle est femme et enfant, fille et garçon, définitivement une vieille âme dans un corps de gamine. Elle n'a de cesse de la surprendre, tantôt par son caractère frondeur, tantôt par sa candeur bienveillante. La Monique s'inquiète un peu, la petite n'a pas l'air de trop savoir que faire de son avenir. Néanmoins, la patronne ne s'esquintera pas les nerfs à lui apprendre autre chose qu'à tenir correctement un plateau de service. Elle dévisage Éléonore avec ce regard étrangement maternel, empreint de fierté. Pourtant, elle tique, fronce les sourcils, puis l'interpelle :

« Je venais juste voir comment tu allais, et te demander si tu avais besoin de quelque chose pour tes bagages, avant le dîner… Lucien a dit qu'il viendrait. Mais là, pitchoune, tes cheveux ! C'est encore pire que quand t'es arrivée !

– Qu'est-ce qu'ils ont ? Des épis ? Je n'ai pas encore pris de douche aujourd'hui…

– Trop longs. C'est d'un moche ! Faut couper.

– Faut couper… J'ai déjà entendu ça. Enfin… mais vous savez, je m'en fiche un peu de ma coupe. Et je n'ai pas trop les moyens d'aller chez la coiffeuse. Demain, je prends la route de toute manière… je n'effrayerai plus vos clients, promis ! ponctue-t-elle dans un éclat de rire.

– Qui t'a parlé d'aller chez une coiffeuse ?

– Ben… je ne sais pas, moi. Je ne vais pas me couper les cheveux moi-même !

– Justement, je m'en occupe. J'ai de l'expérience. J'en ai coiffé, des filles ! »

Éléonore ouvre deux grands yeux tout ronds. Elle ne peut s'empêcher de s'offusquer intérieurement, à l'idée de ressembler à une prostituée. Reconnaît-on une coupe de cheveux de galante ? Confier sa tête à La Monique, alors qu'elle ignore tout de ses talents de tailleuse, lui semble être une prise de risque plus hasardeuse que de se jeter sur les routes de France à moto, sans but. Elle redoute la manipulation, mais pourtant, elle ne saurait lui refuser quoi que ce soit. La patronne lui désigne la chaise adossée contre le mur de la chambre. Éléonore la rapporte docilement au centre de la pièce, en traînant un peu les pieds, espérant secrètement transmettre son peu d'enthousiasme. Son aînée ne semble pas émue et lui intime de l'index de prendre place, avant de déployer sur ses épaules une serviette de bain de L'Omphale, reconnaissable par sa blancheur sans artifice. Éléonore regrette instantanément de l'avoir laissé traîner sur son lit, en prévision de ses ablutions. La Monique entoure son cou, détache la pince de sa propre chevelure argentée, afin de nouer la cape improvisée sur les épaules de sa protégée. Éléonore s'inquiète que ce salon de coiffure factice ne dispose pas de miroir. Sa coiffeuse autoproclamée s'éclipse, pour s'en retourner, quelque dix bonnes minutes plus tard, armée d'un peigne, d'une paire de ciseaux, d'un vaporisateur et d'une tondeuse. La jeune femme n'a pas osé se redresser ni déguerpir, malgré ses conflits intérieurs.

« Ne bouge pas, pitchoune ! »

Il ne viendrait pas à l'idée d'Éléonore d'esquisser le moindre mouvement. Elle appréhende déjà le tranchant de la lame, mais en aucun cas elle ne souhaiterait empirer cette situation déjà catastrophique. La chaleur de La Monique irradie dans son dos. Elle se voit comme un syrphe pris au piège par une araignée, prenant tout le temps de le momifier avant de décider de l'heure précise du repas.

«Je vais commencer par la tondeuse. Le tour des oreilles, et ensuite la nuque. Et après, je te mets un coup de pschitt-pschitt pour mouiller tout ça et t'enlever ce volume. Diable qu'ils sont épais! Tu verras, à chaque fois que t'enlèveras ton casque, ils tomberont tous sous ton charme!

– Ah… mais vous ne coupez pas trop…

– Tatata, laisse-toi faire! On ne discute pas! Ah, j'adore faire ça! Tu ne trouves pas fou que les cheveux ce soit vivant, et qu'on ne sente rien, quand on les coupe?

– Assez oui. Mais j'ai surtout peur de la douleur qui m'attend, quand je me regarderai dans la glace tout à l'heure…

– Que t'es bête! Ah, les cheveux, c'est vraiment fou, pitchoune! Ils racontent de ces trucs sur nous! commente La Monique, en haussant le ton, pour couvrir le vrombissement de la tondeuse.

– Comment ça?

– Ils savent tout! Ce qu'on a bu, ce qu'on a mangé, ce qu'on a fumé… et quand! Heureusement qu'ils ne révèlent pas encore avec qui on a couché!

– Ah, oui, c'est vraiment super…

– J'avais même entendu une émission à la radio, où ils disaient que les cheveux se souviennent même de nos chocs et de nos coups de stress! Tu imagines? Je ne sais pas comment les docteurs s'y prennent pour lire dans les mèches, mais ils sont fortiches, quand même. C'est pour ça qu'il faut les couper quand on a vécu un truc compliqué. C'est comme de retirer les feuilles mortes d'une plante. Faut que la sève aille là où il faut. Pas qu'elle tienne en survie ce qui est déjà destiné à crever. Vers les bonnes choses de la vie, quoi! On dit que les cheveux, c'est le symbole de la féminité. Mais ce qu'on ne dit pas, c'est que ce n'est pas la longueur qui compte. Mais… pitchoune, qu'est-ce qui t'arrive? Pourquoi tu chiales?»

La Monique pose la tondeuse, puis tend à Éléonore un mouchoir tout droit sorti de son soutien-gorge, pour qu'elle essuie ses larmes. Elle ne parvient pas à articuler le moindre mot. De lourdes perles s'écoulent le long de ses joues. Alors qu'Éléonore essuie son arc de Cupidon du revers du pouce, la patronne de L'Omphale lui redresse fermement la tête et entreprend de lui modeler la chevelure au ciseau. Les pleurs ne l'en protégeront aucunement.

***

Éléonore soulève la bâche, sous l'œil protecteur de Lucien, qui assiste à une sorte de révélation exceptionnelle d'une relique sacrée. Les rogations obscures de son enfance regorgeaient de moments de monstration, de déambulation puis de recouvrement d'un fétiche, jusqu'à la prochaine fête patronale. Un léger malaise lui remue inexplicablement les tripes. Cependant, la jeune femme ne cache pas son trésor après le dévoilement. Sa Falcata l'attend, encore assoupie par cette parenthèse qui ouvre désormais ses bras vers l'ailleurs. Tiraillée entre l'envie de rester, l'appel de la maison et le désir de ne pas faillir à sa fuite, Éléonore époussette consciencieusement la selle et le réservoir de sa moto, comme si elle hésitait encore à réveiller l'animal. Aussitôt que le moteur s'allumera, elle n'aura plus que cette toute petite fenêtre pour adresser un regard rieur à son Lucien, confident d'une escale. Cette tranche de vie, éphémère, imprimera son point final dans un vulgaire bruit de carburateur se mettant en branle. Le couronnement du barrage de Roselend se rappelle au souvenir d'Éléonore. Lui-même ne retient pas autant d'eaux que le peuvent les yeux de la jeune femme, à cet instant trop proche des adieux adressés à La Monique.

La patronne de L'Omphale lui a fait comprendre qu'elle préférait abréger les au revoir, et que seule la vie déciderait d'éventuelles retrouvailles. Elle n'aime pas les promesses, elle préfère les surprises. Lucien resserre rapidement ce goulet d'étranglement en levant la main, alors que son amourette de vacances s'apprête à enfiler son casque pour masquer son trouble.

« Attends princesse ! J'ai un cadeau pour toi. »

Il sort de derrière son dos un paquet en papier kraft, tenu fermé par un autocollant mentionnant « Le Chat qui Louche – Café Libraire ». Les lettres majuscules C et L, faussement manuscrites, se distinguent en un élégant logo, repris sur deux lignes pour orner le slogan aux capitales identiques. Éléonore retire ses gants, libère ses doigts tremblants et déplie le papier cartonné avec cette délicatesse qui lui manque inexorablement à l'ouverture de son courrier. Apparaît la couverture bleu pâle d'un carnet, dont elle déroule les pages à toute allure, comme s'il s'agissait d'un folioscope. Pourtant, le même motif de lignes noires parallèles occupe chaque feuille, ne créant ainsi aucune illusion de mouvement cinématographique. Lucien s'émerveille néanmoins de l'effet de son présent et s'aventure à expliquer son geste :

« J'ai bien réfléchi, princesse. J'ai beau retourner tout ça dans ma tête, mais depuis que je te connais, je sais plus bien qui de toi ou de moi est le plus coupé en deux… et plus je réfléchis, plus je me dis que c'est probablement pas moi. Alors, j'ai pensé que… enfin, tu en fais ce que tu veux, tu sais… Je t'apprends rien, je le sais… Mais voilà, peut-être que tout ce que tu arrives pas à dire, tu pourrais l'écrire là-dedans. Et tu garderais le sourire ! Moi, mon corps me parle, mais je suis à moitié sourd, je l'entends pas bien quand il crie, même quand j'y fais attention. Le tien, à toi, il est encore bien en vie. Tu l'entends, mais tu l'écoutes pas, j'ai l'impression… Je sais que j'ai l'air d'un vieux con qui radote, à essayer de donner des conseils.

Mais je suis sûr. Ton corps à toi, il te cause encore… Si tu es capable d'écouter les murmures, même d'un vieux paralytique, alors… n'étouffe pas les hurlements de ton propre ventre! C'est de là que sort ta vérité. Je voulais juste te dire que si tu trouves pas quelqu'un à qui confier ce qui te secoue, ben, laisse au moins une trace, là. C'est une cicatrice comme une autre, de griffer le papier. Mais au moins, c'est une cicatrice de moins dans ton cœur. Lucien marque une pause, tout sourire.

Tu m'en aurais voulu de t'offrir un bijou, hein? Voilà, et comme ça, avec ce truc, t'es obligée de temps en temps de repenser à ton prince charmant… celui que tu as lâchement abandonné derrière toi, à Gap, souligne-t-il dans un gloussement de jeune garçon. Franchement, je comprends pas pourquoi notre histoire d'amour te retient pas ici, mais bon, si tu veux commencer dès aujourd'hui ta collection de regrets, libre à toi. Promis, je visiterai ton musée un jour… Tu sais Aliénor, j'ai eu la bêtise de croire que t'étais une princesse…

– Oh, mon Lucien, je suis désolée de…

– Tu es une reine, Aliénor!»

Éléonore clôt brièvement les paupières, puis se penche vers son Lucien qu'elle tente, tant bien que mal, de serrer dans ses bras. Les concepteurs de chaises roulantes devraient envisager des modèles plus performants afin de favoriser les embrassades. Elle aimerait presque s'asseoir sur ses genoux, comme une enfant qui se loverait tout contre son père, pour sentir vibrer à l'unisson leurs partitions secrètes. Néanmoins, la proximité de ses joues contre celles, mal rasées, de Lucien, contribue à conduire la chaleur de leur amitié d'un cœur à l'autre, par ces canaux secrets qui charrient les vagues de l'âme. La jeune femme se redresse, les yeux pétillants, un peu humectés par la causticité de la vie. Elle se retourne, vérifie la résistance des sangles de maintien, bien que la manœuvre répétée déjà maintes fois soit totalement superflue. Elle glisse le carnet dans la poche supérieure du sac, encore accessible, puis s'empresse de grimper sur sa moto, de serrer la jugulaire de son casque puis d'enfiler ses gants. Les témoins lumineux se colorent, le démarreur réagit et s'active. Le moteur ronronne contre son pelvis, de petites vibrations délicates couvrent les frissons qui parcourent sa chair. Le ressort de la béquille se contracte sous l'effet de l'impulsion qu'elle lui donne, avant de dissimuler docilement l'appui à sa place, parallèle au sol. La motarde lève le pied droit, tourne légèrement la poignée des gaz, puis hisse le pied gauche. Elle s'engage, laisse couler le véhicule, puis raidit une jambe vers le sol, loin de son cale-pied, sans regarder dans son rétroviseur. Lucien comprend ce dernier geste d'adieu, factuel et pudique.

Les devoirs d'une reine prévalent souvent sur ses libertés. Ses richesses et son pouvoir paraissent illimités et corrélés d'indépendance, cependant, son empire l'oblige à respecter sa mission et par là même, sa cour. Elle doit viser loin, inspirer ses administrés, décider sans sourciller, malgré les potentielles oppositions à sa majesté. Elle doit écouter le bas, le ventre, là où tout un monde trépigne et grouille. Elle ne peut pas se permettre de craindre les conséquences de ses actes, indéniablement remises en question par les ignares aux idées étroites. Et pour cela, elle doit trancher dans le vif.

***

Les routes n'appartiennent plus exclusivement à Éléonore. La jeune saison estivale y distille les gaz d'échappement de tous les soiffards de liberté. La Voie Impériale, ou plus prosaïquement la RN 85, se partage, parfois de mésentente, entre les voitures, les camping-cars, les cyclistes, les vans aménagés et les motards. L'aigle napoléonien fixe les cieux de son œil vert, indifférent aux cavalcades retraçant une incessante pérégrination dans le sens opposé à l'histoire.

Éléonore a quitté Gap aux alentours de neuf heures, elle roule désormais à travers les Préalpes gypseuses de Digne. Les mots de Lucien bourdonnent et papillonnent au creux d'elle, mais ne prennent pas leur envol, se heurtant aux barreaux de sa peau, sans pouvoir la franchir ; ils s'accrochent à ses feuillages les plus intimes. Toutefois le vent ne les inquiète nullement, les sentences de l'amour véritable ne craignant pas les éléments. Inconditionnellement, la sève les rattache à la racine. Retrouver sa Falcata s'exprime par une joie spontanée et enfantine. Les derniers jours de l'étape conduisant à L'Omphale lui avaient laissé l'impression de ne faire plus qu'un avec sa monture. Dans l'intervalle, la jeune femme avait en lieu et place fait corps avec un sommaire plateau de service. Son prolongement redevient dès lors cet agile et véloce, voire ce subtil et féroce corps métallique. Il danse avec bien plus d'élégance à travers les paysages qu'elle ne se mouvait entre les quatre murs d'un bar, dont le seuil vers la terrasse représentait l'un des plus terribles périls.

·Les Alpes-de-Haute-Provence se livrent. À l'approche de la confluence du Buëch et de la Durance, une forêt d'indications routières se superpose dans un méli-mélo coloré : un losange blanc et jaune jouxte le rectangle D4085, lui-même juché sur la mention Sisteron cernée d'un phylactère rouge, sous lequel des labels verts, jaunes et bleus se disputent la vedette. Le tout atteste confusément de la beauté et de l'exception du lieu. Éléonore sourit de ce besoin très franchouillard de distinguer explicitement tout ce qui peut l'être, et même ce qui ne devrait pas l'être. Si l'enfer était pavé par des ingénieurs français, ils parviendraient à y planter des panneaux annonçant qu'il ne s'agit non pas de bonnes intentions, mais des *meilleures* intentions. Son ralentissement lui permet de lire qu'elle s'apprête à effectuer l'un des « plus beaux détours de France ». Sisteron mérite amplement ses cocardes, elle s'étonne d'ailleurs d'avoir pris le temps de décrypter toutes ces appellations, tant la citadelle cisèle d'elle-même son charme dans le papier crépon de l'horizon. Les poètes peuvent y déposer leur plume et se prélasser. Les vers mistraliens déchirent l'azur à coups de crayons d'une intense verticalité. D'imposantes roches gardent les portes du sud ; elles s'exposent, s'étalent, déploient leur robe de grès au plissé ondoyant. Sans être invitée au bal, Éléonore admire cette fabuleuse mais immobile tarentelle. Jamais ces éminences ne s'essoufflent ! Radieuses et élégantes, elles virevoltent sur elles-mêmes, dans une transe immobile. Le parfum enivrant des aspics franchit quant à lui les parois de sa visière. À quelques jours du début des récoltes, la végétation expulse déjà toute son odorante splendeur. Éléonore inspire ce violet à pleins poumons, se souvenant instantanément de l'immense banderole annonçant le soixante-douzième corso de la lavande de Digne-les-Bains. Une promesse de fanfares, de chars fleuris, de fête foraine et de feux d'artifice s'illustrait d'un jaune et d'un violet très art déco, sous des cotillons multicolores imprimés sur des bâches en plastique, le long de la route. Les trop longues semaines qui la séparent de la fête aoûtienne justifient à elles seules de poursuivre son itinérance bien au-delà de la station thermale, et de ne pas y attendre sagement la grand-messe.

Après Barrême, elle s'interroge brièvement quant à la proximité du Gévaudan. Le trajet ici ne présente que peu d'intérêt, le temps peut se consacrer à de fantasques divagations. Dans son esprit, l'évocation de la légende de la fameuse bête situait ce village très au nord-ouest de la France, quelque part entre la terre et l'océan, loin, bien loin de la Provence. La géographie réelle se frotte finalement à celle de l'imagination, révélant de précieux mystères de représentation. Alors qu'elle tente de se souvenir de cette mythologie, de la nature même de la créature qui effrayait les paysans, la voie se transforme en un fil insaisissable tentant de passer le chas d'une aiguille. L'entrée de la Clue de Taulanne n'apparaît de prime abord pas comme cet incroyable coulisse vers l'Occitanie. Et pourtant, le percement dans la montagne lève le voile sur l'alliance folle des grands espaces et du relief escarpé des ravins. Le bitume se faufile au travers d'un dévers irisé de strates fabuleusement parallèles. Aucune glissière ne protège l'insignifiante conductrice du haut ou du bas, au cœur de ce bestial arc fracturé. L'air méditerranéen souffle sur une végétation alpestre entrecoupée de gorges, de torrents sauvages et de lacs aux couleurs de gemmes. Peu à peu, les genêts, les pins, les oliviers et les amandiers dévoilent de nouvelles roches, toujours plus acérées et sèches. Une brève halte après les lacets succédant au col des Lèques lui décroche la nuque. Le promontoire de Castellane, sur lequel se hisse Notre-Dame-du-Roc, paraît prêt à se fendre en deux et à s'écrouler sur les vulgaires âmes qui s'agitent quelque deux cents mètres plus bas. Et pourtant, rien ne tremble ni ne frémit. Des hommes y ont bâti une chapelle afin de défier l'emprise du Très-Haut sur la petitesse de leurs instincts.

Un expresso à la boulangerie du coin redonne l'aplomb nécessaire à Éléonore pour rejoindre Moustiers-Sainte-Marie, en ne manquant pas le fabuleux mais chaotique détour par la route des Crêtes. Les belvédères se succèdent, rivalisent de points de vue plus vertigineux les uns que les autres. Les contingences terrestres se rappellent à elle par la caillasse éparse qui jonche la voie de roulement. Le paradis des pierres est en bas, lui disait toujours Sœur Marie-Marcelle, lors de leurs marches le long des bisses de son pays natal. Elle évite, redresse et slalome entre le sol et l'Éden. Le Grand Canyon du Verdon agite un long ruban bleu entre les parois de son écrin, un galon parsemé de petits pois dérivant vers la plaine. La tentation de sauter, de jeter la bécane par-dessus les protections devient forte, quasi irrépressible. Son vertige se transforme en ivresse, mêlant attrait et répulsion, nausée et exaltation. La jeune femme ne peut s'empêcher de se remémorer le terrible accident de Lucien à chaque approche du vide. Le mal et le bien semblent se confondre en une seule et même destination. Il ne s'agit pas là de rouler avec technicité, il n'est question que d'exister et de survivre, de croiser son prochain sans l'effleurer, dans l'admiration et le respect de la grandeur environnante. Elle croise et salue de la main, dépasse et remercie du pied. Son corps s'exprime en son nom. Deux doigts de victoire, une paume ouverte, un index vers le goudron, un hochement de tête, selon la courbe ou la ligne. Le langage sans mot des pilotes s'universalise, ignorant l'origine et la langue de ses adeptes. Il se veut dénominateur, unificateur et pacificateur commun. Ce langage ne connaît aucune frontière, n'exige aucun passeport. La patte doit être sûre et bienveillante. Sa blancheur n'importe que peu, gantée comme elle l'est.

Au Point Sublime, Éléonore prend le temps d'accueillir les émotions après cette courte mais intense ascension, ainsi que toute la puissance éprouvée par la splendeur du lac de Sainte-Croix dont elle a pu nourrir le bleu de ses yeux. L'étendue d'eau brandissait avec tant de générosité ses bras de déesse vers les nues, qu'elle l'avait confondue avec la mer. La Falcata trouve sa juste place au bord de la route. Éléonore marche le long de l'aire de repos, sans ôter encore ses protections, comme si elle craignait de choir du haut de ses deux jambes étourdies par la beauté de la montée. Un poste d'observation se découpe du paysage, suspendu au-dessus des abîmes. Elle y rejoint timidement quelques ornithologues dilettantes armés de jumelles, qui se cèdent la priorité les uns après les autres à la proue de cet imposant navire calcaire. L'un d'eux, plus aguerri que ses condisciples visiblement, arbore un puissant télescope. Il doit pouvoir distinguer le vol des anges, avec cet appareil, songe-t-elle.

« Hello ! Venez… Venez par là. Vous voulez regarder, mademoiselle ?

– Pourquoi pas ? C'est gentil !

– Pour régler la netteté, c'est là, et il faut tourner la molette qui est ici, comme ça… Voilà ! Allez-y ! »

Éléonore s'approche de l'œilleton. Il lui paraît étrange de tourner son visage vers la terre pour observer le ciel. Un habile jeu de miroirs opère pourtant et lui rend le bleu atmosphérique. Il s'avère difficile de trouver un point d'accroche, dans cet aplat cérulé. Une forme fugace traverse soudainement son champ de vision. Elle ignore comment régler la visée, s'il ne lui est pas accordé davantage de temps que les brèves secondes de ce qui s'apparente à un vol.

« Essayez de prendre un appui visuel dans le paysage, avant de relever votre longue-vue ! Vous vous agitez un peu trop, il me semble. Ancrez votre regard sur l'immobile, avant de vous déplacer très lentement, pour saisir l'oiseau !

– Quel oiseau essayons-nous d'observer ?

– Celui qui voudra bien se présenter… Il y a beaucoup de fauves, depuis la réintroduction, mais nous ne sommes pas à l'abri d'être surpris par un moine, qui peut atteindre près de trois mètres d'envergure. C'est une sacrée pièce ! Vous ne pourrez pas le rater.

– Un fauve ou un moine ? s'étonne-t-elle.

– Je parle de vautours ! »

En Suisse, Éléonore avait eu la chance d'observer des gypaètes barbus, dans la vallée profonde et sauvage du Lötschental. Un prétendant l'y avait conduite, espérant la séduire par la beauté de ses connaissances étendues. S'il était entomologiste, passionné de demoiselles, les grands rapaces le fascinaient tout autant. Garder le nez collé aux fourmis ou se casser le cou pour détailler les plumages des plus agiles éperviers lui procurait la même curiosité enfantine. Bouleversé par son intrépidité et son pétillant, il lui avait offert, en guise de manifestation de son transport, une exuvie de libellule et la plume d'un fabuleux casseur d'os. Éléonore avait bien saisi la symbolique hautement érotique de ses présents, mais avait fait mine de paraître plus idiote qu'elle ne l'était afin de ne pas devoir trop se rapprocher de lui dans les dortoirs de la Anenhütte, la nuit tombante. La timidité des biologistes éveille un attendrissement pénétrant chez leurs courtisées. L'expression des sentiments passe pour une tâche si ardue qu'ils ne parviennent pas à utiliser les mots adéquats, eux dont le vocabulaire s'avère pourtant si précis, lorsqu'il s'agit de décrire le poil, la plume et l'écaille. Éléonore, quant à elle, aime la peau douce et souple de la poésie, dont elle habille les tristes et joyeuses réalités de l'existence.

L'homme qui lui prête la lunette balaie les émois du passé en s'écriant, une main experte et protectrice tendue au-dessus du front :

« Là, regardez, ils nous reviennent ! Magnifique ! Vous savez, le fauve, c'est un peu notre albatros ! Contrairement à celui de Baudelaire, il n'est pas un oiseau de mer, mais il partage ce même air grotesque lorsqu'il marche sur terre… car oui, c'est dans le ciel qu'il déploie son véritable panache ! Regardez ces planeurs… Tout en élégance… Vous les avez ?

– Oui, ça y est ! Je les ai… Plein les mirettes. Mais vous voudriez… ?

– Restez, restez ! Je viens ici tout le temps. J'ai tout le loisir de les observer, moi, je suis à la retraite. Profitez !

– C'est incroyable, je n'ai jamais vu autant de si grands oiseaux à la fois !

– Regardez bien, si les vautours ont une toute petite tête et un très long cou, c'est pour pouvoir plonger dans les entrailles des charognes qu'ils débusquent. Ce ne sont pas les animaux les plus courageux ni les plus travailleurs de la création, il faut bien l'admettre, malgré leur air féroce… Ce sont plutôt des tireurs-fouilleurs, des opportunistes, amateurs de chairs molles.

– Ça n'est pas très appétissant…

– Ils sont la partie essentielle d'un tout, pourtant. Ils prélèvent juste leur part des crevailles. C'est pour ainsi dire leur travail. Ils sont conçus pour ça ; d'autres, plus discrets, prendront le relais sur la dépouille. Rien ne se perd.

– Il vaut mieux pas que je ne sorte pas de route, si je ne veux pas qu'un fauve me dévore la cervelle !

– Rassurez-vous, votre casque vous en protège. Gardez la visière bien fermée, conseil d'expert. Oh, mais regardez ce groupe-là ! Ce sont des spécimens un peu plus âgés, il me semble…

– À quoi le voyez-vous ?

– Leur robe dorée. Toute pelliculée… c'est sublime ! Saviez-vous qu'ils peuvent parcourir des centaines de kilomètres par jour, pour glaner leur nourriture ?

– Ils sont tellement nombreux… Ce doit être la guerre entre eux.

– Non, pas du tout. Ils collaborent. Les vautours forment des colonies d'oiseaux très soudés. Très inspirants pour les humains, qui n'ont malheureusement pas cette intelligence, parfois…

– Une vraie communauté, d'accord, mais quand même un peu glauque, vous l'admettrez. C'est la version "flying" de *The Walking Dead*.

– Ils sont plus vifs que morts, je vous l'assure, même s'ils survivent grâce au trépas ! Vous êtes vraiment au bon endroit pour les observer. Et pile à la bonne heure. Quel point de vue extraordinaire !

– Bon… C'est un peu un hasard, si je me trouve ici maintenant, pour dire la vérité.

– Vous êtes en pleine migration, j'imagine. J'ai vu votre plaque d'immatriculation. Vous venez de loin… mais vous m'avez l'air d'être une rupicole, vous aussi.

– Une rupi-quoi ?

– Une rupicole, une habitante des falaises !

– Je les sillonne davantage que je ne les habite.

– La falaise la plus abrupte se trouve le plus souvent à l'intérieur. C'est un bien bel endroit où nicher. »

Éléonore se penche à nouveau sur la jumelle, s'extasie devant le vol coordonné des griffons, qui ne s'entrechoquent pourtant jamais. Ils économisent leurs efforts par de subtiles caresses aux courants tièdes, se frôlent sans se heurter. L'hirondelle suspendue à son cou poursuit, elle aussi, ses pérégrinations, fidèle et agile, à flanc de toute dégringolade. Une écore à corps.

***

Le parfum d'iode qui remonte de la mer gonfle la voile des utopies d'Éléonore. Elle doit se lancer dans les vagues et les écumes, elle n'en doute plus un seul instant. Les heures chaudes de la soirée adoucissent les arêtes des murs rocheux surplombant Moustiers. La bière dont elle rêvait derrière son bureau, après son appel à Liv il y a quelques semaines, elle la savoure maintenant, sur cette petite place aux tonalités roses et ocre. La rondelle de citron qui flotte dans la mousse lui rappelle qu'elle aussi aimerait mariner un peu. Elle sort les photocopies de la carte routière du sud de son sac de toile, afin d'étudier dans la quiétude son itinéraire de fourmi jusqu'aux plages du Lavandou. Le Col de Babaou puis du Caguo-Ven la jetteront comme une épave heureuse sur les sables. Invisible, puisqu'inutile, elle jouira de cet horizon infini, comme sa fuite. Elle détourne volontairement son tracé du doigt de l'illustre Route Napoléon, des célèbres villes de Grasse et de Cannes, avec la volupté de celles qui décident. Personne ne l'attend nulle part, même si tout son monde doit se demander où elle se trouve. De grandes et régulières lampées désaltérantes lui permettent d'esquiver la culpabilité menaçante. Elle abaisse ses paupières sur la souvenance de ceux qui l'aiment et qu'elle aime. Éléonore se concentre sur le chemin que suit la fraîcheur du liquide gazeux dans sa gorge, pour picoter ensuite tout son abdomen. L'amertume et les bulles l'embrassent de l'intérieur avec cette sérénité bien reconnaissable de la récompense après l'effort. Ce soir, elle dormira dans un bungalow de l'un de ces nombreux campings qui entourent la petite bourgade. Elle prendra le temps de grimper les volées d'escaliers taillées dans les millénaires pour admirer, au soleil couchant, les tuiles des toits évoquant Dubrovnik, dont elle garde un radieux souvenir d'enfance. Quel cocktail à la mode boivent les touristes qui colonisent cette lointaine ville des Balkans ? Rencontrent-ils de farouches Monique, réfractaires à les servir, pendant que leurs chaussettes sèchent, deux par deux, suspendues à un fil au-dessus d'une falaise de questions dont les réponses ne sont, finalement, pas si indispensables ?

Le corps est un art, l'esprit est un artisan.

Paul Valéry

Dixième chapitre

Une résistance commence à se faire ressentir dans le guidon. Ses bras fatiguent-ils déjà ? Voilà pourtant des jours qu'Éléonore ne les met plus aussi sauvagement à l'épreuve, économisant ses forces à la mesure d'un défi quotidien qu'elle estime acceptable. Néanmoins, le constat s'impose : au-delà de la difficulté à négocier le moindre virage, sans parler des épingles, même les lignes droites ne semblent plus parfaitement rectilignes. Elle tente de secouer l'avant-train, mais rien ne change : une force invisible presse contre ses poignets. Sa Falcata s'alourdit, quelle qu'en soit l'allure. L'esprit de la jeune femme se jouerait-il de la réalité ? Il faut marquer une halte, qu'il s'agisse d'une urgence mécanique ou d'une exigence psychique. Elle distingue une place d'évitement terreuse et s'y immobilise, bien à l'écart de la route. Quelques arbres obscurcissent cette aire de secours, la chaleur étouffante s'en tiendra là contenue. Éléonore boit tout d'abord une grande gorgée de sa bouteille d'eau, qui n'a étrangement pas tellement tiédi dans son sac noir.

Comment ne pas craindre les ennuis, cette potentielle anicroche à laquelle elle avait refusé de songer ? Elle regrette aussitôt de ne pas connaître sa situation géographique précise. Quand bien même l'information lui était connue, solliciter de l'aide s'avère complexe désormais. Voilà plusieurs heures qu'elle roule sans croiser personne et qui plus est, sans consulter ses cartes. La motarde dépose la bouteille d'eau sur le sol et contemple sa Falcata. Elle tourne autour de la machine, comme si la magie de la répétition pouvait provoquer le miracle d'une solution. Que cherche-t-elle à repérer? Et même si elle trouvait, que pourrait-elle bien y faire? Certes, avant de traiter un problème, l'identifier paraît indispensable. Après l'observation, la palpation semble l'action la plus opportune, bien que la réaction semble inenvisageable. Elle se doute qu'elle ne doit pas toucher la région du pot d'échappement; tout brûle si fort sous ce soleil agressif, qu'il ne faudrait pas encore y ajouter la fièvre du métal. Elle se reproche de ne pas avoir graissé sa chaîne ni vérifié la pression des pneus avant son départ du dépôt de Lucien et espère au fond d'elle que ce déni d'entretien ne lui coûtera pas trop cher. Pas de manomètre en rase campagne, pourtant, nul besoin d'appareil pour constater que l'arrière se dégonfle. Une impression désagréable d'enfoncer son doigt dans un pudding répugnant se fait ressentir, à la différence que le caoutchouc, s'il sue, ne tremble pas. La crevaison lente a apparemment commencé son inexorable œuvre il y a des heures déjà. Les molécules d'oxygène ne s'échappent pas non plus de la valve, mais d'un minuscule orifice, vicieusement indécelable. Et puis à quoi bon trouver la source, elle ne dispose pas de bombe anti-crevaison et ne saurait pas s'en servir, même si elle l'avait emportée. Totalement désabusée, elle se résout à s'asseoir par terre, à côté de la roue arrière, et à s'amuser à retirer quelques gravillons des rainures de la gomme, de la pointe de son couteau suisse. Une seule pensée accompagne ses gestes mous et décontenancés: l'abaissement excessif de la pression galvaude l'équilibre de la Falcata, dont le contact avec le sol devient trop conséquent, donc dangereux. La prestance du funambule dépend de sa légèreté dans le mouvement; il ne gagne en élégance que lorsqu'il effleure le sol plus qu'il ne le foule. Éléonore prendrait un trop grand risque à remonter sur la moto pour rouler ne serait-ce que quelques kilomètres encore ; elle ne peut faire montre de cette désinvolture-là. Pas de portable, pas d'humain, et donc pas d'information. Où trouver un garage, ou plus modestement déjà, un mécanicien amateur ? Personne ne passe, pas même un ange. L'utilité du télescope s'avérerait bien plus grande ici qu'au Point Sublime.

Le soleil dérivant peu à peu, elle déplace son séant en accompagnant les ombres et en chassant du pied les cailloux inconfortables. Elle hésite maintes fois à se redresser pour se mettre en marche et ainsi rejoindre à pied la prochaine manifestation d'humanité. En longeant la route, elle tomberait assurément sur la société, tôt ou tard, et n'aurait qu'à suivre la même route en sens inverse pour retrouver sa Falcata. Pourtant, elle rechigne à abandonner ses quelques affaires sans surveillance. Le poids de ses minces richesses la retient de les emporter, sans son binôme pour l'y soutenir. Si aucune aide ne se profile, aucun risque ne semble menacer non plus. Il lui est toutefois impossible de quitter des yeux sa maigre mais lourde fortune.

La sécheresse environnante s'acoquine des chuchotis des buissons, vraisemblablement occupés par de frêles âmes. Cette vie-là ne peut guère lui apporter le secours dont elle rêve. La Falcata s'affaisse invisiblement, sans qu'elle ne s'en aperçoive réellement à l'arrêt ; son intelligence seule peut l'admettre. Le départ date d'il n'y a que trois semaines à peine ; cette virée jusqu'ici aurait pu se boucler en trois jours, si elle avait choisi de partir en voyage, au lieu de s'échapper. Éléonore prend conscience qu'elle va et qu'elle vient frénétiquement, avec pour seul dessein de sentir les vagues saler ses lèvres, et ainsi oublier le goût des larmes.

La mer ! Les psychologues qu'elle évite soigneusement la questionneraient, quant à savoir s'il ne s'agit pas d'un lapsus révélateur. Ne chercherait-elle pas ainsi à rejoindre sa propre mère ? Ou la mère qu'elle se refuse à incarner ?

Sa quête d'enveloppement, d'embrassade ne s'apparente à aucune forme de maternité. Elle veut se réapproprier son propre corps et son tout petit nombril, porté disparu, voilà tout. Reconquérir ce territoire dont l'univers s'acharne à lui dicter la gouvernance devient sa destination. Que lui importent les routes de France ? Son itinérance l'aide à cartographier peu à peu les contours de son existence.

Éléonore arrache sa veste à la selle de la Falcata et s'en constitue un coussin afin de mieux élire son domicile temporaire. Allongée sur le sol, elle se laisse aller à ses pensées, n'attendant presque plus ce passage éventuel, au-devant duquel elle pourrait bondir pour manifester sa malchance momentanée. Le silence s'installe et un petit courant agréable aux parfums d'herbes aromatiques et de cactus lui balaie le visage. Elle décale un peu son bassin, incommodé par une roche anguleuse. Une position s'impose finalement, confortable et accueillante. Quelle drôle de vie ! Et si elle cessait de courir devant, de tenter de semer ses hypothétiques poursuivants, dont de troubles masques couvrent le visage ? Et si elle s'arrêtait un peu, pour constater que personne ne la traque ? Elle fuit au-devant de fantômes, de fantasmes. Le regard des autres ne serait-il pas simplement celui qu'elle leur prête ? Son frère, son père, son chirurgien, Liv, Paul ou Sœur Marie-Marcelle ne disposent de pouvoir sur elle que parce qu'elle les imagine le revendiquer. Au fond d'eux, investissent-ils avec autant de profondeur ces destins au travers de leurs discours somme toute anodins ? Ne répètent-ils pas mollement des conversations convenues, afin que leurs propres silences ne hurlent pas trop fort ? Éléonore ne leur doit rien ; et ils ne lui en demandent peut-être pas davantage, après tout. Sollicitent-ils une véritable quittance ? Ils prétendent à des avis, plus ou moins réfléchis, à des idées quant aux obligations logiques ou morales que la jeune femme transforme de son propre chef en injonctions insolubles. Après tout, Évy y voyait parfaitement clair. Elle seule prend la responsabilité de l'importance qu'elle accorde aux paroles des autres. En est-elle la victime consentie? Se place-t-elle, d'elle-même, dans cette condition de proie d'un système qui tournerait autour d'elle dans le but de la persécuter? Et si elle réagissait? Si elle prenait la responsabilité de ses envies, sans blâmer celles qui animent ses congénères, qui ont probablement déjà assez à faire avec leur vie sans réellement vouloir se mêler de la sienne? La contrainte réside au cœur d'une tout autre inconnue. Et cette *terra incognita*, c'est encore elle. La négociation n'implique que sa personne, dans un face-à-face qu'elle s'obstine à éviter. La projection de sa nature, qu'elle croit identifier, diffère tellement de la réalité. Ce corps bien présent et imparfait ne constitue pas un obstacle à son identité profonde, il l'est. Il participe, lui aussi, à la démocratie hasardeuse, et donc injuste, qui pilote son existence. Il y préside même, comment le nier?

***

Éléonore ressent un petit à-coup contre son flanc. Elle entrouvre ses paupières pour distinguer une silhouette de motard en contre-plongée, qui cherche à mouvoir son corps d'une pointe de pied prudent.

« Hey? Hey! Réveille-toi! Marc? Je ne sais pas si elle est vraiment consciente. La moto est sur la béquille, elle n'est pas tombée. C'est bizarre. Appelle le 18, j'pense! Hey!

– Non, non, non! Pas les secours, non! Tout va bien! Je m'étais juste endormie! »

Éléonore se dresse, tout en trébuchant, manquant de peu de tomber maladroitement à même ce sol dont elle s'extrait à peine. Il valait bien la peine de se demander comment protéger ses affaires, pour s'assoupir juste à côté, sans même se laisser perturber par l'arrivée de deux bruyantes motos.

« Tout va bien ? C'est un drôle d'endroit pour faire une sieste aussi profonde...

– Je ne faisais pas vraiment une sieste... à force d'attendre que quelqu'un passe, je me suis assoupie.

– Un souci avec ta bécane ?

– Oui... enfin, je crois que le pneu arrière fuit. Et je perds toute ma direction. Ce qui est d'autant plus curieux, puisque je ne sais pas exactement où je vais...

– Tu t'appelles comment ?

– Éléonore, répond-elle sans réfléchir à ses multiples identités.

– Tu viens de Suisse, à ce que je vois. T'as une assurance internationale pour les dépannages ? »

Non, la jeune femme ment délibérément. Il est évidemment hors de question d'appeler son assurance, compte tenu des circonstances.

« Ok. Tu veux qu'on t'aide ?

– Oh oui ! Ce serait tellement... Oui, oui, il faut que je trouve un garage. Pour venir la remorquer ou je ne sais pas, trouver un carambar et une vrille.

– Tu saurais colmater ?

– Franchement ? Euh... non, pas du tout, admet-elle, embarrassée.

– Marc ? On fait quoi ?

– On l'embarque, il marque une pause, si elle veut...

– Tu veux qu'on t'embarque ?

– Euh... Je ne sais pas... Mais j'ai mon sac aussi. Je ne peux pas le laisser là...

– Tu devais aller où ce soir ?

– Je ne sais pas non plus...

– On est tombés sur la bonne paumée de service, on dirait. Ilias, j'ai de la place derrière pour prendre son sac. Emmène-la avec toi.

– On peut faire ça ? Vraiment ? supplie-t-elle.

– J'imagine que si tu pilotes, tu sais te comporter derrière ? Tu ne vas pas t'amuser à compenser dans les virages ? Je peux te faire confiance ?

– Oui. Tu peux ! »

Éléonore songe au couple d'Allemands et s'interroge quant à la revanche d'un karma un peu moqueur.

« On va te ramener vers Bormes. Et de là, on avisera. On a le bus… ou la remorque, on verra. Bon, ben moi c'est Ilias, salut !

– Oui, salut. Ilias ? J'avais jamais…

– … entendu ce prénom-là. Je m'en doute. Si c'est ok pour toi, on y va ? Il commence à se faire tard et on a de quoi faire. »

Ni Ilias ni Marc n'ont retiré leur casque, ils se sont contentés de relever leur visière. Éléonore ignore tout de leur apparence, si ce n'est qu'ils présentent une corpulence tout aussi sportive que leurs bécanes, tout enserrés dans leurs combinaisons de cuir intégrales, aux sliders quelque peu râpés. Il n'est aucunement question de savoir si elle leur accorde sa confiance, mais plutôt de s'assurer qu'elle est une passagère sérieuse. Elle s'empresse de détacher son sac qu'elle dépose au sol, puis entreprend de déplacer sa Falcata plus en aval, à l'écart des regards pour les heures à venir. Ilias la regarde procéder, car il ne l'aidera que si elle en manifeste le besoin. Pendant ce temps, Marc harnache le bagage sur sa moto, veillant consciencieusement à ne pas rayer les barres de maintien avec ces traîtres de tendeurs griffeurs. Ilias chevauche la sienne, écarte bien les jambes pour la stabiliser avant qu'Éléonore ne grimpe derrière lui. La jeune femme se contente des quelques centimètres carrés que l'assise lui permet d'occuper. Les cale-pieds, très hauts, se destinent soit à accueillir des enfants très téméraires, soit à des bombes dont il est prévu d'exhiber les fesses. Elle s'en accommode, puisqu'aucune alternative plus décente ne s'offre. La proximité de son buste avec le dos de son protecteur paraît soudainement très intime. La Diavel ronronne puis rugit dès la première accélération. Éléonore s'agrippe aussitôt à la ceinture d'Ilias, tout en préservant la distance nécessaire entre les corps afin de ne pas perturber sa conduite par les percussions inopinées d'un casque contre l'autre, mais aussi afin d'éviter la fusion trop étroite des cuirs. Après trois courbes, Ilias dégage sa prise de la poignée d'embrayage pour saisir rapidement l'une après l'autre les mains d'Éléonore et les placer fermement autour de sa taille. Dès que les bras d'Éléonore l'enserrent solidement, il accélère encore pour assaillir la route, comme si sa passagère n'existait pas. La jeune femme voile aussitôt ses yeux, sans risquer pour autant de s'endormir, se fondant en lui instantanément. Elle ne le connaît pas, mais s'en remet totalement à lui. Elle lui confie sa vie, sans aucune hésitation.

Éléonore épouse les mouvements d'Ilias. Le temps s'estompe et dilue la course effrénée que l'humanité impose par la pensée. Il redevient lui-même, flottant, insaisissable, sans définition ni limite, se moquant totalement de la relativité et des absolus. Le couple navigue à travers lui, franchissant les vagues des minutes sans que leur carène ne s'y égratigne. La jeune femme s'abandonne dans le remuement agile, sans perdre une once de vigilance. Aveuglée par choix, seul le contact avec Ilias lui indique les postures à adopter, voire à anticiper. Le bouclier de ses paupières rabattu, elle ressent sa propre peau l'envelopper et la défendre des éléments du vent, malgré tout son capitonnage de Kevlar, de carbone et de cuir. Ilias dégage une grâce si incisive, qu'elle s'imagine sur le dos d'un fauve, planant ou piquant selon les exigences de l'air. Son corps s'incline avec la machine, penche au-delà de l'équilibre rationnel que le cerveau tolère et pourtant, les angles imprimés la sécurisent secrètement. Ilias couche la moto au plus près de ce sol qui ne représente plus le danger, mais l'appui et l'adhérence parfaits. Le monde terrestre sur lequel on choit, si l'on se refuse à l'accepter comme référent, n'évoque plus l'obstacle, mais l'allié. La jeune femme perçoit la lenteur dans l'urgence, la vitesse dans le calme. Des odeurs de plastique brûlé et d'essence envahissent soudainement son casque. Alors que la Diavel ralentit, ses pupilles se dilatent : des bâtisses industrielles se dessinent répétitivement devant eux, dans une régularité scolaire et millimétrée. Ilias fige la machine et retire les mains de sa passagère qui l'encerclent. Elle devine qu'elle peut descendre, mais appuie encore son gant sur l'épaule d'Ilias, qui hoche la tête, confirmant l'équilibre : elle peut toucher terre.

Les trois motards ôtent leur casque. Si le visage d'Éléonore ne surprend aucunement, celui d'Ilias puis de Marc se révèlent pour la première fois. Les hommes avoisinent les trente-cinq, voire les quarante ans. Leurs joues et fronts, marqués par la sueur et l'étreinte des protections, présentent les lacets furtifs inscrits par le tissu des cagoules. Marc ne doute visiblement pas de son charme, malgré une incisive ébréchée qui confère à son sourire une assurance de cancre angélique. Sa peau hâlée laisse supposer que si la moto est son amour, la plage est son amante. Ilias quant à lui dégage une aura sereine : ni beau ni laid, il se tient bien droit, dans une posture affirmée, digne mais sans prétention. Ses cheveux blondis par le soleil bataillent en joyeuses boucles agglutinées tout autour de sa tête.

« Bienvenue aux Bormettes ! Le plus beau coron de tout l'Hexagone, lance Marc, empli de fierté.

– Merci… Les Bormettes. Un coron ? Ok… je suis désolée, j'ai déjà entendu la chanson de Bachelet, mais je ne sais pas ce que c'est, je pense. Ça m'évoque la mine, Zola, le nord…

– Mais… pas Bachelet, s'il te plaît ! Un coron, bon, ben, c'est un quartier de baraques pour les ouvriers, pour la faire courte. Hein Ilias, c'est ça ?

– Oui, c'est ça. Des maisons pour les familles ouvrières, collées les unes aux autres, à la queue leu leu. Une rue interminable. Mais ça n'est pas habituel dans le sud, c'est vrai. Les Bormettes ne sont pas nées du charbon, mais de la guerre.

– La guerre ?

– On fabriquait des armes ici. Et on testait les torpilles à Léoube…

– Et maintenant, nous, on y répare nos missiles ! rétorque Marc.

– Vos… ? »

Éléonore ferme la bouche avant même de poser la question stupide qui s'apprête à franchir ses lèvres. Marc ne fait pas feu de la faible étincelle malgré la tentation et s'empresse d'ouvrir le grand rideau de fer en face duquel ils se sont arrêtés, découvrant un impressionnant atelier mécanique. Au fond du garage, elle distingue dans la pénombre un bus et une remorque. Contre les murs, des outils graisseux s'exposent, préclassés par un détourage à la peinture blanche, indiquant les catégories et les tailles correspondantes. Les établis appuyés aux parois se couvrent d'étaux, de serre-joints et de toutes sortes de mécanismes muets, en attente de pouvoir exprimer leur destin au contact d'autres pièces. Dans un coin s'entassent en vrac des objets de récupération, des moteurs ou encore des bandes de métal aux arêtes plus ou moins tranchantes. Au milieu de l'atelier trônent deux motos recouvertes de housses protectrices, du moins, Éléonore se l'imagine, à la vue de ces silhouettes. La lumière s'allume dans un cliquetis de néon à l'ancienne, éclairant en morse les différentes parties du laboratoire. Marc et Ilias poussent leurs bécanes au travers de la caverne jusqu'à leur niche. L'un y caresse sa Tiger, l'autre ajuste consciencieusement le guidon de sa Diavel. Leurs gestes attendrissants envers ces machines pourtant inanimées l'interpellent. Elle se reconnaît, à sa modeste mesure, et regrette d'avoir laissé sa Falcata dans la nuit tombante, au milieu de nulle part. Son attachement n'est pas pécuniaire, il est pétri d'une réelle affection. Elle demande, subitement saisie d'inquiétude :

« Vous le savez, vous, hein ? Où on l'a laissée, ma Falcata ?

– Ben bien sûr, qu'on le sait ! rétorque Marc, hilare. Près de Gratteloup, t'inquiète.

– C'est un sacré garage… Vous êtes bien équipés ! »

Éléonore tente de masquer le manque cruel qui l'envahit par son fameux tour de passe-passe de celle qui s'y connaît, alors que pas du tout.

« C'était à mon grand-père, ici, souligne Ilias. Un homme extraordinaire. J'ai appris à bricoler avec lui, il savait vraiment tout faire, redonner vie à n'importe quel objet. Et il m'a toujours dit : "On ne jette jamais rien, on répare, mon p'tit gars". Depuis, je fais comme lui : je répare des trucs.

– Ilias aussi, il sait tout faire. Tout ! abonde Marc.

– Et alors, nous, on fait quoi maintenant ? On pourra réparer ma petite casse, vous pensez ?

– On va sortir le bus. Je pense qu'on arrivera à monter la Falcata dedans, même si le pneu est raide. On ira la chercher tout à l'heure. Marc, t'as encore du temps ce soir pour qu'on la charge ?

– Pas de programme. Je viens.

– Je suis désolé Éléonore, on pourrait mécher provisoirement, mais tu ne pourras pas rouler longtemps comme ça. Faut changer le pneu. Ce serait criminel de te laisser repartir comme ça. On regardera l'état de l'autre, mais c'est bien si on te commande le jeu de deux.

– Ah. Ok ! »

Éléonore songe aux maigres économies réunies grâce aux pourboires de L'Omphale. Elles s'apprêtent à s'évaporer pour remplacer cette fichue matière qui se dégonfle. Un minuscule orifice, pas plus grand que la pointe d'un stylo, peut anéantir vos ressources en un profond et agaçant soupir.

« Ce n'est pas grave. Le plus important, c'est de ne pas avoir eu d'accident, souligne Ilias, alors qu'il ignore tout des réflexions de la jeune femme. Je vais appeler Tiago, mais demain. Je ne vais pas l'emmerder avec ça ce soir. Il n'y a pas d'urgence. Il faut aussi qu'on te trouve une piaule.

– Oh merci, vraiment merci !

– Je peux dormir sur le canapé. Et je te laisse ma chambre. Je viens de changer les draps, ça tombe bien.

– Je peux aussi dormir sur le canapé, je ne suis pas compliquée du tout… »

Marc roule tranquillement une cigarette, les coudes appuyés sur un établi, puis balaie les miettes de tabac du revers de la main. Elles tombent dans une flaque d'huile noire, parsemée de brillants copeaux d'acier. Il ricane en léchant le papier de gauche à droite, puis de droite à gauche. En colmatant sa tige, il murmure, tout en contemplant son œuvre :

« Mais oui, c'est ça. Dormez tous les deux sur le canapé, pendant que vous y êtes ! »

Ilias ne relève pas le commentaire. Il sort son portable de sa poche et tapote des requêtes sur son clavier. Marc allume sa clope et observe les volutes de fumée qui commencent à s'élever vers le lointain plafond du hangar. Le gaillard s'amuse à sculpter des brumes circulaires du bout de ses lèvres habiles, tout en triturant son briquet entre ses doigts. Sa nervosité se traduit par des ongles rongés jusqu'au sang. La jeune femme observe minutieusement ses deux sauveurs, sans parvenir à se placer dans cet espace beaucoup trop vaste. Debout, hésitante, elle promène discrètement son regard à travers l'entrepôt et sur les multiples tabourets éparpillés. Aucun n'est vacant ; des piles de revues, d'enveloppes ou encore de salopettes de travail et de torchons s'y amoncellent. Elle pense à son évier et à la table de la cuisine d'Évy. Un bordel familier l'accompagne, où qu'elle aille. Face à elle, une femme nue pose, sans tête. De ses clavicules jusqu'à ses aines, un treillis étreint sa peau tachetée de cambouis, maculations savamment disséminées, contrastant avec l'arrière-plan couvert de plumes blanches. Cette étonnante Victoire de Samothrace illustre le mois de mai avec tant d'érotisme qu'il n'a semblé nécessaire à personne de tourner les pages du calendrier, une fois le printemps passé. La notion de jours, ou de nuits, se fond dans la sensualité d'un corps ficelé comme un rôti. Tout est une question d'intérêt et de perspective. Aucun des deux hommes ne prête attention à ce tête-à-rien mystérieux entre la motarde capitonnée et la sylphide décapitée. Ilias marmonne d'une voix grave et concentrée, parcourant rapidement les informations qui défilent sous ses pupilles mouvementées. Il conclut, après avoir terminé son examen hâtif:

«Y a du stock dispo. On va commander par Tiago, il aura des prix. D'ici deux ou trois jours, on devrait recevoir ce qu'il faut. On fera le montage ici.

– Si jamais… j'ai du cash… mais pas de carte de crédit. Pour le paiement, je veux dire. Enfin, s'il faut payer à la commande, je ne peux payer qu'avec du liquide.

– T'es en cavale? Voleuse? Braqueuse?… Tueuse, peut-être? interroge Marc, avec sarcasme, sans quitter le plafond du regard.

– Pardon? Euh, non, non… je ne suis pas en cavale. Pas du tout… Bien sûr que non!

– Alors, une gentille petite bobo-anti-capitaliste-qui-veut-pas-se-soumettre-au-système? Remarque, avec la vieille bécane que tu traînes, ce serait bien possible.

– Je n'ai pas de carte parce que…

– Ne te justifie pas, tranche Ilias. Personne n'a besoin de savoir pourquoi tu n'as pas de carte bleue. Je regarde avec Tiago demain si on peut régler en espèces, mais ça ira. Il passe régulièrement des commandes chez ce fournisseur, ils facturent certainement au mois. Tu le payeras directement, il se débrouillera sans problème pour le reste. Marc, appelle les autres. Dis-leur qu'on sera un peu en retard. Demande à Ophé de venir chercher la fille pour qu'elle s'installe chez moi. Nous, on part chercher la bécane. Toi, tu restes là. Ophélie va passer dans pas longtemps. Tu verras, elle est marrante. »

Personne ne sollicite l'avis d'Éléonore quant au programme à suivre, toutefois, elle n'ose pas se manifester, se trouvant déjà totalement dépendante. Les deux hommes retirent leur combinaison de cuir devant elle, dévoilant leur corps sans aucune gêne. Détourner son regard serait probablement la meilleure marque de respect, mais elle ne peut s'empêcher de détailler leur physique avec un étonnement naïf, elle qui en a déjà pourtant vu quelques-uns. Marc et Ilias suspendent leur casque et leur tenue aux crochets ornant le mur le plus proche, et à peine vêtus de leur seul caleçon, ils extirpent jeans et t-shirts de sacs en plastique renforcé, aux couleurs d'une chaîne de grand magasin de bricolage. Ils s'habillent à la hâte, sans remarquer l'attention particulière que leur accorde leur protégée. Une porte automatique latérale qu'Éléonore n'avait pas remarquée permet la sortie du bus. Marc lui lance, avant qu'ils ne s'en aillent :

« Le frigo et les chiottes, c'est là, derrière l'affiche. Tu te sers, hein ? Y a des bières et de la flotte. Celle du robinet est pas géniale. »

La jeune femme observe la porte automatique se clore lentement, après le départ du bus blanc. Elle rejoint son sac déposé par Marc au pied de l'établi où il avait roulé sa cigarette. Le carnet bleu sort de sa cachette, elle serre son dos avant de le poser dans un coin pour retirer les quelques pelures dont elle est encore couverte. La température est agréable, ni trop fraîche ni trop étouffante. Elle songe à la mer, qui doit être à quelques pas à peine. Elle s'imaginait s'y jeter, seule, mais il lui semble désormais plus adéquat d'attendre la compagnie de ses nouvelles connaissances. Elle débarrasse un tabouret de ses revues, s'y assied, puis feuillette son carnet strié, dans lequel les lignes toujours aussi vides se succèdent.

***

Le rideau se lève, révélant les coulisses mécaniques d'où Éléonore attend l'entrée en scène de la prochaine inconnue. Centimètre après centimètre, se dévoilent deux chevilles plantées dans des Converse, un collant noir orné de roses brodées, grimpant, entrelacées, le long de deux jambes fines et énergiques, aux genoux invisibles. Apparaissent ensuite une minijupe en jeans délavé, puis un petit ventre plat au nombril percé et deux poings fermement appuyés sur des hanches marquées. Une paire de bras tatoués rejoignent leurs jolies épaules fièrement cambrées, poussant deux seins ronds vers l'avant. La femme décapitée attend-elle sa sœur ? Le fer s'enroule encore, affichant finalement un minois mutin et déterminé, auréolé d'une chevelure de marée noire. Celle qui doit être Ophélie fronce un sourcil curieux et pince ses lèvres, infléchissant son menton vers la gauche. Éléonore se lève lentement pour s'annoncer :

« Salut !

– Salut. »

Ophélie verrouille immédiatement toute possibilité de dialogue, tout en franchissant le seuil du hangar. Sans témoigner la moindre politesse ou retenue, elle tourne autour d'Éléonore, comme si elle devait évaluer une marchandise. L'examen détaillé n'omet ni la face, ni les fesses. Elle place finalement ses yeux dans les siens et entame l'échange, sèche et directive :

« Tu viens d'où ?

– Qu'est-ce que ça peut te faire ? Éléonore se surprend elle-même de sa réponse.

– Je n'ai rien compris au téléphone de Marc. T'es en panne et tu crèches chez Ilias?
– J'ai crevé. Ils m'ont aidée.
– Ouais. T'as crevé!
– Oui, j'ai crevé. Ils sont d'ailleurs partis chercher ma moto avec le bus.
– Tu roules en moto?
– On dit "à moto".»
Ophélie grimace, mais laisse sa nouvelle rivale reprendre:
«Mais, oui, en effet, je roule. *À* moto. Ilias a dit que t'étais marrante. Mais on ne doit pas avoir le même sens de l'humour, lui et moi.
– Ilias a dit ça? Que j'étais marrante?
– C'est ce qu'il a dit, oui.
– Oh, c'est chou. Mais, tu ne touches pas à Ilias.
– Trop tard.
– Quoi?
– Il a bien fallu que je le touche, pour qu'il me ramène jusqu'ici. Je n'allais pas courir derrière sa moto... Bon, tu m'expliques? T'es sa nana, c'est ça?
– Je ne suis pas sa nana. Je ne suis la nana de personne, moi!
– Bon, écoute, désolée qu'on t'ait dérangée. Je me débrouille. Je vais les attendre tranquillement ici. Rentre chez toi, c'est peut-être mieux comme ça.
– Ilias m'a demandé de te ramener chez lui, alors je te ramène chez lui. Suis-moi, ma bagnole est dehors.
– Attends... écoute, je débarque moi. Je ne connais personne, et je n'ai même pas eu le temps d'échanger plus de dix mots avec les gars. Je n'ai aucun plan, pas de stratégie, je ne suis pas là pour séduire qui que ce soit, ou je ne sais pas quoi. Tout n'est qu'un hasard! Tu veux bien qu'on parte du principe qu'on n'est pas là pour se faire la misère l'une à l'autre? Tu ne me verras pas longtemps, promis, je repars dès que possible!

– Ok. Bon. Je suis Ophé.
– Moi, Élé.
– Ophélie.
– Éléonore.
– Non. C'est moi qui t'honore. De ma présence. »

Les deux femmes éclatent de rire. Le rideau de fer s'abaisse sur ces animosités instinctives dont les femmes détiennent le secret. Elles se glissent l'une et l'autre dans la voiture d'Ophélie qui les conduira à l'appartement d'Ilias. Le sac de queue officie comme airbag au cours d'un voyage effrayant, la jeune femme se moquant superbement des règles d'usage quant à la bonne conduite.

***

La porte s'ouvre sur l'intérieur de l'appartement, qui, comme son locataire, ne se distingue ni par sa beauté, ni par sa laideur. Une certaine sobriété en adoucit l'accès, doublée de l'évidence qu'une bonne âme l'occupe. Un parfum de propreté habille l'espace chichement aménagé, contrastant avec l'atelier. Rien ne déborde, un équilibre serein habite ces trois modestes pièces. Quelques cadres photos ornent le meuble d'entrée et Éléonore pense y reconnaître le fameux grand-père, sur les genoux duquel un petit garçon rit, brandissant un marteau en plastique rouge vers le ciel. La décoration ne vampirise pas les murs, des touches de vie ponctuent çà et là, avec discrétion et goût, le vide. Au-dessus d'un canapé banal mais bien entretenu, trois sabres tranchent avec la pâleur du mur, dans leur fourreau chatoyant. L'imprévue les fixe, surprise, son gros sac encore suspendu au bras. Ophélie se penche au-dessus de son épaule et chuchote :

« Méfie-toi, il collectionne les couteaux… et il tue les gonzesses avec !

– Quoi ?

– Je rigole, Élé… Ilias ne ferait pas de mal à une mouche. C'est plutôt les filles qui lui dézinguent le cœur à coups de lame. C'est toujours pareil, les bons gars tombent toujours sur des cinglées.

– Ah !

– Il n'a déjà pas grand-chose, mais je ne sais pas comment il fait, à chaque fois, elles arrivent à l'abandonner avec encore moins que rien.

– Ça me fait penser à une connaissance. Lucien… Il n'a pas de chance en amour.

– Pas plus au jeu. Faudrait qu'il joue, pour ça ! Bon, on peut dire qu'il joue avec la vie, vu comme il roule. Un jour il va se tuer, j'te dis.

– Je trouve qu'il a l'air de maîtriser. Enfin, je l'ai trouvé très rassurant. Je n'ai pas eu peur, même s'il allait vite.

– Mais c'est jamais lui le danger, Élé. C'est les autres, le danger ! C'est *toujours* les autres, le danger. Leurs réactions, leurs gestes, leurs idées à la con… tu comprends, il fait des trucs que personne ne fait. Alors les gens paniquent, et au lieu de continuer à faire tranquillement ce qu'ils savent faire, ben ils changent de direction, ils freinent, ou je ne sais pas quoi. Il nous raconte, des fois, le soir, les frayeurs ! Les gens n'aiment pas les originaux qui ne font pas comme on devrait. Ça les fait douter et donc dévier. S'ils continuaient à faire ce qu'ils savent faire, sans se préoccuper des autres, tout se passerait bien !

– Et Marc ?

– Marc ? Un bon suiveur. Il fait genre qu'il est aussi fort qu'Ilias. Mais personne n'arrive à la cheville du frangin.

– Vous êtes frère et sœur ?

– Non, mais c'est tout comme. Mon petit chouchou, il ne faut pas qu'il lui arrive des trucs. Il m'a aidée tellement de fois… Tu sais, il répare tout Ilias. Même les gens. Alors on ne casse pas Ilias !

– Ok, on ne casse pas Ilias.

– Voilà, je te montre encore la salle de bain, parce que le robinet d'eau chaude est un peu dur à refermer. Je vais t'expliquer comment faire, pour que ça ne goutte pas et que ça n'entame pas l'émail de la baignoire. Et puis des fois, pendant la nuit, on entend des glouglous dans les conduites. Faut pas t'inquiéter, c'est normal. Il répare tout, Ilias, mais chez les autres… Des fois, il oublie de réparer ses trucs à lui. »

Ophélie pénètre dans la chambre d'Ilias, dont les rideaux fermés retiennent toute luminosité. Un grand miroir reflète l'éclairage du couloir sur une lame de fer suspendue au-dessus de la tête de lit. Encore. Aucun étui ne la protège, l'arête vive observe les dormeurs qui s'assoupissent sous son support. Éléonore s'étonne de ce goût prononcé pour les armes blanches, tout en scrutant l'espace qui se distingue à peine dans le demi-jour. La glace est composée de deux battants cachant vraisemblablement les vêtements de son hôte. Une odeur de lessive confirme les dires d'Ilias, les draps fraîchement changés s'apprêtent à accueillir un nouveau corps. Les deux femmes, comme d'un commun accord, s'assoient puis se couchent de part et d'autre du lit, laissant leurs jambes baller à la perpendiculaire. Tête contre tête, yin contre yin.

« Tu vas être bien ici !

– Je crois, oui. Et l'appartement est très ordonné, je trouve.

– Il aime que tout soit bien rangé.

– Pas comme à l'atelier.

– Il le partage avec Marc et les autres gars du groupe.

– Je suis plutôt bordélique moi. Mais une bordélique propre ! J'entasse, j'accumule, mais je nettoie… Le problème, c'est qu'on ne peut pas vraiment me reprocher mon fouillis, parce que je retrouve toujours ce que je cherche, en moins de temps qu'il n'en faut pour le demander. Ça rend fou mon père, quand il me rend visite.

Il ne comprend pas que c'est dans ma tête que j'organise tout.

– Et t'as encore assez de place dans ta tête?

– En ce moment, ça ne manque plus trop, la place. Ni chez moi, ni dans ma tête.

– Tu n'as pas l'air d'être partie en vacances…

– C'est vrai. Je ne suis pas en vacances. Je suis juste… partie sans laisser d'adresse.

– C'est soit très courageux, soit très con.

– Oui. C'est vrai. Ou les deux.

– J't'ai vue.

– Tu m'as vue quoi?

– J't'ai vue t'arrêter et te tordre avant de monter l'escalier. T'as dû reprendre ton souffle. Ou alors t'as fait un exercice de respiration, je ne sais pas. C'est ton dos? Il est bloqué?

– Non. Enfin, le dos, c'est un dommage collatéral.

– Raconte!

– Je ne sais pas par où commencer. Alors, autant aller droit au but. J'ai une endométriose profonde. Stade quatre.

– Ah, l'endométriose. La maladie à la mode!

– Et tu penses qu'elle a remplacé la mode du sida ou du cancer?

– Faut pas tout mélanger, quand même. C'est grave le sida ou le cancer… Bon, voilà, t'as mal au bide quand t'as tes règles. Ben moi aussi, faut pas croire!

– Non, ce n'est pas ça. Enfin, oui, j'ai mal. Mais j'ai mal comme si une équipe de rugby disputait la coupe du monde dans mon bas-ventre.

– Elle est rigolote, celle-là!

– Justement pas. Elle n'est pas rigolote.

– Tu peux prendre un traitement? Des antidouleurs?

– Je ne sais pas pourquoi je m'acharne à vouloir l'expliquer, c'est toujours pareil… Mais non, les antidouleurs, ça ne suffit pas. Je devrais prendre des hormones, pour stopper l'évolution… Pour faire croire à mon corps que je suis enceinte.

– Ah ? Et pourquoi lui faire croire ça à ton corps ?
– Pour que j'arrête de produire de l'endomètre. C'est ce petit nid qui tapisse ton utérus, tous les mois, pour accueillir un potentiel bébé après ton ovulation. Sans fœtus, il se désagrège en sang et s'en va sous forme de règles. Si mon cerveau reçoit l'information qu'il y a une certaine quantité d'hormones de grossesse dans mon organisme, alors il part du principe que je suis enceinte. Il ne réfléchit pas plus loin. Et il transmet ce constat plus bas, indiquant qu'il n'y a pas besoin de fabriquer de matelas pour un locataire à venir, puisque la place est censée être déjà prise.
– Je ne vois pas le mal.
– Mon corps fabrique ce petit tapis dans des recoins tout à fait aléatoires de mon corps. Et inadéquats. Et quand je suis supposée avoir mes règles, ben le sang n'arrive pas à s'évacuer, puisqu'il se trouve au bout de voies sans issues. Il crée des kystes, des lésions, des blessures ou des adhérences. Selon les femmes, ça peut être la vessie, les poumons, le diaphragme, les intestins… Et tout dysfonctionne. Et quand ça dysfonctionne, évidemment, les douleurs arrivent.
– Ben ça alors… Mais pourquoi tu ne les prends pas, ces hormones ?
– C'est une énorme blague. Un éternel recommencement autour d'un grand mensonge. Tu ne peux pas faire croire indéfiniment à ton corps que tu portes un enfant. Au bout d'un moment, il ne comprend pas pourquoi il n'est pas encore sorti… J'ai été opérée à plusieurs reprises, et la dernière fois, on m'a enlevé l'utérus, nettoyé un ovaire et rafistolé le rectum. Pas vraiment une partie de plaisir… À chaque fois, on m'a dit que tout avait été éliminé, qu'il était peu probable que je récidive. Mais je suis retournée faire des images deux ans après. Et c'est la cata. Là, c'est mon intestin qui est touché. Il est blessé, il saigne… Il faudrait en enlever un bout. Couper ce bout qui est malade. Mais j'en ai assez… je n'en peux plus. Aucune recherche n'a vraiment abouti, à ce jour. On navigue à vue. Il n'y a jamais

aucune certitude. Que des promesses en l'air, basée sur des hypothèses, des tentatives, des bricolages… Voilà, mon chirurgien veut couper. Je fais quoi, moi, de ça ?

– Mais qu'est-ce que tu fous ici ? Faut te soigner, tu ne peux pas te laisser crever comme ça !

– Oh, je lui ai demandé. On n'en meurt pas. Alors, en me concentrant bien, j'arrive à gérer la douleur. J'ai la tête dure. Et tu sais, après tout, c'est la vie.

– Ben non Élé, ce n'est pas "la" vie, c'est "ta" vie ! Tu n'en as qu'une. Mais vraiment, t'es aussi bête qu'Ilias avec sa vitesse. Comment faut-il vous expliquer que vous n'avez qu'une seule chance, qu'une seule occasion de traverser cette vie ?

– Tu veux toucher ?

– Toucher quoi ?

– Je n'ai plus de nombril, mais sous la peau, tu sentiras rouler les nodules. C'est marrant, tu verras ! Tant qu'ils sont mobiles, c'est qu'ils ne me font pas de mal. Ce sont des promeneurs solitaires !

– Je ne veux pas toucher. C'est dégoûtant. Mais vraiment, Éléonore… qu'est-ce que tu fabriques ici ?

– Je profite de la vie.

– Je ne sais pas comment tu peux profiter en te tordant de mal.

– Entre ces moments-là, je profite de la vie.

– Mais combien de temps ? »

Éléonore contemple le plafond en souriant. Elle se retourne et saisit les mèches charbonneuses d'Ophélie, étalées sur le drap, et en cerne son visage, comme s'ils ornaient sa propre tête. Toutes deux s'esclaffent comme des petites filles qui auraient enfin bâti leur cabane magique, celle où rien ne peut leur arriver. Celle à la porte de laquelle les tracas ne peuvent frapper.

Le rassurant de l'équilibre, c'est que rien ne bouge. Le vrai de l'équilibre, c'est qu'il suffit d'un souffle pour tout faire bouger.

Julien Gracq, *Le rivage des Syrtes*

Onzième chapitre

Derrière les fenêtres de la cuisine, une procession rocambolesque de flamants roses, de crocodiles et de licornes déambule cahin-caha. Éléonore se frotte les yeux, incrédule, avant de se lever de sa chaise. Debout, elle distingue enfin le corps des enfants sous leurs bouées zoomorphes. Ils forment une caravane joyeuse traversant la rue qui les mène apparemment à la plage. L'excès de rosé de la veille tape à ses tempes qu'elle frotte des pouces, les autres doigts massant au même rythme sa naissante ride du lion. La jeune femme observe d'entre ses paupières mi-closes ce pétillant carnaval des animaux. Curieusement, c'est pourtant *Pierre et le loup* de Sergueï Prokofiev qui s'invite délicatement en bande sonore de cette contemplation.

Aussitôt, elle se souvient de cet orchestre que son père les avait emmenés écouter, elle et son frère. Cela devait être à l'époque où ils vivaient à Prague, juste après que leur mère avait pris congé d'eux. L'époux esseulé pensait ainsi distraire temporairement la tristesse muette de ses enfants par les notes sautillantes d'un célèbre conte symphonique. La veille du concert, il leur avait narré, appuyé sur un livre d'images, les aventures du jeune Petia. Le petit Pierre n'avait pas peur du grand méchant loup, il résistait et désobéissait éhontément, malgré les mises en garde de son grand-père. Pourtant, le garçon avait tout de même fui et brisé la confiance des siens, osant franchir la porte de la maison familiale pour partir traquer le dangereux loup. Malgré son âge, et donc malgré son apparente vulnérabilité aux yeux de la société, il avait eu raison du prédateur, était parvenu à le capturer et à le suspendre par la queue, dans la forêt, jusqu'à l'arrivée des chasseurs. Si petit, si fragile, il y était arrivé! Éléonore avait été marquée jusqu'aux tréfonds par la sonorité autoritaire et patriarcale du basson, qui résonnait encore intensément en elle. Aujourd'hui, il lui semble pourtant voyager à travers l'existence avec l'agilité de l'oiseau, dans une mélodie cristalline de flûte traversière. Le moment serait-il venu, se demande-t-elle face à la fenêtre, d'oser être Petia? De réunir toutes ses forces et son courage et d'attraper ce maudit loup par la queue, au rythme des violons, pour rejoindre, fière et grandie, les siens, le sentiment du devoir accompli chevillé aux tripes?

« Bonjour Éléonore, tu as bien dormi?

– Oh, bonjour Ilias! Je ne t'ai pas entendu arriver. Excuse-moi, je ne suis pas coiffée. Je me suis levée il y a à peine un café.

– Tu es très bien, après un café à peine. Il en reste?

– Oui, il en reste. J'en ai préparé une bonne quantité, parce que je dois dire qu'hier soir, avec ce mélange de fatigue et d'euphorie, le vin m'est vite monté à la tête.

– J'ai vu que tu t'étais bien amusée. Je crois que le courant est bien passé et que tout le monde était content de faire ta connaissance.

– J'ai beaucoup aimé, moi aussi. Et encore merci d'être allé chercher ma Falcata, je ne sais pas comment te dire…

– C'était avec plaisir. Et j'ai pu appeler Tiago. On va pouvoir s'occuper de tout ça très rapidement.

– Merci…

– La chambre t'a convenu?

– Oui, parfaitement! Mais je ne voulais pas te chasser de chez toi, tu sais. Je me suis sentie un peu coupable que tu repartes après m'avoir ramenée. Mais tu devais probablement rejoindre quelqu'un…

– Je partais travailler.

– Travailler?

– Je suis livreur. De nuit.

– Mais alors, tu n'as pas pu te reposer?

– Je dormirai tout à l'heure. Ophélie a proposé de t'emmener à la plage en fin de matinée, comme tu as beaucoup, beaucoup insisté sur le sujet hier soir… Elle n'a qu'un client aujourd'hui, et pas avant cet après-midi. Elle a dit qu'elle passerait te chercher. J'irai dormir à ce moment-là.

– Je ne savais pas que tu travaillais de nuit.

– Je prends le volant à deux heures et je termine à neuf heures. Voilà, ta journée commence, la mienne se termine.

– Ça doit être épuisant et très astreignant comme rythme.

– Au contraire, je trouve que c'est beaucoup de liberté pour moi, même si je vis un peu en décalage des autres. Je suis captif de cet horaire, oui, mais qui n'est pas un peu contraint par son travail? Et puis comme ça, je peux passer du temps à bricoler à l'atelier. Et aller rouler quand ça se prête. J'aime bien cette cadence. J'ai l'impression de pouvoir vivre toutes mes vies à la fois. Et pour toi, il n'y a que des avantages, j'aurai aussi le loisir de remettre ta Falcata sur pied et toi, tu peux traîner chez moi le matin sans qu'un mâle rôde dans les parages!

– Je me sens plutôt en sécurité, en ta présence.

– Je pense que tu n'es pas le genre de femme qui a besoin d'un homme pour se sentir rassurée.»

Ilias ouvre le tiroir de la cuisine, en sort une petite cuillère, pour agiter son café, dans lequel il n'a pourtant pas versé de sucre. Éléonore l'observe en se demandant s'il s'agit d'un oubli ou d'une manie. Après avoir avalé la première gorgée de son breuvage, il ne manifeste aucune surprise. Elle en déduit qu'elle l'a préparé à son goût, et qu'il aime le métal, tout simplement. Elle s'étonne aussi qu'il boive du café avant d'aller se reposer. La jeune femme remercie une fois encore Ilias de son accueil et se rend dans la chambre pour préparer son petit baluchon pour la mer. Elle ne voudrait pas faire attendre Ophélie, car celle-ci ne semble pas des plus patientes. La soirée de la veille avait révélé une jeune femme impertinente, burlesque et déterminée. Elle aimait faire rire et braver les conventions. Elle frisait à tout moment l'indélicatesse, toutefois sans jamais abuser de détails trop intimes ou personnels, dans ses exercices de désarçonnement. Ophélie jouait de son regard de bourreau, mais ne condamnait ni n'exécutait. Elle aimait faire trembler, bien que tout le monde puisse repartir la tête bien vissée sur les épaules.

Éléonore entend Ilias nettoyer les tasses dans l'évier de la cuisine. Toute la tuyauterie de la maison commence à gargouiller, les appels d'air donnent vie à tout ce mécanisme invisible, camouflé derrière les murs et sous le plancher.

« Éléonore ?

– Oui, j'arrive !

– Éléonore, je suis juste là. Je voulais te dire que je vais me coucher. Je serai dans le salon, mais fais comme si je n'étais pas là. Je suis tellement claqué, je vais basculer rapidement. Donc, ne t'inquiète pas, fais comme chez toi. Je n'entendrai rien. J'ai dit à Ophé que tu n'avais pas de portable, mais qu'elle pouvait passer quand elle voulait. Elle ne va pas tarder. Tu l'entendras frapper.

– Tu sais quoi ? Mon sac est prêt, je vais sortir directement, et l'attendre dehors. Comme ça, je respire déjà l'air de la mer…

– Comme tu veux, mais tu ne me déranges pas, tu sais ? Ophé t'a donné la clé de l'appartement, hier ?

– Oui. Je l'ai.

– Je dors jusqu'à treize heures, mais tu reviens quand tu veux, tu fais comme chez toi, d'accord ?

– Merci. Je ne sais vraiment pas comment te remercier !

– C'est bien que tu sois là. Un peu comme avoir un chat : chacun fait sa vie, mais la compagnie est agréable. »

Éléonore sourit à l'évocation féline. Elle saisit son sac de toile, envoie instinctivement un baiser du bout des doigts à Ilias et s'éclipse rapidement. Les joues de l'homme se fardent ; la fatigue sans doute.

***

La chevelure d'Ophélie s'entortille dans son court t-shirt, emprisonnant son visage dans le col. Son rire étouffé appelle l'aide d'Éléonore, qui la prie de cesser de gesticuler, afin de pouvoir la dévêtir calmement comme une enfant empêtrée dans une écharpe d'hiver. Les muscles de la Varoise saillissent au rythme des efforts désordonnés de sa nouvelle amie, qui admire ce corps d'arc prêt à décocher ses flèches. Une fois libérée, elle pousse un grand soupir d'aise, avant d'ouvrir le bouton-pression de son short et de retirer d'un seul geste ce petit vêtement ainsi que le collant qui ceint ses jambes. Éléonore s'étonne qu'elle en porte en plein été, mais encore davantage de découvrir que les roses noires ne s'impriment non pas sur le nylon mais à même la peau d'Ophélie. Ses jambes officient en tuteurs pour ces fleurs nocturnes aux reflets pourpres. L'une d'elles s'épanouit jusqu'à la lisière de son maillot de bain, attirant tout regard curieux vers son jardin secret. Éléonore s'extasie devant cette néréide, mi-femme, mi-églantine. Cette dernière l'interroge du regard, l'invitant à se hâter de se déshabiller à son tour, sans quoi la situation deviendrait gênante. S'entourant d'une serviette de bain empruntée à Ilias, Éléonore retire maladroitement les pétales qui l'enveloppent, tâchant de ne pas laisser tomber ce paravent improvisé à l'encontre d'œillades inopinées. Elle maintient le tissu-éponge au-dessus de sa taille, retournant sa longueur en un boudin qui la ceinture.

Ophélie s'élance vers les vagues et se jette à l'eau, laissant échapper de petits cris de joie. Tout autour, les familles étalent leurs couvertures à pique-nique, les lézards huilés prennent le soleil, face contre sable, et les enfants creusent des rigoles en dédales, prêts pour l'inondation imminente. Les parasols à franges abritent des corps léthargiques et de petites tablettes pour accueillir des boissons gazeuses multicolores, dans lesquelles les pailles se hissent jusqu'au bord, tentant une fuite, aidées par des échelles de bulles gorgées d'oxygène. Ophélie agite les mains, sommant Éléonore de la rejoindre. Elle doit donc laisser tomber son pagne pour se hâter de rejoindre la mer, qui deviendra alors son infinie jupe. Dos à la baille, elle dénoue le tissu, jette un œil par-dessus son épaule pour s'assurer qu'Ophélie ne la détaille pas comme lors de leur première rencontre. Celle-ci plonge à l'instant sa tentaculaire couronne de cheveux dans les eaux de la Méditerranée, elle peut donc se dépêcher de courir dans l'eau pour s'immerger jusqu'aux seins. Les poissons se fichent des cicatrices.

Éléonore sent le sable avaler ses pieds lorsqu'elle avance, émue par l'immensité qui s'étend devant elle. Le sol limoneux, à la fois doux et gourmand, engloutit et déstabilise son pas. L'eau embrasse la femme, qui plie les genoux pour mieux sentir son corps s'alléger. Telle un fantôme, elle imprime des mouvements lents et apaisés à travers ce liquide tiède mais rafraîchissant.

« On fait l'étoile de mer ? On n'est que deux, mais on peut faire la petite étoile de mer !

– L'étoile de mer ?

– Oui, tu fais la planche, on se donne les mains et on flotte ensemble !

– Je ne suis pas…

– Allez, on y va ! »

Ophélie bascule sur le dos, plisse ses yeux éblouis par un soleil quasi méridien. Elle tend les mains pour qu'Éléonore les attrape. Cette dernière hésite encore à exposer son ventre à l'univers tout entier. Du ciel, le monde ne verra-t-il pas ses vilaines balafres ? Et pourtant, sur la plage, personne ne semble attiré par ces deux jeunes femmes au comportement enfantin. La plage désinhibe les mœurs générationnelles : se balader à demi-nu, courir, s'éclabousser, crier ou inventer des chorégraphies aquatiques ne semble pas indécent de la part d'une personne pourtant imposable. À quelque deux cents mètres de là, sur le bitume, ce comportement serait totalement proscrit et considéré comme indigne. Éléonore s'arme de toute sa volonté, inspire profondément pour emplir son bassin d'air et laisse doucement remonter ses jambes à la surface, pour attraper l'une après l'autre les mains de sa moitié d'astérie. Elles tendent leurs pieds à la diagonale, étirent leurs membres vers le lointain, ne dégonflant pas totalement leurs poumons pour ne pas se voir submergées. Des perles d'eau salée scintillent sur cette rosace, indiquant imparfaitement les points cardinaux. Le rire de l'étoile de mer est si doux.

Après la baignade, le sable sèche en cristaux entre les orteils des plagistes. Ophélie rapporte deux cocktails du bar, zigzagant entre les juillettistes abrutis par la chaleur et manquant de peu de renverser les précieuses boissons, tant elle se réjouit. Éléonore remarque le chiffre treize encré sur le dos de la main qui lui tend son verre, ne relève pas, car elle prend conscience du breuvage qui l'attend. Elle grimace un peu.

« Il y a de l'alcool là-dedans ?

– Eh oui, faut soigner le mal par le mal !

– Aïe, je ne suis pas sûre…

– Mais si, allez ! On n'en prend qu'un de toute façon, je dois aller bosser cet après-midi. Et on mangera un petit truc en route. T'as froid ?

– Non, pourquoi ?

– Tu t'es tout emmaillotée dans ta serviette !

– Non. Ce n'est pas ça, non… C'est juste que je ne veux pas montrer mon… mes…

– Tes cicatrices ?

– Oui.

– Tout le monde a des marques, des rides, des vergetures, Élé. Tout le monde ! Tu vois qui que ce soit avec un physique parfait, sur cette plage ?

– Toi, par exemple !

– Ce ne sont pas tes yeux qui parlent, mais l'instinct de survie, parce que c'est moi qui tiens ton destin entre mes mains en ce moment ! Mais Élé, pourquoi crois-tu que je sois tatouée ?

– Tu caches quelque chose ?

– Je montre quelque chose ! Tant de choses ! Je suis brave, j'assume tout ce que la vie m'a fait.

– Mais tu n'as quand même pas été blessée à tous ces endroits, rassure-moi ?

– Un tatouage couvre toujours une blessure. Une blessure du corps, ou de l'âme. Mais allez, montre-moi ! Vas-y, enlève-moi ça, il n'y a pas de honte ! »

Éléonore, incertaine, dévoile délicatement son ventre, tout en scrutant les alentours avec méfiance.

« Tout ce que tu tentes de cacher devient immédiatement visible ! Personne, je te dis, personne ne te regardera, si ton comportement n'est pas suspect. Et là, on a l'impression que tu caches une grenade sous ta serviette. Je veux bien que tu sois gaulée comme une bombe, mais faut pas exagérer, chérie.

– T'es bête !

– Peut-être, mais beaucoup moins que toi. »

***

Les cheveux d'Ophélie, emmêlés et étoilés de grains de sable, s'égouttent de leurs dernières perles méditerranéennes sur le dossier du siège avant de la voiture. Éléonore attache sa ceinture, redoutant le nouveau trajet imposé aux côtés de cette folle conductrice. À l'instant où celle-ci passe la quatrième, sa main droite s'attarde sur le levier de vitesse, sous le regard interrogateur de sa passagère.

« Pourquoi un treize sur la main ?

– Pardon ?

– Pourquoi as-tu un treize tatoué sur le dos de ta main ?

– C'est symbolique.

– Tu es superstitieuse ?

– Juste super, chérie. Mais non, justement pas.

– Alors pourquoi ?

– Normalement, ça ne se dit pas.

– Pardon… mais comme c'est tellement ostensible, c'est difficile de ne pas remarquer.

– À toi je peux raconter, tu n'es que de passage. »

Étrangement, ces derniers mots atteignent Éléonore en plein cœur. Il se resserre sur cette vérité douloureuse : elle ne restera pas, repartira comme elle est venue, dans un songe. Tout peut être dit, à ceux qui ne font que transiter. Ils ne s'impliquent pas, ne risquent pas de briser la confiance ou de répéter une confidence. Ils n'appartiennent pas au groupe, n'en effleurent que la surface.

« Le treize, c'est celui qui ne devrait pas être là. C'est l'intrus. Celui de trop. Judas, quoi.

– Le treizième apôtre…

– C'est probablement l'une des raisons pour lesquelles on évite d'être treize à table. S'ils avaient invité Marie-Madeleine, ça se serait mieux fini cette histoire… Tu ne savais pas ? Il n'y a quasiment jamais de rangée treize dans les avions, d'étage treize dans les gratte-ciel, de chambre treize dans les hôtels… Ça résume tout, c'est un peu comme ça que sont perçus les tatoueurs, comme des marginaux. Le chiffre treize, c'est aussi une manière de s'affranchir des superstitions. Car dans la plupart des religions, il est dit que l'homme ne doit pas transformer le corps que Dieu lui a donné… T'imagines ? Les pauvres petits vieux, sans leur dentier… Elle éclate de rire. Enfin bref, dans l'histoire occidentale, ça a pris du temps, avant qu'on soit reconnus comme des gens de métier. Et nous avons presque tous un treize encré quelque part sur le corps. C'est un code tacite, entre nous.

– Toi ?

– Quoi moi ?

– Toi, tu es tatoueuse ? »

Ophélie sourit discrètement, heureuse de dévoiler son appartenance à la communauté distinguée des artistes de l'épiderme. Elle relève son short, sans quitter la route des yeux, puis explique en pointant ses roses de l'index :

« Mon premier client, c'était moi ! Je me suis dessiné ces fleurs quand j'avais dix-huit ans. Elles sont imparfaites, totalement irrégulières et certaines vraiment moches. Malheureusement pas les plus discrètes ! J'ai testé un tas d'encres différentes, mais j'ai aussi tellement appris sur moi-même. Merci ma couenne ! Je n'avais pas d'oreilles de cochon sous la main et j'en avais marre de tatouer des bananes et des oranges. Les cuisses, c'était aussi la partie de mon corps la plus accessible.

– Ton client de tout à l'heure, c'était donc pour un tatouage ?

– Oui, une Thémis à terminer.

– Thémis ?

– La déesse de la justice. Fille du ciel et de la terre. Il me reste quelques ombrages à terminer, et son glaive à tracer. La justice n'est rien, sans la force qui permet de la faire appliquer ! Mais tu verras, tout à l'heure, tu vas m'aider à préparer le salon. Nous allons tout nettoyer et désinfecter. La place de travail doit être parfaitement nette. On ne dirait pas, mais c'est un métier de conscience et de rigueur, pour s'autoriser à procéder à une effraction cutanée, oui, c'est comme ça que ça s'appelle, dans le langage légal. Pour cet après-midi, heureusement, le client est un habitué. C'est une grande pièce. Pas seulement le tatouage, le type aussi ! Tu verras, je te montrerai comment tu peux m'assister.

– Oui, d'accord. Je t'aiderai…

– Plus tard, tu aimerais que je te couvre ?

– Que tu me couvres ?

– Tes cicatrices, je peux les couvrir. Je peux les transmuer en ce que tu veux, leur donner une nouvelle vie, te faire te sentir majestueuse, en les faisant devenir le symbole que tu souhaites.

– Je ne crois pas non.

– T'as peur des aiguilles ?

– Non, je n'ai pas peur. Mais je ne crois pas que je sois prête à un acte aussi définitif. Je n'ai jamais eu envie de ça, marquer ma peau.

– Il ne te reste alors qu'une seule option pour tes cicatrices.

– Laquelle ?

– Les aimer. »

Une effraction cutanée. L'expression ne lui serait jamais venue à l'esprit. Éléonore, le bras ballant à la fenêtre, cligne des paupières, se laissant éblouir par l'effet stroboscopique des rais de soleil, entre les palmiers du boulevard qui les emportent vers le salon d'Ophélie. L'illégalité transpire du terme d'effraction : il est question de faire voler en éclats des portes, des barrières, des fenêtres… Il s'agit de pénétrer, dans ce cas paradoxalement avec autorisation, dans l'intimité d'une personne. Sa maison, sa peau, son corps, peut-être même son cœur. Tatoue-t-on les cœurs brisés ? Le consentement de l'aiguille ne touche pas seulement à l'esthétique. Si Éléonore se résout à accepter les soins qui lui sont proposés, elle donnera à son chirurgien un blanc-seing pour introduire des outils dans son organisme, des ustensiles qui le modifieront et le transformeront à jamais. Il retirera des bouts d'elle pour recoudre une survie, de bribe en bribe. Comment ne pas l'appréhender comme une invasion guerrière, une intrusion incontrôlable, alors que sa conscience sera anesthésiée, son esprit bâillonné... Lorsqu'elle s'alcoolise, ne perd-elle pas cette même maîtrise qu'elle prétend défendre à tout va? Lâcher prise, s'y préparer, apprivoiser l'idée, la faire sienne, faire corps avec. Son anatomie complète, ses mystérieux dédales intérieurs devront accueillir la nouvelle, se détendre et se préparer à l'assaut pourtant salvateur. Accepter d'avance les cicatrices, même invisibles. Faire peau neuve, muer. Abandonner son exuvie de libellule sur la tige d'une graminée, guérir et accorder à son enveloppe de ne pas être déchirée, mais délicatement entrouverte, par un ouvre-lettre serti de perles d'Ohrid. Délicatement, avec tendresse et soin, pour ne rien briser à l'intérieur. La peau des stigmates est si tendre au toucher.

À l'image d'une Ophélie, elle aimerait rencontrer un médecin à la fois drôle, à l'écoute, patient, modeste et persévérant. Capable de se remettre en question et d'échanger, d'expliquer tranquillement. De répéter s'il le faut. Une ablation, une couture, puis une nouvelle image tatouée à vie. Elle se souhaite un soignant qui sache dessiner sans gommer.

***

Ophélie adresse un clin d'œil à Éléonore avant de refermer la porte de son salon sur un imposant éphèbe en quête de justice aveugle. La préparation de la table ainsi que la stérilisation du salon et des outils de travail se sont déroulées en musique, dans une atmosphère de rires et de pas de danse improvisés. Le client ne souhaitant pas d'assistante, craignant de verser une larme devant deux femmes à la fois, Éléonore dispose donc de son temps. La température extérieure abrutit les pensées, elle décide de flâner un peu dans le boudoir du salon. Il s'y trouve de quoi se désaltérer, mais aussi des catalogues de motifs, une machine à coudre empêtrée dans des masses de tissus, une robe suspendue à une tringle à rideau, ainsi qu'un petit rayonnage de bibliothèque, orné de romans jaunis et écornés. Un fauteuil Chesterfield rouge cognac l'attend dans l'angle de la pièce, les accotoirs grands ouverts, en vue d'une petite sieste méditative. Elle ouvre la porte du réfrigérateur d'appoint qui sert de desserte d'entrée, pour se servir en eau pétillante. Les abus de la veille demandent une hydratation appuyée tout au long de cet éreintant lendemain. Elle s'installe et commence à feuilleter le cahier d'Ophélie, où se succèdent les portraits sans tête de ses clients. Des divinités de toutes les cosmogonies embrassent indifféremment épaules, mollets, bas-ventres et pectoraux. Aucun corps ne se sublime par sa perfection, mais tous la touchent par les rougeurs d'une fraîche transformation, traduisant un nouveau départ. Elle ne serait pas surprise de tomber sur la sublime Gismonda ou sur la grâce de Cléo de Mérode, alanguies sur une cuisse, tant l'univers d'Ophélie s'inspire de l'esthétique d'Alfons Mucha. Page après page, elle ignore les poils ou la cellulite, pour se laisser transporter par des intentions, des guérisons, des proclamations. Liberté, reconnaissance ou encore amour s'incarnent à fleur de peau, pour expier un passé devenant avenir. Elle referme le cahier, s'approche de la fenêtre dont elle écarte de deux doigts les lames du store. Devant l'échoppe, une petite place s'étale. Des hommes d'une septantaine d'années jouent aux boules. Sans le son, elle peut pourtant observer les interactions : trop haut, trop loin, mais qu'est-ce que tu fous, bon Dieu, eh, tu prends un autre verre ? La vie s'agite tranquillement, habite les moindres recoins de ce square aride comme une hostie. La jeune femme s'approche de la machine à coudre, ne sachant pas si elle appartient aussi à Ophélie. Rapièce-t-elle ? Crée-t-elle ? Suit-elle un patron ? Cela la surprendrait, connaissant l'énergumène, pourtant les calques sont bien là, sous les bandes de tissus. Se permettra-t-elle de déranger ce désordre sans l'amplifier? Elle n'ose pas frapper à la porte du salon pour demander l'autorisation, de crainte de faire sursauter Ophélie et que le glaive de la justice ne transperce le corps du jeune homme. Elle fouille donc dans la pile de tissus de satin et de coton, extrayant les feuillets décrivant la facture de jupes, robes et chemisiers. Ces modèles admirables flattent l'imagination, suivent des courbes de hanches, de seins et de fesses. Cette robe crayon, là, à col bateau, s'agrémente de nœuds et de fausse fourrure. Des accessoires auxquels jamais Éléonore ne prétendrait, et pourtant, les femmes des années soixante ne manquaient certainement pas d'élégance... Chaque modèle porte le nom d'une belle historique: Olympe, Sissi, Joséphine, Audrey, Frida ou Isadora. Sur la tenue suspendue au-dessus de la table de travail, le patron est épinglé au bas du jupon. Éléonore le retourne pour trouver le nom de cette impertinente et séduisante enveloppe, qui attend visiblement son ourlet. Elle approche son visage et lit, très distinctement: Aliénor.

Aliénor n'est rien d'autre qu'un modèle de robe. L'Aliénor de Sœur Marie-Marcelle se dresse, là, devant ses yeux, comme si elle ne se permettait pas encore la troisième dimension, celle de la réalité. Elle semble, elle aussi, attendre le retour du père d'Honorine, lui qui réparera cette fichue machine à coudre, miracle qui lui permettra de raccourcir ce tissu, dévoilant ainsi ses si jolis genoux. Ce fourreau, porteur de ses rêves, de ses projets de danse et d'ensorcellement, n'est ni duchesse, ni reine. La personnification du destin de la nonne pend là, accroché à un cintre en plastique, derrière une fenêtre obstruée pour se protéger de l'air trop chaud d'un énième mois de juillet dans l'histoire du monde. Éléonore s'abandonne à un sanglot muet. Que devient Sœur Marie-Marcelle? Qui lui rend visite, qui réveille tantôt Honorine, tantôt la servante de Dieu ? Pourquoi, juste avant le départ, s'est-elle fâchée avec celle qui lui a tout appris, sous prétexte qu'une fois, une seule, elle s'était permis d'exprimer ce qui aurait pu être son attente à elle ? Parler des enfants potentiels d'Éléonore n'était pas parler du destin d'Éléonore. La Sœur se dévoilait par cette approche, montrait son souhait étouffé et annihilé de jeune femme d'une autre génération. Et Éléonore n'avait pas écouté, trop centrée sur son propre ventre, sa propre tête et ses propres questions.

Jade et Aliénor, une plante grasse et une robe, n'étaient pas de simples objets, mais de véritables sujets, messagères des attentes de la vie, soit d'une prostituée, soit d'une bonne sœur. Des prolongements de soi, des catharsis heureuses face aux douleurs continues de l'existence. Elles retenaient, dans leurs feuilles ou dans leurs froncements de velours, la foi en l'avenir, le réconfort de ne pas demeurer totalement seules au monde et l'envie de ne pas être que de la peau et des os, mais tout un univers d'espoirs et d'aventures à mener à terme.

***

Sur la table de la cuisine, les pelures d'oignons rouges, les épluchures de carottes et d'un concombre s'entremêlent en une toile expressionniste. À plat ventre sur la planche à découper, deux moitiés d'un bulbe attendent l'exécution de leur sentence. Éléonore sèche la lame de son couteau suisse qu'elle vient de rincer, réanimant bruyamment l'appartement de gargouillis. Elle avale un grand verre d'eau et grimace en se souvenant de ces tasses de chlore bues à la piscine municipale de son adolescence. L'or bleu des montagnes, qui glisse dans son corps comme une caresse intérieure, lui manque. Le sel de la mer ne remplace pas toujours la pureté des sources glacières. La jeune femme s'attelle à détailler l'oignon rouge, très attentive à ne pas entailler ses doigts. L'aiguisage fin est un art qu'elle affectionne depuis toujours. Enfant, dans la forêt avoisinant la maison de ses grands-parents, elle sculptait de petites figurines dans les bois tendres que les branches lui tendaient, avant de les peindre pour les exposer ou les offrir à ceux qu'elle aimait, en guise d'amulette. La dernière personne à qui elle avait offert un tel présent était Liv, alors qu'elles étaient pourtant déjà adultes. Cette dernière expression de son enfance insouciante et porteuse de magie tenait en équilibre au-dessus du cadre du miroir de la salle de bain de sa meilleure amie. Un ange gardien miniature, auquel Liv adressait sa reconnaissance tous les matins, ne sachant guère si cette sorcellerie opérait réellement. Elle n'y voyait aucun risque, car ce petit animal, dont elle n'avait jamais su définir l'espèce, lui rappelait l'amitié que lui prêtait l'intrigante Éléonore.

Une fois l'oignon sacrifié, puis jeté dans un saladier, la jeune femme suit sa recette improvisée en s'attaquant à la chair molle du concombre. Le vautour fauve n'en ferait qu'une bouchée ! Les cubes verdâtres rejoignent la préparation qu'Éléonore arrose de quelques gouttes de citron. La cuisine l'inspire, mais elle n'a jamais réellement accordé de temps à respecter une recette. Aujourd'hui, son effort se justifie par sa gratitude d'être accueillie. Si Ilias n'a pas faim, la salade patientera. Les tomates, le persil, le poivron jaune rejoignent la farandole colorée, découpés minutieusement. Ce doit être là ce qui distingue l'humain de l'animal : la maîtrise de la lame. Les ancêtres ont commencé par tailler des pierres et des galets, pour découvrir et allier le fer et l'acier, pouvant ainsi racler, gratter, hacher, faucher, percer ou trancher ce qui allait améliorer leur quotidien barbare. Elle pourrait se saisir de l'un des sabres du salon pour émincer son basilic ; le sommet de l'évolution !

Un bruit de pas interrompt le flot de pensées. Son hôte rentre. Il lui paraît subitement étrange d'être installée si confortablement chez un inconnu, à préparer un repas avec des ustensiles dont elle a dû bouleverser le rangement méthodique. Ilias entre dans la cuisine :

« Re-bonjour Éléonore !

– Salut Ilias ! Je nous prépare une salade. J'ai acheté du pain et quelques bricoles, en rentrant du salon d'Ophé. J'ai pris un peu de tout, je ne sais pas ce que tu aimes. Enfin, je ne sais pas si tu veux manger… avec ton rythme décalé. Mais ça peut attendre, aussi.

– C'est gentil de ta part. Et c'est une bonne idée avec cette chaleur. C'est bien que tu aies laissé les rideaux fermés. On étouffe vite, sinon. Mais qu'est-ce que tu utilises comme couteau ?

– C'est mon couteau suisse. Il ne me quitte jamais… C'est un cadeau de mon grand-père. Oui, le mien aussi, il aimait bricoler. Mon père était furieux quand il me l'a offert. On ne met pas d'armes entre les mains d'une gamine ! Mon grand-père a rigolé. Il a dit que pour traverser la vie, tout le monde devait avoir son couteau. Que je n'étais obligée de tuer personne avec ! Et que si je savais au moins me servir du tire-bouchon, ce serait déjà un début…

– Je crois qu'il n'y a que les Suisses qui ont un tire-bouchon sur leur couteau. Je n'ai jamais vu ça sur aucun autre canif. Mais Élé, pour cuisiner, ce n'est pas pratique ! Tu n'as pas vu le set à côté du micro-ondes ? Chaque aliment mérite sa lame. Les saveurs ne sont pas les mêmes, selon la taille que tu leur imprimes. Une rondelle de carotte n'a pas le même goût qu'une lamelle ou qu'une julienne…

– Désolée… je ne suis pas vraiment connaisseuse. Je n'ai jamais travaillé avec autre chose que mon couteau suisse. »

Ilias le saisit des mains d'Éléonore, l'essuie sur le bord de la planche à découper, puis penche la lame pour la faire glisser le long de son pouce. La jeune femme l'observe, hésitant à lui signifier que même s'il s'agit d'un couteau de femme, il coupe diablement bien. Ilias semble satisfait et rend son outil à sa propriétaire. Son inquiétude ne semble pas liée au genre de sa détentrice.

« Le plus important, c'est que tu saches t'en servir, quelles que soient les circonstances. Mais je dois dire qu'un couteau suisse et une Falcata, c'est drôlement impressionnant, pour une seule personne. J'ai d'ailleurs une bonne nouvelle pour toi. Demain, en fin d'après-midi, tu peux m'accompagner à l'atelier, on va s'occuper de ta moto. Tu pourras poursuivre ton voyage, ensuite. »

Éléonore se surprend à redouter ce nouveau départ, ce nouveau deuil, cette nouvelle familiarité à quitter, encore. Ilias paraît tout aussi emprunté. Ses yeux semblent figés sur le mélange multicolore dans le saladier. Elle y a vraiment tout combiné, dans une incroyable anarchie.

« Tu sais d'où viennent les falcatas ? murmure-t-il, le regard encore emprisonné par les couleurs.

– Du Japon.

– Non. Ce sont les katanas qui viennent du Japon.

– Euh, oui, certainement… mais je ne vois pas bien le rapport.

– Les katanas sont japonais. Les falcatas sont ibériques.

– J'ai toujours cru qu'elle était japonaise.

– Ta Falcata est japonaise. Les falcatas sont ibériques. Et c'est de là que la tienne tient son nom. Élé ?

– Oui ? répond la jeune femme, qui ne comprend pas bien le raisonnement de son hôte, dont la fatigue doit brouiller la suite logique des pensées.

– Est-ce que je peux te montrer quelque chose ?

– Je pense, oui, bien sûr…

– Mais pour te montrer ce quelque chose, il faut que tu acceptes que je t'accompagne un peu dans la suite de ton voyage. Tu avais une destination précise pour la suite ? Tu es attendue quelque part ? »

Éléonore reste interdite et pourtant, un profond espoir prend son élan. Ne pas poursuivre son cheminement complètement seule ! Et qui plus est, avec un être qui la fascine depuis leur rencontre. Elle se donne de la contenance, tente de laisser croire que ses projets jusque-là étaient clairs dans son esprit puis se fend d'une réponse :

« Je serais ravie que nous poursuivions ce voyage ensemble. Et que tu me conduises quelque part. Mais… ton travail ?

– Je vais prendre quelques jours.

– Où irions-nous ?

– Tolède. »

L'art, mes enfants, c'est d'être absolument soi-même,
Et qui m'aime me suive et qui me suit qu'il m'aime,
Et si personne n'aime ou me suit, allons seul.

Paul Verlaine, *J'ai dit à l'esprit vain, à l'ostentation*

Douzième chapitre

Pourquoi d'artifice? Un artifice ne cherche-t-il pas à cacher une vérité, alors qu'en cet instant même, il éclate de mille feux, dans la profondeur de la nuit, devant les yeux écarquillés de milliers de spectateurs? Des myriades d'étincelles dorées pleuvent sur la mer, dans laquelle elles s'éteignent, pour devenir cendre puis sable. Éléonore ne s'est jamais particulièrement sentie attachée à sa fête nationale, ayant passé une bonne partie de son enfance dans les pays de l'Est. Son père se donnait pourtant la peine chaque année de rôtir des cervelas à la poêle, à défaut de pouvoir allumer un véritable feu du 1er août – aucun autre Suisse n'étant présent, ce choix peu orthodoxe ne devenait pas discutable –, d'incendier un vésuve sur leur terrasse et d'offrir à chacun de ses enfants des allumettes Bengale à agiter frénétiquement, comme le voulait la coutume. Thomas, trop soucieux de gâcher un potentiel plaisir qui aurait pu servir en de futures grandes occasions, ne les enflammait jamais, et les cachait dès que possible dans son coffre à secrets. Il ne les avait pourtant jamais fait crépiter, ni le jour de son mariage, ni celui de la naissance de Juliette ni d'Axel. Il repoussait toujours la joie au lendemain, comme s'il craignait de se laisser envahir ou déborder par un sentiment auquel il n'aurait pas été préparé. Il avait peut-être, lui aussi, peur de perdre une forme de maîtrise de soi, ou une ultime part de félicité.

Sa sœur, tout son contraire, embrasait aussitôt le bâton, si enthousiaste à l'idée de voir pétiller l'invisible. Cette magie inexplicable l'inondait d'une exaltation pure. Une effervescence qu'elle rechercherait alors toute sa vie, au mépris des conventions, et de la bienséance parfois.

Ophélie pose sa tête sur l'épaule d'Éléonore et lui murmure :

« C'est beau, non ?

– C'est magnifique.

– Liberté, égalité, sororité ! »

Éléonore pouffe. Cette déclamation, très solennelle, l'amuse et la convainc. Mieux qu'une amie, elle a bel et bien rencontré une sœur. Nombreuses sont-elles, parfois aînées, parfois cadettes, mais toutes participent au grand périple ; elles indiquent, avec bienveillance ou avec une certaine rugosité, le chemin du cœur et des tripes. De toute évidence, elles connaissent parfaitement l'anatomie des sentiments et ont le courage des mots, l'attachement devenant ainsi inconditionnel. Une bonté franche touche alors sa cible, prend possession de chaque cellule et fleurit, comme les cerisiers au printemps. Le corps reconnu existe et exulte enfin, dans sa plénitude, de la pointe des cheveux jusqu'au bout des orteils, même cabossés par les accidents de l'existence.

Les sursauts provoqués par chaque explosion festive propulsent encore un peu plus d'adrénaline et d'ivresse enfantine au creux du ventre et le long de l'échine d'Éléonore. La jeune femme s'extasie devant le spectacle de ces inflorescences chinoises qui semblent s'être extirpées des jambes d'Ophélie pour filer resplendir au firmament. Les bleus, les dorés, les blancs et les rouges jaillissent des particules d'oxyde métallique, piquant la peau du ciel de pivoines, de palmiers, de marrons d'air et de saules pleureurs éphémères. Aussi, toutes ces comètes incandescentes parsèment-elles certainement la couette de Christophe, le grand garçon d'Évy, à des centaines de kilomètres de là, dans une mélodie de cuivres tonitruants! Les souvenirs s'entremêlent, écrivent des partitions de mélancolies douces, et dessinent la nostalgie d'un pays tendre abandonné.

Ilias sort des bières de la glacière posée devant lui, les décapsule et les tend une à une à ses voisines, qui font passer à leurs voisins. Ils lèvent tous d'un seul geste leur bouteille et crient presque, pensant couvrir le bruit des feux d'artifice: «Santé!» Éléonore avale une grande lampée de bière, bien décidée à savourer l'instant. Ophélie assène:

«Quelle monstrueuse débauche de fric, quand même!

– Complètement inutile. Mais tellement poétique, non?

– Va dire ça aux animaux! Et aux réfugiés? T'imagines le traumatisme des détonations?

– Ça me fait penser aux minages d'hiver, chez moi, pour prévenir les avalanches. Mais un feu d'artifice, c'est un moment spécial, joyeux! Je veux dire, tout le monde regarde dans la même direction, au même instant et…

– Tu t'es prise pour Saint-Exupéry, Éléonore?

– Je suis sérieuse. Là, maintenant, qu'on soit fauchés sur le sable, ou à bord d'un voilier en train de sabrer le champagne, on est tous en train de contempler le même spectacle. De se réjouir comme des gamins, quelle que soit notre condition! Moi, ça m'enchante, ce genre de moment. J'ai l'impression de faire partie d'un tout, d'un groupe… On partage un truc.

– Elle va bientôt nous sortir les violons !

– T'es bête Ophélie, tu vois ce que je veux dire!

– Mais oui, je vois ce que tu veux dire. Et même si c'est la fête nationale ce soir, ce n'est pas forcément le sentiment d'appartenance à un pays qui nous réunit, mais le fait d'être humain. De pouvoir s'extasier devant de la bête poussière noire qui explose en arcs-en-ciel! Bien sûr que je comprends ça, chérie. C'est l'euphorie qu'on recherche tous. Cet éclatement profond, cette détonation inexplicable ! Woaw ! C'est la vie !

– Oui, c'est la vie ! »

Les garçons se taisent, laissant les filles digresser sur ce qu'ils ressentent tous, au plus profond d'eux-mêmes. Ils aiment leurs petites voix qui égaient la plage, pendant que ça pétarade dans l'atmosphère. Les coups s'espacent pour finalement disparaître complètement dans les applaudissements de milliers de mains, petites et grandes, nues ou baguées d'or, aux ongles rongés ou manucurés. Il n'en reste pas moins que toutes ces paumes se joignent, l'espace de quelques claquements, au rythme d'une communion laïque, d'un rituel païen fondamentalement commémorateur. Ilias, les filles, Marc et les autres gars du groupe restent assis sur leurs couvertures appondues les unes aux autres, dans leurs menues tenues estivales, sirotant leur mousse en observant les fumées se dissiper. Une insupportable vision pour Marc, qui roule aussitôt une cigarette. Un silence relatif mais réconfortant s'installe, pendant que les autres plagistes commencent à rejoindre les bars, où ils danseront et picoleront toute la nuit. Éléonore se laisse tomber en arrière et s'allonge complètement pour admirer les astres qui se distinguent petit à petit, après s'être fait voler la vedette, le temps de quelques poudres aux yeux. Tout le reste du groupe suit le mouvement. Nul besoin de bavarder, ils prolongent ainsi le charme du moment. Ce sont là les instants où l'on reconnaît celles et ceux à qui l'on peut accorder sa confiance ; il n'est absolument pas nécessaire de parler.

Éléonore se laisse surprendre par un tressaillement. Le dos de sa main frôle le dos de la main d'Ilias. S'effleurent-elles vraiment ? Ou serait-ce un piège de son imagination ? S'est-il rapproché de sorte que leurs peaux commencent à s'aimanter, ou a-t-il simplement posé sa main à cet endroit, parce que c'est là que finit son bras ? Après le frisson, c'est la chaleur qui commence à submerger la jeune femme. Elle se répète en boucle « Ne pas casser Ilias, ne pas casser Ilias, ne pas casser Ilias ». Il ne faut rien entreprendre et ne pas le laisser amorcer quoi que ce soit, même si l'attraction paraît évidente, peut-être même réciproque. Cependant, demain ils partent pour Tolède. Et ensuite, leurs chemins se sépareront irrémédiablement. Et elle l'a promis à Ophélie, de « ne pas casser Ilias ».

***

Llivia. Une enclave espagnole, une excroissance catalane, sur terre française. Si le nom ne lui rappelait pas sa meilleure amie, elle n'aurait sans doute pas retenu ce énième panneau indicateur. L'approche de la frontière participe peut-être aussi à un accroissement de son attention. Éléonore a perdu l'habitude de suivre quiconque, et depuis le départ des Bormettes, elle ne se soucie plus de la destination, mais profite davantage du paysage et de l'environnement, autorisant Ilias à la guider, adoptant son sillage. Il est parfois bon de se laisser porter. Elle le conduira à son tour, le jour où elle lui fera découvrir ses Alpes. S'il le souhaite… Et si elle rentre un jour. Le feu arrière de la Diavel rougit, son pilote indique du doigt qu'ils marquent une pause sur l'avenue des Guinguettes à l'entrée de Bourg-Madame, juste avant la douane des Pyrénées-Orientales.

Éléonore s'installe sous une pergola de glycines encore chargées d'astres violets ; elle abrite la terrasse d'un troquet. Ilias quant à lui se dirige vers le comptoir à l'intérieur, pour commander deux expressos et une bouteille d'eau, avant de s'absenter quelques instants aux toilettes. La jeune femme s'affale inélégamment dans son siège en vannerie, l'une de ces chaises que l'on retrouve en série sur toutes les terrasses occidentales : de l'osier brun foncé pour l'ossature, du brun clair pour l'assise et le dossier. Sur l'esplanade en face du café, des hommes s'attellent à démonter les reliefs d'une fête. L'affiche d'un théâtre de marionnettes témoigne du faste écoulé, des rires qui ont fusé. La jeune femme s'étonne que cet art subtil de l'animation de poupées de chiffons existe encore. Il doit s'agir d'une question de tradition, d'ancrage culturel que les Helvètes n'ont jamais eu, contrairement aux Français. Toutefois, pour attirer le jeune public, les farces de guignol n'ont visiblement plus la cote... La Reine des Neiges semble remporter la palme, tous les événements portant son nom ont affiché complets, au vu du trait rouge qui barre la mention « réservation » sur chaque date de l'annonce. Néanmoins, la fête est finie. Les gaillards replient les tentes et les toiles, claquent les armatures métalliques et les chargent à l'arrière de leurs camionnettes, qui emporteront la féerie dans une ville voisine. Dans quelques instants, la place se contentera d'être un parvis sous ses platanes, avec des milliers de gravillons en guise de couverture, sur lesquels deux motos tièdes attendront patiemment, côte à côte, la suite du pèlerinage.

Éléonore triture du bout des doigts la cornaline cachée au fond de sa poche. Après les feux d'artifice sur la plage, Ophélie était venue prendre un dernier verre dans la cuisine d'Ilias. Éléonore s'attendait à des sermons, des recommandations et des instructions sur la manière de se comporter avec lui, avec elle-même ou encore avec la route. Elle avait senti qu'Ophélie n'était guère enchantée par la nouvelle, gardant un silence circonspect jusqu'au moment de la séparation. Pourtant, la néréide s'était alors contentée de présenter cette pierre polie, d'un rouge violacé et irisé de veinules blanches. Ophélie n'était pas fâchée ; elle n'avait qu'un seul conseil à dispenser : le caillou devait rester dans la poche de son pantalon, au plus près de son ventre. Elle cristallisait leurs souvenirs et la solidité du lien qui venait de se tisser. La Française avait baissé les paupières, tenu fermement le galet couleur de sang dans son poing, le treize tourné vers l'éternité. Elle n'avait eu l'air ni de prier, ni de convoquer quelque énergie surnaturelle, elle n'avait pas plissé le front ni les commissures des yeux. Quand elle les avait rouverts, Éléonore avait compris qu'elle devait épanouir sa paume sous cette main. Après avoir déposé son présent, Ophélie avait refermé les doigts d'Éléonore sur la pierre et son visage s'était illuminé. Dès lors, elle ne souhaitait toujours pas disserter de gemmologie, elle avait simplement envie de rire, de danser et de boire ! Ilias et Éléonore avaient tout de même veillé à ne pas trop se laisser enjailler, car la route des jours suivants s'annonçait éprouvante. Ophélie, elle, ne s'était toutefois pas retenue, probablement pour anesthésier un peu la douleur de leur départ. Au moment de quitter l'appartement, elle avait fait promettre solennellement à Ilias qu'il reviendrait. Éléonore, confuse, l'avait entendu répondre très sincèrement qu'il la reverrait bientôt, puisque toute sa vie était là.

Quel trouble, oui ! Elle venait bousculer des quotidiens, prendre le meilleur de chacun, espérer d'eux, exiger même… pour s'en aller ensuite, s'échapper, encore et encore. Jusqu'à quand supporterait-elle les séparations ? Pourrait-elle, après Tolède, oublier Ophélie et Ilias ? Elle n'effaçait rien, ni aucune des personnes qui jalonnaient son parcours, tantôt immobile, tantôt serpentant la terre. Cet espace, qu'elle pensait avoir dégagé dans sa tête, n'avait de cesse de se remplir d'amitié, d'espoirs, d'amour, de tendresse et de joies. Et c'était de drôles de créatures constamment affamées, qu'il fallait donc nourrir. Ou fuir. Voilà qu'elle se mettait à rêver d'un peu de routine, d'habitudes, de s'offrir un écrin de quiétude… exactement ce qu'elle avait quitté, il y a quelques semaines.

« Voilà. Le café va arriver. La patronne a l'air débordée.

– Oh. Excuse, j'étais dans mes pensées. Aucun problème.

– Comment tu sens la tenue ?

– Quelle tenue ?

– Ta tenue de route, comment tu la sens ? Bonne adhérence ?

– Ah, la route, oui, je suis bien contente. Je suis juste encore… consternée.

– Consternée ?

– Par la taille microscopique de cette tige. Quelques millimètres. Un rien du tout, une bricole. Quand tu regardes la bécane, l'épaisseur de la gomme… et ce ridicule petit bout de métal qui peut tout anéantir, par un curieux hasard.

– C'est vrai. C'est curieux le hasard. Mais il a sa part de chance, Éléonore. Tu n'as pas eu d'accident et tu as trouvé de l'aide… on a pu remplacer tout ça rapidement. Ce n'est pas toujours donné de trouver les bonnes pièces ou la personne qui connaît ta machine. Bref, oui, ça fait quelques frais imprévus, ça te ralentit, ça n'est pas ce que tu avais planifié, mais au final, ça t'a permis de rencontrer Ophélie. Et moi… »

La serveuse dépose les deux tasses sur la table, nonchalamment. Éléonore regrette qu'elle ait interrompu Ilias dans son élan, alors elle tente de reprendre :

« Oui. C'est une chance. Je suis si heureuse de vous connaître. Je ne sais pas pourquoi, parfois, je m'obstine à vouloir penser que l'univers conspire, et qu'il cherche à me mettre des bâtons dans les roues.

– C'est humain. Mais Éléonore, sans méchanceté… L'univers n'en a rien à foutre de tes roues ! Je comprends, oui, c'est en voyant le grain de sable dans l'engrenage qu'on se pose des questions. Pourtant, c'est bien l'anecdote, dans la grande histoire, qui rend l'aventure plus drôle, tu trouves pas ?

– Je le trouve plutôt injuste, ce monde, Ilias.

– Vraiment ?

– Une grande absurdité…

– L'absurde a du bon. Il me fait plus souvent rire que pleurer. Mais explique-moi… Quand tu dis que ce monde est injuste, tu t'attends à quoi de lui ?

– Je ne comprends pas…

– D'accord. Pour moi, la justice, c'est une règle du jeu, très arbitraire oui, mais commune, que des gens d'un même groupe conviennent de suivre, pour vivre plus ou moins harmonieusement ensemble.

– Oui… je suis d'accord.

– En revanche, je ne crois pas à la justice absolue… super objective. Je ne crois pas en une force qui tranche, aveuglément, entre le vrai et le faux. C'est notre responsabilité de décider, de donner de la valeur à des situations, à des personnes. Et de trouver notre place. Alors, voilà, si je ne crois pas en la justice, pourtant, je ne pense pas que le monde soit injuste, ni avec toi, ni avec personne.

– Mais ce n'est pas logique du tout !

– Moi, je te parle de justesse, Éléonore. Ce n'est pas la justice qui m'importe, mais bien la justesse. Dans mes actes, dans mes pensées et dans mes mots. Le monde peut donc être juste, selon moi. Absolument juste et adapté… tout simplement parce qu'il est, voilà tout ! Et nous, aussi, nous sommes. Et ce qui fait que nous sommes, ce sont les limites de notre corps et du monde autour. C'est cette frontière qui est grisante. Et tu le sais comme moi, Élé, si nous n'avions aucune limite à taquiner, est-ce que nous roulerions à moto ? Il y a des moyens bien plus confortables de se déplacer… Pourquoi est-ce qu'on brûle dans nos cuirs, toi et moi, en plein été, si ce n'est pour cette exaltation de la limite ? Dès la seconde où nous relevons la béquille de nos motos, nous cherchons la justesse parfaite, le point d'équilibre entre nous et ce qui nous entoure. Enfin, je le vois comme ça. Une danse.

– Je… suis impressionnée par ton raisonnement. Mais… d'où te vient cette… profondeur ?

– Je vais te répéter ce que disait ma mère, la digne fille de mon grand-père, Élé, tu vas aimer : l'intelligence, c'est de savoir qu'une tomate est un fruit. La sagesse, c'est de ne pas mettre de tomates dans une salade de fruits. Je suis comme tout le monde, Élé, je réfléchis. On a ce luxe… quand on pilote. Nous sommes seuls avec nous-mêmes. C'est pour ça que je ne mets jamais de musique dans mon casque. Pour aiguiser une concentration totale, saisir tous les éléments, les bruits, les odeurs, les visions, oui, toutes les sensations… comme une méditation. Nous sommes tellement dans le vif, tellement affûtés, comme des couteaux. On sait que le moindre faux mouvement peut tout détruire, nous détruire. Notre vigilance est notre salut.

– Amen !

– Moque-toi !

– Je sais que tu as parfaitement raison, mais tu m'agaces un peu, à force d'avoir raison.

– Moi aussi, j'ai eu de la chance, quand j'y pense. Mais qu'est-ce que tu m'as fait peur, au bord de la route, à Gratteloup. J'ai vraiment cru qu'il t'était arrivé quelque chose de grave. J'attaquais une belle courbe et voilà que je te vois, couchée au sol. J'ai tout de suite freiné, craignant qu'il te soit arrivé quelque chose alors que je ne te connaissais même pas. Mais tu étais une vie. Bon, c'est la première fois, je dois bien l'admettre, que je tombe sur une motarde qui dort au bord de la route.

– Effectivement, c'est plutôt surprenant. »

Elle marque une petite pause, avale son expresso en une gorgée puis demande :

« Dis, tu connais bien le chemin, il me semble ? En te suivant, je me suis dit… il sait où il va ! Pas de carte, pas de GPS, mais il ne doute pas.

– J'aime bien rouler en Espagne. Une branche de ma famille, d'origine argentine, s'est installée entre Madrid et Tolède. Ma mère m'y a souvent emmené, gamin. J'adore y retourner. Elle a quitté l'Espagne, par amour.

– Je n'y ai jamais mis les pieds !

– Et pourtant, tu pourrais presque tendre le bras d'ici, et y mettre tout d'abord ta main !

– Pour la douane…

– Il n'y a pas de contrôle ici. Si, la douane volante, mais à moto, on ne représente pas vraiment une menace. Il y a de la contrebande dans le coin, mais on n'a pas le profil.

– Tu parles en habitué ?

– Non. Je n'ai jamais rien eu à cacher de ma vie. »

Éléonore s'interrompt et regarde le reste de sucre se dissoudre dans les dernières gouttes de café, au creux de la tasse. La jeune femme cache tant de secrets. Ilias préfère balayer les doutes :

« Tu as besoin de me dire quelque chose avant que nous passions de l'autre côté ?

– Non. Enfin si…

– Dis-moi ?

– On s'arrêtera dormir au bord de la mer, ce soir ?

– Tu aimes l'air de la mer ? murmure-t-il dans un sourire rassuré.

– Je me sens chez moi, au bord de l'eau.

– Si on continue à ce rythme… on arrivera assez tôt pour profiter du coucher du soleil, probablement près de Tarragone. Ce soir, tu t'endormiras dans le bercement des vagues des Baléares… mais tu te réveilleras avec le cri de ses mouettes aussi ! Il faudra aller nous coucher tôt, garder des forces pour demain, nous avons encore de la route jusqu'à Tolède. »

***

De grandes flaques noires barrent la route. Le goudron miroite, ondule à la manière d'une étoffe déroulée au kilomètre pour séduire le chaland. En s'approchant, Éléonore se demande pourquoi Ilias ne les évite pas et pourtant, aussitôt qu'il les atteint, ces nappes moirées disparaissent, se dissolvent, comme par une évaporation magique. La chaleur écrasante brouille les perceptions ; la route est parfaitement sèche et les mirages déguerpissent comme des animaux sauvages. La lumière se reflète sur le sol, bien qu'elle n'y soit pas, physiquement. Ces leurres optiques remettent toujours la confiance d'un pilote en question. Peut-il se fier à ses yeux, à ses certitudes ? À quel moment doit-il renoncer, ses sens ne lui rendant plus fidèlement la réalité ? Liv lui avait décrit des fata morgana, dans le golfe de Botnie, à quelques lieues de la ville de son enfance. Elle avait été complètement bouleversée par ces murs entiers d'utopies, contre lesquelles elle était persuadée que le bateau de son père irait s'échouer. Baptisées en hommage à la légendaire Fée Morgane, capable d'élever des palais au milieu du néant, ces illusions combinaient différents mirages, laissant croire à l'apparition de cités entières, de forteresses, de montagnes ou de châteaux fantastiques se reflétant dans les brumes. Des capitaines de renom y avaient noyé leur réputation, persuadés qu'ils se trouvaient face à des obstacles infranchissables. Éléonore décide de se fier à son compagnon de route, un comportement qu'elle s'est pourtant toujours farouchement refusé d'adopter. Le jugement des autres ne revêt aucune valeur lorsque l'on joue sa vie. Aussitôt, le jour de l'accident lui revient à la mémoire. Il n'y avait aucun mirage au moment où elle négociait ce virage. La tache d'huile sur le sol ne dépassait pas la taille d'une main, elle était bien là, mais au lieu de poser son regard sur la route, elle l'avait fixée et n'avait pas pu détourner son attention. Son cerveau le savait, qu'il ne fallait pas changer de comportement. Il suffisait de survoler l'obstacle, de l'accepter, à défaut de pouvoir l'éviter. Et pourtant, elle était restée tétanisée sur ces quelques centimètres carrés, alors que la route tout autour comptait une bonne largeur sans encombre. Elle n'avait pas pu délier ses yeux du seul écueil. Et à l'instant où sa Falcata avait esquissé ce léger écart, cette infime glissade, Éléonore avait pilé sur le frein, puis tout lâché subitement. Elle connaissait sa bécane par cœur et savait anticiper la moindre réaction sans observer les commandes. Mais ce jour-là, la peur viscérale l'avait emporté sur la raison. Elle distinguait toujours la peur conservatrice de la peur destructrice. Cette crainte-là ne l'avait pas protégée, elle l'avait paralysée. Obnubilée par un rien, une peccadille tout à fait surmontable, elle avait tout envoyé valser. La moto s'était tortillée comme un serpent capricieux et l'avait projetée à des mètres de là. Elle avait eu la chance que sa tête passe exactement entre le goudron et la glissière de sécurité. Elle n'était pas tombée dans le vide, mais dans un pré verdoyant. Depuis ce jour-là, elle n'était plus la même. Quelque chose au creux d'elle avait été bouleversé et retourné. Son corps avait compris qu'il connaîtrait une fin. Sa tête mettrait davantage de temps à le saisir et s'obstinerait à tout remettre en question.

Aujourd'hui, ceux qui chérissent Éléonore convoquent son souvenir comme apparaissent ces visions : à la fois indéfinies et très vraisemblables, pourtant fugaces et incertaines.

***

Le propriétaire de l'appartement indique le code d'un boîtier à Ilias, qui le compose tout en tenant son téléphone collé à son oreille. Ses boucles châtains engloutissent l'appareil, si bien qu'il semble parler seul. Éléonore s'extasie de l'entendre converser dans cette langue qu'elle avait toujours pensé ne pas aimer, préférant les sonorités chantantes de l'italien. La clé apparaît, le jeune homme déverrouille l'entrée de la maisonnette de plain-pied, au-dessus de la crique de Crancs. Il est déjà tard, mais ils pourront encore savourer le coucher du soleil depuis le balcon qui donne sur les falaises. La très touristique Costa Daurada se cisèle entre plages et barres rocheuses, mêle les derniers cris du jour des juillettistes aux premiers chuintements des vagues nocturnes. Avant d'arriver au logement, ils se sont arrêtés faire quelques courses dans une supérette. Ils déballent leurs provisions sommaires sur la table de la cuisine. La jeune femme emporte les sacs délestés dans la chambre, pour libérer un peu de place. Lorsqu'Ilias a choisi le logement sur Internet, il a nonchalamment demandé à Éléonore si elle voyait une objection à ce qu'ils prennent une chambre double, qui leur reviendrait évidemment moins cher qu'un appartement à deux chambres. Elle avait acquiescé, le voyage appelant les arrangements. Son compagnon de route n'avait pas semblé exprimer le moindre embarras quant à la proximité de leurs corps. Dans la chambre dépouillée, elle découvre un grand lit, ainsi chacun trouvera sa place. Elle dépose les bagages de son compagnon de route dans un coin et extrait quelques affaires de son sac. Éléonore déteste dormir trop vêtue, mais fera l'effort de se couvrir afin de ne pas trop embarrasser Ilias. Elle retire son pantalon en Kevlar et les multiples couches protectrices pour revêtir un short et un t-shirt, plus légers, qui lui permettront de savourer la soirée estivale.

Dans la cuisine, Ilias déballe les deux salades toutes préparées qui composent leur repas, ainsi que le pain et le jambon Serrano. Il trouve une nappe en toile cirée jaune, très laide et déchirée par endroits, mais s'en contente, et l'étend sur la table ronde du balcon. Il dégote les coussins assortis, bien délavés par le temps et le soleil, qui couvriront les chaises face à la mer. Des verres dénichés dans un placard en formica accueilleront la bière Estrella Damm, restée encore fraîche depuis sa sortie du frigidaire du magasin. La jeune femme emporte la bougie et les allumettes qui trônent sur le meuble d'entrée. La lumière déclinant, cette petite touche apporte un peu de poésie à ce balcon nu et défraîchi. Ilias sourit, tout en retirant enfin sa veste de cuir. Il la suspend à l'entrée, où il réunit les bottes de sa camarade en une paire sagement symétrique puis rejoint la véranda, où il s'assied, penché au-dessus de la balustrade pour mieux observer la mer et l'horizon. Il brise le silence en levant son verre :

« À notre périple !

– À nous, et les autres, on s'en fout !

– C'est sublime, cette mer. Je suis content de partager ça avec toi. Tu sais… Ophélie m'a dit de faire attention à toi. D'être à l'écoute, parce que tu avais… des soucis.

– Oui, c'est vrai, j'ai quelques petits ennuis de santé, qui peuvent, parfois, me ralentir.

– Tu me dis, si on doit faire des étapes de plus, si on doit s'arrêter. Je veux bien être à l'écoute, mais je ne peux pas deviner, même si j'aimerais bien parfois avoir ce don-là. Il faut me parler.

– Merci Ilias. Je te dirai, promis. Pour l'instant, tout va bien, c'est une période un peu plus calme pour mon corps.

– Tu n'as jamais besoin de te justifier avec moi, ni d'expliquer. Il suffit de me dire ce que tu ne peux ou ne veux pas dépasser. Mais tu ne me dois rien. Jamais.

– Elle t'a expliqué la nature de mes soucis ?

– Non. Elle sait comment je fonctionne. Je suis curieux de tout, mais pas de l'intimité des autres. Je ne m'intéresse qu'à ce qui me regarde ou à ce que les autres veulent bien me confier.

– Tu ne ressembles à personne, Ilias.

– J'aime et je respecte les gens, mais j'aime aussi la solitude. Elle est bienfaisante.

– J'aimerais être comme toi.

– Tu n'as pas l'air de craindre la solitude. Et tu m'as l'air d'être parfaite, telle que tu es. Tu me fais rire. Tu es mystérieuse, entière, un tantinet susceptible et un peu folle aussi. Vous vous êtes bien trouvées avec Ophélie ! Une bonne folie. De celles qui mettent de la joie dans la vie des autres. C'est dommage que tu ne reviennes pas aux Bormettes. Mais tu as probablement encore du chemin. »

Ilias et Éléonore observent l'étendue de la mer qui s'assombrit au contact de la nuit qui tombe. Elles vont peu à peu se confondre et ne former qu'un, d'ici quelques instants. Le soleil se noie au lointain et pourtant, aucune lune n'apparaît. Les ténèbres commencent à se ponctuer de constellations, guides de tout voyage, même bref.

Les deux jeunes gens finissent de savourer leur boisson puis remisent les restes de leur agape, soufflent la flamme de la bougie et entrent dans cette maisonnette qui est la leur, l'espace d'une poignée d'heures. La chorégraphie de leurs gestes se veut lente et délicatement coordonnée, chacun connaît le rôle à tenir, comme s'ils se connaissaient depuis toujours. Éléonore dispose de la salle de bain en premier, se brosse les dents, applique un peu de crème sur son visage. Elle ne regarde pas son reflet, car il lui semble être devenue tout autre, depuis le début de ses pérégrinations. Elle ôte ses lentilles de contact et chausse ses lunettes optiques. Se montrer à Ilias avec cet accessoire lui paraît un signe d'une extrême connivence. Elle n'aime pas son visage derrière les verres amincissants, qui lui donnent un petit air de portrait cubiste. Néanmoins, le jeune homme semble indifférent aux apparences. Elle libère la salle d'eau pour aller se glisser sous les draps, dont le contact s'avère plus doux qu'elle ne l'aurait imaginé. Elle se tourne vers le bord du lit, dans un esprit de préservation d'intimité. Ilias pourra se coucher auprès d'elle sans avoir le sentiment d'être observé, contrairement au jour où il s'était dévêtu, avec Marc, dans le garage. Elle se remémore sa stature et sa musculature engagée. Elle retient une silhouette énergique et animée, mais chasse ces pensées de son esprit, aussitôt que le trouble s'installe. Les murs d'une épaisseur de papier à cigarette laissent sourdre l'intensité du flux lorsqu'il pisse puis tire la chasse. La jeune femme tente de faire abstraction et de ne pas imaginer son corps dénudé. Elle l'entend encore se laver les mains et probablement les dents et le visage. Il arrive sur la pointe des pieds, supposant qu'elle est peut-être déjà partie vers les songes, et s'allonge près d'elle, en lui murmurant un «bonne nuit» plein de subtile précaution. Elle retire alors ses lunettes qu'elle pose, frémissante, sur la table de chevet. Le poids et la chaleur d'Ilias empreignent immédiatement le matelas. Il lui semble qu'elle va couler vers lui et qu'elle devrait s'agripper pour ne pas basculer contre son corps. La respiration calme et de plus en plus espacée d'Ilias la laisse imaginer qu'il n'a aucune idée derrière la tête. Il se laisse emporter par le sommeil, après cette longue et caniculaire journée de route. Éléonore clôt alors ses paupières et pose sa main sur son ventre, l'auriculaire et l'annulaire juste en dessous de l'élastique de sa culotte. Elle couvre ainsi toute la surface qu'elle entend apaiser avant même qu'une douleur ne se manifeste. Alors qu'elle commence à sombrer, malgré le souci d'occuper l'exacte portion de lit qui lui est dédiée, elle sent un mouvement dans les draps, qui l'extirpent tout juste de son endormissement. Toute la longueur du corps d'Ilias vient se calquer sur le sien, en chien de fusil. Elle sent le feu l'envahir, et n'ose pas esquisser le moindre mouvement. Le torse d'Ilias s'accole à son dos, son bassin accueille ses fesses et ses jambes longent les siennes. Il dépose un minuscule baiser à la base de sa nuque et pose son bras le long de sa hanche. Éléonore est désormais parfaitement éveillée, ses yeux myopes tout écarquillés. Pourtant aucun signe de désir physique ne pointe au bas de ses reins, il l'étreint tendrement, sensuellement, sans manifester aucune pression physique. Elle ne s'avise même pas de frissonner, tant elle redoute de lui donner un signe malvenu. Ilias reprend dans un soupir: «Dors bien, Éléonore. Je suis là.» Et il s'abandonne un peu, mais pas trop, tel un fauve aux aguets: paré à tout besoin de protection, rassurant pour qu'elle puisse se reposer en toute quiétude.

Si j'avais coupé ses ailes
Il serait à moi
Et il ne serait pas parti
oui mais alors
Il ne serait plus un oiseau
Et moi,
C'est l'oiseau que j'aimais

Joxean Artze, *Txoria txori*

Quatorzième chapitre

Ilias et Éléonore roulent depuis plus de six heures. La jeune femme se sent percluse et sa visière crépite d'insectes. L'application commence à lui faire défaut, malgré les nombreuses haltes pour tromper les hautes températures de la journée. Mais dès que Tolède se découpe à l'horizon, un regain d'entrain la conquiert et la conforte dans l'idée de se trouver là où elle doit être. Une colline se dresse fièrement au milieu d'une terre aride, ceinte par les eaux calmes du Tage. Ilias marque l'arrêt le long de la Carretera Alto accédant au Pont de l'Alcántara. Il retire son casque et descend de sa Diavel pour admirer la ville patrimoniale, juchée sur son roc escarpé. La jeune femme convoque de nouvelles forces, heureuse et émue de découvrir la cité castillane tant convoitée. Elle ôte ses protections, tout en connaissant l'effort qui lui sera demandé pour réenfiler ses pelures, alors que tout son corps suinte et colle.

« Nous y voilà, Éléonore, je te présente Tolède, la capitale de mon Espagne !

– Quel incroyable décor ! C'est comme si elle était sortie d'un conte de fées.

– Ici, c'est le terrain de jeu des vacances de mon enfance. On grimpera peut-être dans les chemins de la Piedra del Rey Moro. Mais fais gaffe, le bord de route, ici, c'est un peu le piège à touristes. Tu resteras attentive en roulant jusqu'au viaduc. Tout le monde ralentit, tant la vue est belle, et oublie les règles élémentaires de conduite, et puis il y a toujours un piéton qui surgit de nulle part.

– C'est un château, tout là-haut ?

– Oui, c'est l'Alcazar. Aujourd'hui, c'est un musée militaire et il abrite aussi une magnifique bibliothèque. Il symbolise parfaitement l'essence de cette ville : il a été un fort romain, puis un palais wisigothique, ensuite une forteresse arabe, et depuis un millénaire, il est aux mains des chrétiens. Mais les murs d'un château, quelle que soit la culture qui l'habite, restent les murs d'un château. Il a survécu à tant d'incendies mais aussi à la guerre civile espagnole. C'est un monument qui ne bouge jamais de sa colline, mais qui s'adapte à la marche de l'histoire et à ceux qui l'occupent, au rythme des conquêtes. Il reste invariable, dans ce paysage. Il le définit, peu importe qui le traverse ou qui tente de le renverser.

– Une belle forteresse. Elle surplombe tout ! On dirait qu'elle veille sur la cité.

– Peut-être. Viens, on va pouvoir garer nos motos juste avant la porte de l'Alcántara. J'ai un copain qui a une place abritée juste là. On prendra le petit bus pour monter en ville. Mon pote Andres nous laisse un studio qu'il loue habituellement sur Airbnb, près de Zocodover. Tu verras, c'est bizarre, parce que la place a été complètement colonisée par les fast-foods et les ombrelles multicolores des guides de tours organisés. Mais c'est le cœur battant de Tolède, son nœud historique. Tout s'y est passé et rien ne s'y passe. On va aller poser nos affaires, manger un bout, je connais un resto sympa, et ensuite on va se reposer. Demain, nous aurons tout le loisir de nous perdre dans les ruelles. C'est ce que j'adore avec Tolède, c'est son enceinte de remparts. Tu peux partir à l'aventure dans n'importe quelle direction, tu ne pourras jamais te sauver sans passer par l'une des grandes arcades de la cité. Ici, on entre et on sort toujours par une grande porte. Impossible de se faufiler ni de se défiler. On assume son arrivée et son départ. »

***

Un énième logement. Éléonore se demande dans combien de lits elle a dormi dans sa vie. Ce soir, encore, elle partagera sa couche avec Ilias. Malgré l'incroyable tension sensuelle de la veille, elle avait fini par sombrer. Pourtant, au milieu de la nuit, elle avait hurlé, s'était dressée d'un seul bond et avait dû sillonner la pièce pour s'assurer que sa colonne vertébrale ne lui avait pas été retirée. Ilias, totalement interloqué, s'était assis au bord du lit pour lui parler et la rassurer, après avoir compris qu'un mauvais rêve avait pris possession de son inconscient. Il ne l'avait pas questionnée sur son cauchemar, mais s'était contenté de tenter de la ramener au réel en prononçant puis répétant des mots réconfortants, en lui rappelant qu'ils étaient à Salou, près de Tarragone, en Espagne. Rien ne pouvait leur arriver, et sa Falcata se trouvait à l'abri, dans le garage. Il avait allumé et retourné la tête de la petite lampe de chevet, comme pour ne pas l'éblouir par trop de lumière, et lui avait tendu les paumes ouvertes de ses mains pour accueillir sa peur. Elle s'était alors installée près de lui en s'excusant d'avoir crié, de l'avoir réveillé et en promettant que cela ne se reproduirait plus. Ilias avait conclu en murmurant :

« Reviens avec moi ! Mais ne promets pas ce que tu ne sais pas, Élé. Je vais aller te chercher un verre d'eau, tu vas respirer profondément, boire un peu et te rendormir. La route est encore longue. Tout va bien se passer. »

Éléonore espère ne pas se laisser abasourdir une nouvelle fois par cette image déchirante de son corps réduit à l'impuissance. S'était-elle trop laissé aller, sentant l'aura protectrice et bienveillante d'Ilias l'envelopper ? Avait-elle perdu le contrôle d'elle-même, par excès de confiance ? La jeune femme extrait le baume du tigre de sa trousse de toilette et s'enduit généreusement les trapèzes, massant ses épaules avec assiduité sous sa chemisette. Il ne viendra pas déposer de baiser sur sa peau sans s'y brûler les lèvres.

Ilias tire les rideaux du séjour, satisfait que leur fenêtre donne sur une cour intérieure, totalement protégée de l'ensoleillement du jour. Une tiédeur agréable occupe le studio. Sur la table d'entrée, près de la penderie, quelques dépliants touristiques vantent les mérites de balades patrimoniales, de restaurants à la mode et de reconstitutions spectaculaires, dans un parc à thème, à quelques kilomètres de là. Son portable sonne, il répond aussitôt en espagnol. Éléonore ne saisit pas le sens de la conversation, mais imagine qu'il s'entretient avec Andres, qui doit se soucier de leur bonne arrivée entre ces murs. Elle prend conscience qu'elle est cernée : une gigantesque enceinte de pierres la contient là, avec son compagnon de voyage et des milliers de vacanciers. La jeune femme s'impatiente un peu, il lui tarde d'aller fouler les pavés de Tolède. Ilias raccroche enfin, après avoir ri et bavardé.

Ils marchent côte à côte dans les rues tantôt étroites, tantôt larges, leurs pensées vagabondent entre les menus des restaurants et les façades anciennes, porteuses de tant de passés décomposés. La jeune femme se laisse totalement séduire par l'explosion hybride de l'architecture : les bâtiments hétérogènes forment pourtant un ensemble charmant et harmonieux, un véritable oignon révélant, couche après couche, la sensualité de ses dessous sans couture. Le style *mudéjar* conjugue les cultures juives, chrétiennes et musulmanes dans un joyeux syncrétisme. Des superpositions d'édifices civils et religieux s'épousent en des noces dorées et prospères. Les briques, les *azulejos* et les pierres taillées célèbrent la vie en communauté, dans une harmonie fondatrice, qui a dû subir quelque pacification forcée. Elle ne sait plus où poser son regard de papillon, tant les flammèches sont nombreuses et virevoltantes. Après quelques détours et contours, ils se retrouvent finalement sur la petite Plaza del Ayuntamiento, le nez collé à la Cathédrale Sainte-Marie de Tolède. La jeune femme lève le menton et tente d'embrasser tout l'édifice d'un seul coup d'œil, mais la façade gothique illuminée n'est qu'une portion de son indicible immensité. Ilias s'amuse des pertes d'équilibre d'Éléonore, qui tente de voir plus haut que le sommet du clocher flamboyant.

« C'est la Primada !

– Gigantesque ! À s'en décrocher la tête !

– Tu imagines, il y avait une mosquée, ici, avant sa construction. Toute la ville est bâtie ainsi, au fil des prises de pouvoir des religions. Il y a malgré tout une forme de cohabitation entre les paradoxes qui est merveilleuse. Je ne sais pas pourquoi, mais j'adore cette cathédrale. Elle est la somme de tous les excès, de toutes les ambitions, de tous les superlatifs. Tolède était la capitale de l'Espagne avant Madrid, et il fallait en mettre plein la vue à tout un pays ! La Primada constitue l'un des très importants symboles de la Reconquista. D'ailleurs, il y a un quartier qui porte ce nom.

– Il faudrait des siècles pour en comprendre toute l'histoire !

– Tu ne crois pas si bien dire. Cette ville abrite les secrets de civilisations disparues, mais aussi d'ego très mal placés, crois-moi.

– Pourquoi tu aimes tant cette cathédrale ?

– Sa cloche. Sa grosse cloche ! Mais tiens-toi bien, avant que je te raconte. Rien que la nef principale de la Primada fait plus de quarante mètres de haut. N'est-ce pas indécent, si ? Mais la cloche, la Gorda, c'est une histoire invraisemblable.

– Raconte !

– Les habitants de Tolède te diront que c'est la plus grande du monde chrétien… mais je crois savoir qu'elle est supplantée par celles du Kremlin et de Cologne. Il n'empêche que c'est la plus imposante d'Espagne. Elle doit faire dans les neuf mètres de circonférence et peser près de dix-sept ou dix-huit tonnes. Le grand mystère, c'est de savoir comment elle est montée jusqu'au beffroi de la tour en plein dix-huitième siècle. Toutes les hypothèses sont plus drôles les unes que les autres, et c'est quand la légende entre dans l'histoire que le passé devient amusant. J'aime l'idée selon laquelle des bœufs l'auraient hissée jusqu'en haut, à l'aide d'une grue. Avec ce labyrinthe de rues, je me demande toujours par où ils sont passés. Je suis monté pour voir, parce qu'elle est joliment fêlée. On ne l'entend jamais. Il paraît qu'elle n'a sonné qu'une seule fois, en annonçant une fête patronale juste après son inauguration. Elle n'aurait pas résisté à sa propre résonance ! Il y a plein d'histoires qui racontent que toutes les femmes d'Espagne auraient accouché en même temps, en entendant retentir la cloche, ou alors que saint Pierre, en l'entendant carillonner depuis le ciel, se serait offusqué qu'une si belle pièce ne réside pas à Rome. Il aurait alors, de rage, jeté l'une des clés du paradis dessus, la fendant sur plus d'un mètre. Aujourd'hui, elle ne fonctionne pas, mais tout le monde en est pourtant particulièrement fier ici !

– Toi qui répares tout, tu ne peux rien pour la Gorda ?

– Je ne répare pas les cloches.

– C'est entendu… »

***

La rue s'anime, une rumeur s'élève de Zocodover. L'ancien marché aux bêtes de somme, devenu le théâtre d'un tourisme pressé, négocie ses souvenirs et nids à poussière à des excursionnistes arrivés de Madrid pour combler quelques heures. Ilias et Éléonore s'enfilent dans une rue étroite, espérant trouver un café au calme, où déguster un petit-déjeuner à l'écart du tumulte des estivants. La jeune femme commence à se sentir à l'aise dans ce dédale serré, car il oblige Ilias à l'accompagner de près. De temps à autre, un véhicule surgit de nulle part et file à travers ces sens uniques alambiqués, les amenant à s'écarter l'un de l'autre. La nuit a pansé les muscles meurtris et les membres de la jeune femme retrouvent enfin de leur vigueur. Un accord tacite a une nouvelle fois réuni les corps qui ont pu trouver leur sommeil. Ils se sont confondus, comme deux oiseaux grelottants cherchant à réchauffer leur nid en ne laissant aucune place au moindre courant d'air. Aucun baiser n'a été échangé, aucun geste n'a laissé supposer une autre perspective que cette communion tendre. Éléonore ne sait guère qu'en penser, jamais elle n'a vécu pareille situation. D'ordinaire, les hommes brûlent les convenances et tentent de pénétrer dans sa citadelle, dès qu'un semblant de sésame paraît leur avoir été octroyé. Ilias ne paraît même pas y songer. Le trouble demeure, pourtant elle apprécie cette douceur réconfortante. Elle se plaît à apprivoiser de manière courtoise ce corps complice et délicieux. Au détour d'une rue, Ilias indique une petite terrasse en dévers et elle acquiesce. Les croissants au beurre et le café éveillent les sens, bien qu'il faille supporter les déséquilibres des pieds de leurs chaises et table. La journée peut commencer sereinement.

« Tout à l'heure, je t'emmène à l'atelier de Fermín. Il y est jusqu'à midi.

– Fermín ?

– Oui. Il sait que nous venons. Il va te montrer ce qu'il sait faire, je pense que ça va te plaire.

– Tu es plein de surprises. Mais dis-moi Ilias ?

– Oui ?

– Après Tolède ?

– Nous pourrons rester encore demain. Après, moi, je dois rentrer. J'ai mon travail. Mais c'est vrai, je ne t'ai pas vraiment demandé comment se poursuivrait ton voyage ?

– Je ne sais pas.

– Tu peux continuer en Espagne ou rentrer en France, il y a encore tant de belles routes à explorer, je pourrais te donner quelques idées.

– Je ne sais plus. En vérité… je n'ai pas envie qu'on se sépare.

– Éléonore, je crois que ce n'est pas possible, pourtant.

– Pourquoi ? Je pourrais peut-être venir m'installer aux Bormettes. Trouver un job, et rester avec vous. Je sais faire tellement de choses. Et j'apprends vite, en plus. Je ne t'embêterai pas, je suis sûre que je peux trouver une chambre quelque part. Et je sais servir maintenant, La Monique, elle m'a appris !

– Mais pourquoi viendrais-tu aux Bormettes ? Qu'est-ce que tu y cherches ? Réellement ?

– J'aimerais bien être heureuse. Et quand je suis avec toi, et Ophé… je suis heureuse.

– Je ne connais rien de ta vie, vraiment. Mais tu ne peux pas compter sur Ophélie ni moi pour te rendre heureuse. Je n'ai pas le sentiment que tu sois venue nous chercher, nous. Oui, nous allons te distraire de ce qui t'empêche d'être heureuse, pendant quelque temps. Mais c'est juste une diversion. Nous ne serons jamais capables de te donner cette part intime de bonheur que tu recherches.

– J'aimerais tellement. Tout est plus simple avec vous.

– Tu es en fuite, Éléonore. Je me permets de l'imaginer. Et tu ne peux pas prendre de décision pour ta vie, aussi longtemps que tu te sauves. J'en sais quelque chose. Tu cours, tu t'échappes, mais le plus sage, ce serait de retourner vers ta forteresse à toi, de la reconquérir et d'y bâtir ta vie. J'aimerais que tu te sentes davantage libérée que libre. Tu ne seras véritablement heureuse que lorsque tu auras atteint une sérénité absolue, seule, mais aussi avec ceux que tu aimes. La famille, les amis, le travail… tôt ou tard, on doit bien admettre que ça n'est pas idéal, mais c'est beau. Tu dois pouvoir accepter les contradictions et les défauts. Les tiens et ceux des autres. Pour le moment, aux Bormettes, tu n'as vu que la fleur. Tu n'as pas encore pris le temps d'observer les racines… La vie n'y est ni meilleure ni pire qu'ailleurs. En revanche, toi, tu traînes tes questions derrière toi. Tu peux courir ou rouler aussi vite que tu veux, elles ne te lâcheront pas.

– Je déteste quand tu as raison. Mais alors… nous ne nous reverrons plus ?

– Ce n'est pas ce que j'ai dit. Ce que je dis, c'est que ta décision ne doit pas être prise sur un coup de tête. Tu dois te sentir bien de là où tu pars, pour envisager de t'installer ailleurs. Tu dois être en paix avec ceux que tu laisses derrière toi. Et ils doivent savoir que tu vas bien. J'ai l'impression qu'aujourd'hui, ce n'est pas vraiment le cas…

– Ça n'est pas du tout le cas, Ilias. Absolument pas. Ils doivent être morts d'inquiétude.

– Tu traîneras toujours ce gros bagage dans un coin de ta tête, et il pèsera de plus en plus lourd. Il faut peut-être rentrer, prendre ton courage à deux mains et affronter ce que la vie te donne comme énigme. La résoudre, c'est une autre affaire. Mais ensuite, alors, nos chemins se recroiseront-ils peut-être, qui sait ?

– Mais moi je t'aime ! »

Ilias contemple Éléonore et son débordement d'émotions. Il ressent au plus profond de ses tripes l'impact de cette révélation. Elle fissure son cœur.

« Moi aussi, je tiens à toi Élé. Mais j'aimerais surtout que tu t'aimes. Je ne peux pas te réparer, je ne saurais pas. C'est ton travail à toi. Et quand tu auras accepté ta grande fêlure, alors là, tu pourras de nouveau chanter. Et moi, j'en suis certain, j'entendrai ta musique depuis l'autre bout de la terre. Et je te jetterai la clé du paradis, c'est promis. Sans rien casser.

– Je ne me sens pas encore armée pour ce combat-là.

– Tu l'es. Ta tête ne l'accepte pas, mais tu l'es. Tu es mieux armée que tu ne crois. Il est bientôt temps de mettre fin à cette retraite et de retourner au front, tu ne crois pas ? »

Éléonore sourit avec tristesse. Cet idiot devient pénible à force d'avoir raison.

***

La ruelle étroite ne semble déboucher sur rien, et pourtant, elle s'entrouvre sur une placette au pavement irrégulier, qui conduit à une échoppe. Une enseigne forgée balance au-dessus de la porte-vitrine, une épée ajourée se découpant dans le métal. Des lettres peintes ornent la façade, énonçant « Tradición, espadas y maestría », une signature à la Zorro adoube le tout, bien qu'Éléonore ne parvienne pas à déchiffrer cette fausse écriture manuscrite. Ilias pousse le battant vitré de l'entrée et invite Éléonore à le suivre. Ils descendent les trois marches d'un escalier de marbre pour pénétrer dans un atelier exigu, dont les murs d'un bleu pétrole embrassent l'espace. Un homme, masque de soudure baissé sur le visage, aiguise une lame sur son établi. Des marteaux, des pinces, des chalumeaux et des burins disposés méthodiquement sur sa table de travail semblent s'impatienter à l'idée de trouver leur moment de grâce dans ce processus magique. Une poussière fine couvre le mobilier en bois clair, bien que près de l'évier, tout un attirail de brosses et d'éponges démontre une tenue impeccable des lieux. Dès que l'homme perçoit la présence de ses visiteurs, il déplace le pied qu'il maintient sur une pédale, pose précautionneusement l'épée sur un support et lève la visière qui couvre ses yeux et sa grande barbe. Éléonore ne saurait pas dire si elle est poivre et sel ou si elle se teinte des éclats d'argent des métaux qu'il façonne. De belles lèvres s'étirent et écartent les poils, dévoilant un sourire radieux et accueillant.

« Ilias !

– Fermín ! Quel plaisir !

– Huit mois, neuf peut-être ? Viens ici que je t'embrasse. »

L'artisan parle avec un léger accent, mais ne semble pas étranger à la langue française. Éléonore soupire de soulagement, elle a horreur des intermèdes interprétatifs dans les discussions. Les deux hommes se serrent dans les bras, se tapent dans le dos en se félicitant de ne pas avoir maigri et d'avoir gardé bonne mine. Fermín doit bien devancer Ilias d'une vingtaine d'années. Ses bras sont musculeux, les veines saillent et dessinent des rivières sur la carte de son corps. Un épais tablier de forge couvre sa poitrine jusqu'aux genoux, le protégeant de la délicatesse incisive de son art. Éléonore songe à son garagiste et l'imagine porter cette même tenue. La prestance ne serait certainement pas égale. Fermín dégage une puissance mythologique ; il pourrait être représenté au fronton de n'importe quel temple, que l'on ne s'en trouverait pas surpris. Son regard se tourne vers la jeune femme, à qui il adresse une petite révérence de la tête.

« Mademoiselle Éléonore ?

– En personne !

– Heureusement que vous êtes là, sans quoi j'aurais pu attendre encore des mois avant de revoir mon neveu.

– Je suis ravie d'avoir pu servir à vous l'amener ici.

– Tu es donc la fameuse fille à la Falcata ?

– Euh… oui, en effet. C'est bien moi.

– Ilias m'a dit que tu allais être étonnée ! Il adore les surprises, Ilias. Il est prêt à n'importe quoi pour voir des étincelles dans les yeux des gens qu'il estime. C'est la preuve qu'il aurait dû poursuivre la tradition familiale et travailler le métal, comme nous autres. Mais bon, il n'en fait qu'à sa tête et se contente du bricolage… Tu es déjà venue dans une forge ? Tu as déjà vu comment on fabrique une lame ?

– Non, je n'en ai jamais eu l'occasion…

– Tolède est reconnue depuis des siècles pour cet art ! Nous créons des armes redoutables, reconnues dans le monde entier. Nous les forgeons dans un acier si solide, qu'elles se distinguent de toutes les autres. Même de ces fichus katanas que collectionne Ilias. Aucun sens de la tradition, ce garçon, mais enfin. Tu sais quel est le secret de nos lames ?

– Non, je l'ignore.

– L'âme de fer. Sous l'acier dur, nous cachons une fine lame d'acier doux, tendre comme le cœur d'un enfant. Il apporte cette souplesse intrinsèque, une flexibilité ultime qui fait que l'arme plie, ploie, mais jamais ne casse ni ne se brise. C'est un objet d'une grande résilience, d'une adaptabilité sans fin, tout en cultivant un tranchant dévastateur ! Ilias m'a dit que tu étais toi aussi de cette trempe. C'est juste ?

– Je peux l'être, c'est vrai. Avec les mots. Je peux blesser.

– Tu peux blesser, mais tu peux soigner, réconforter et aimer, tu ne crois pas ? C'est toi qui décides ce que tu fais de ta lame. Elle te protège. Tu te défends ou tu attaques, mais jamais tu ne recules ! Quand tu brandis ton épée, ou ton sabre, c'est un véritable ballet, une danse où tu flottes presque dans les airs. Tu existes ! Tu prends pleinement acte de cet allongement de toi et de l'espace qu'il va dégager autour de ton corps. Tu n'as besoin d'achever personne, quand tu les agites. Tu délimites simplement ton territoire, ton environnement vital. C'est cela, la beauté des lames !

– Je n'ai qu'un couteau suisse dans ma poche. Et il ne dégage pas beaucoup d'espace autour de moi !

– Ilias m'a dit que tu avais quelque chose de plus. Je vais te montrer le sabre qui occupe tout mon temps et mes pensées, tant j'aime cette tradition. C'est une histoire de famille, une quête sans fin… Tu m'accompagnes dans la boutique ? »

La jeune femme jette un regard à Ilias, comme si elle attendait son autorisation. Il s'amuse de son hésitation et confirme d'un hochement de tête qu'ils sont justement venus pour cela, pour découvrir la précieuse passion du colosse aux doigts subtils.

Fermín les invite à le suivre, traversant un petit couloir peint en rouge sang. De part et d'autre, des épées et des sabres disposés en étoiles brillent de tout leur acier. Éléonore se promet de les observer plus attentivement sur le retour, tant leur guide semble pressé de les emmener dans l'autre pièce. Aucune couleur criarde n'habille les murs, les armes à elles seules justifient l'existence de cette antichambre. Le forgeron saisit un sabre avec une prévenance infinie, qui contraste avec sa stature de géant frappeur. Il le présente devant ses hôtes, comme le ferait un bijoutier avec un diamant rare. Le surin présente une forme tout à fait surprenante : cette harpé sinue en une double courbe, évoquant une faucille d'un genre tout particulier. Jamais Éléonore n'avait vu de dague aussi élégante.

« Regarde bien, le fil est à l'intérieur. Ce glaive de poing est une arme de fantassin, taillé pour le corps-à-corps. Il demande de l'engagement, de la précision dans le face-à-face. Il peut tout, mais ne pardonne rien. Il faut le manipuler avec une intention précise.

– Il est sans concession !

– Comme la vie. C'est notre épée nationale, l'emblème de notre passé de mercenaire ibère. Nous avons traversé les âges avec elle. Elle est d'une distinction folle, elle renverse le temps avec fureur et justesse.

– La justesse. Encore elle.

– Les troupes romaines ont même dû renforcer de fer les bords de leurs boucliers, pour contrecarrer le pouvoir de coupe de nos sabres. Ils sont bien supérieurs aux glaives droits. Il n'y a rien de plus ennuyeux que ce qui file tout droit, sans tortiller un peu.

– Je vous rejoins sur ce point. En sinuant, on apprend certaines choses, plutôt essentielles.

– Veux-tu le prendre dans tes mains ?

– Ce serait un honneur, oui ! »

Éléonore saisit la lame que lui tend Fermín. Elle se laisse surprendre par le poids imposant de l'arme. Le manche sculpté représente un serpent, au regard pourtant profondément humain. L'artisan lui fait signe de la brandir, de fendre l'air vigoureusement. La jeune femme s'y emploie, chancelant un peu, avant de prendre de plus en plus d'assurance. Elle ferme les yeux et se laisse emporter par la grâce qui prolonge son bras, son sein, tout son corps. Soudain, elle ressent une puissance douce partir de son ventre et se concentrer dans sa poigne. Elle parvient à mobiliser toute sa force et à équilibrer son appui, sur ses jambes légèrement écartées. Lorsqu'elle desserre ses paupières, les deux hommes l'observent en souriant, satisfaits de la sentir pénétrée par le prestige de ce sabre. Éléonore rapproche la grande lame recourbée de son visage, contemplant le liseré damassé sur le rebord. Ses yeux lui jouent des tours, comme si elle ne parvenait pas à se concentrer sur le dessin traditionnel. Elle découvre alors un reflet partiel dans l'acier, celui de son regard émerveillé et pétillant. Il resplendit dans le métal. Cet air réjoui lui paraissait si lointain, si profondément enfoui dans le passé. Et pourtant, c'est bien elle qu'elle distingue là, avec son cœur d'enfant, souple et accueillant, qui flamboie dans son regard. Sa gorge se noue, un sanglot s'étrangle mais une larme s'échappe néanmoins et roule le long de sa joue. Elle ressent une ivresse incomparable de se revoir, telle qu'elle s'était connue.

« C'est une émotion, n'est-ce pas ?

– Je n'aurais jamais pensé ressentir une telle joie à…

– Tenir une falcata entre tes mains. »

Tenir une falcata entre ses mains. La reconnaître comme l'alliée généreuse et indispensable à la traversée de l'existence, au même titre que tout son corps.

***

Ilias se penche au-dessus de l'épaule d'Éléonore, qui écrit aussi vite que son poignet le lui permet. Attablée au petit secrétaire du studio, elle remplit frénétiquement les lignes de son cahier bleu pâle. Les pages se noircissent de pensées et d'intentions, au rythme d'une main pourtant beaucoup trop lente. L'homme ne cherche pas à décrypter la petite écriture fine couvrant le blanc du papier, grattant sa texture et marquant d'une empreinte indélébile la virginité d'un avenir à inventer. Il dépose un verre d'eau sur le plateau de la table, et caresse les cheveux d'Éléonore, qui ne se laisse toutefois pas distraire. Le jeune homme s'éloigne pour refermer son sac de voyage. Dans moins d'une heure, ils seront repartis, et demain, leurs routes se sépareront. Ilias ne ressent aucune inquiétude pour Éléonore, mais regrette un peu de faire preuve de ce trop grand courage. S'il pouvait être un peu plus faible, et la suivre amoureusement jusque chez elle. Pourtant, ils se le sont promis, elle doit s'accorder d'être elle-même, de célébrer son amour-propre et d'éprouver ses convictions, avant d'envisager de le retrouver. Car ils se retrouveront.

Qu'est-ce qu'elle est belle, avec sa coupe de cheveux de garçonne effrontée !

« Bonjour madame Galland, vous vous souvenez de moi ? Je m'appelle Mélanie et je suis votre anesthésiste. Tout va très bien se passer. Ça n'est pas votre première intervention, mais je vous explique la procédure. Je vais faire passer ce liquide dans votre cathéter, et vous allez compter à rebours pour que je sache quand vous vous serez endormie… Cela vous convient ? Nous pouvons y aller ?

– Tout va bien. Vous me rendrez mes lunettes après ? Je suis perdue sans elles.

– Promis, la première chose que nous ferons, en salle de réveil, sera de vous donner vos lunettes. Maintenant, comptez s'il vous plaît.

– Quatorze, douze, onze, dix, … »

Éléonore s'endort, un sourire confiant aux lèvres.

La princesse est armée pour défendre son château.

Remerciements

Je tiens à remercier

Sophie Rossier et Aline Lehmann, des Éditions Favre, ainsi que toutes les chevilles ouvrières qui rendent possibles l'existence et la diffusion de la littérature ;

Sophie Petrak, pour son amitié, son humour et son talent, et dont les illustrations enveloppent mes mots d'une douce puissance ;

Sabine Papilloud, pour la lumière de ses portraits ;

mes allié·e·s Sylvie Bourban, Jérôme Meizoz, Claude Bernhard, Adeline Gadomski, Anne-Marie Dolivet, Isaline Pfefferlé pour leurs relectures, observations et discussions ;

mes sœurs d'écriture Pauline Desnuelles et Velia Ferracini ;

señor Santi Encinas, gérant du *Espadas Mariano Zamorano* à Tolède, pour son accueil malgré la barrière de la langue ;

mon cher cousin Grégory Follonier, mon ami Christophe Genolet et mon instructeur Janvier Berclaz, dont la patience fut remarquable, lors de mon apprentissage de la moto ;

l'association Les Petits Rubans, précieuse dans ses actions de sensibilisation et d'échange ;

la MEEL, Maison des écrivaines, des écrivains et des littératures et la SEV, Société des écrivain·e·s valaisan·ne·s, la Commune d'Evolène et le Service de la culture de l'État du Valais;

mes indispensables amis et amies, l'essence même de mon équilibre et

mes familles, de sang et d'encre.

Je voudrais aussi vous témoigner, à vous qui me lisez, ma gratitude.

Ma toute grande reconnaissance va à ma sœur Carole pour notre inspirante escapade à Tolède. Le train aussi, c'est bien.

Suivez mes aventures littéraires sur lecroisillon.ch.